AXEL HACKE

Ein Haus für viele Sommer

GOLDMANN

Buch

Ein Haus im Süden, woanders sein und doch bei sich, das ist ein Traum, den viele träumen. Wer aber dann wirklich so ein Haus hat, hat andere Träume, Träume von ... ja, vielleicht von Ferien? Axel Hacke erzählt von der Magie eines Ortes, an dem man eigentlich nicht sein müsste, aber doch unbedingt sein will. In seinen Geschichten geht es um die Menschen auf einer Insel, um die Landschaft, um Schlangen, Gottesanbeterinnen und Fakirtauben, Ziegen, Oliven und einen Mann, der aus dem Ehebett heraus ein Wildschwein erschießt. Man spürt die Sommerhitze, den Sand unter den Füßen, die leichte Brise auf dem Meer. Der Blick wandert über den Olivenhain, er richtet sich auf den schönsten Sonnenuntergang der Welt und auf so seltsame Fragen wie die, was man eigentlich genau tut, wenn man nichts tut. Was sich entwickeln kann, wenn man einen Urlaubsort nicht nur als Urlaubsort sieht, den man betritt und wieder verlässt – als Erholungskulisse also –, sondern wenn man diesen Ort ernst nimmt und zu verstehen versucht, das macht die Magie dieses Buchs aus, das in den Lesern noch lange nachwirkt.

Weitere Informationen zu Axel Hacke sowie zu lieferbaren Titeln des Autors finden Sie am Ende des Buches.

Axel Hacke

Ein Haus für viele Sommer

GOLDMANN

3. Auflage
Taschenbuchausgabe Juni 2023
Wilhelm Goldmann Verlag, München,
in der Penguin Random House Verlagsgruppe GmbH,
Neumarkter Straße 28, D-81673 München
produktsicherheit@penguinrandomhouse.de

Umschlaggestaltung: UNO Werbeagentur, München
Umschlagbild: Thomas Weczerek
KN · Herstellung: ik
Satz: GGP Media GmbH, Pößneck
Druck: GGP Media GmbH, Pößneck
Printed in Germany
ISBN: 978-3-442-49437-8

www.goldmann-verlag.de

Für Ursula

Hundert Meter entfernt von unserem Turm, von dem ich berichten werde, in einer kleinen Seitengasse des Dorfes, haben wir eine *Cantina,* in der wir Fahrräder aufbewahren, auch eine *Vespa,* dann zum Beispiel Fliesen, die wir vielleicht noch mal brauchen werden. Solche Sachen. Die Waschmaschine steht ebenfalls dort, und die *Cantina* ist sogar so groß, dass der alte Fiat 500 dort Platz hat, von dem ich auch noch erzählen möchte, später.

Also, es ist praktisch eine Garage, allerdings eine uralte. Wie viele Häuser im Dorf ist auch das Gebäude, zu dem die *Cantina* gehört, teils in die Felsen gerammt, teils klebt es auf ihnen. Der Raum hat ein Holztor, das so schmal ist, dass nur eine einzige Art von Auto hindurchpasst (eben ein alter Fiat 500), und zwei glaslose Fenster, weit oben an den hohen Wänden.

Dorthin bringe ich die Koffer, wenn wir sie ausgepackt haben und für eine ganze Weile nicht mehr brauchen.

Wir haben die *Cantina* vor vielen Jahren von Matilde gekauft, einer alten Frau aus dem Dorf. Ihr Mann hatte in den Jahren vor seinem Tod hier fast jeden seiner Tage verbracht, hatte Fischernetze geflickt, seinen Bootsmotor repariert und die Trauben von einigen Weinstöcken gekeltert, die er draußen vor dem Dorf besaß. Aber die meiste

Zeit hatte er wohl einfach nur drinnen gesessen, sich mit Freunden unterhalten oder eben, nun, was soll man sagen ...? Er hat drinnen gesessen, wie viele alte Männer hier das in solchen Räumen tun, auch Antonio zum Beispiel, der sich früher im Winter um unsere *Vespa* kümmerte, die Zündkerzen reinigte, kleine Reparaturen machte. Damals hat er auch unseren Bootsmotor gewartet, ihn zum Beispiel in Süßwasser laufen lassen, was man jeden Winter machen muss, damit er nicht kaputtgeht. Das tut Antonio heute nicht mehr. Er ist zu alt.

Aber in seiner *Cantina* sitzt er immer noch. Seit dreißig Jahren verbringt er seine Tage dort. Was er da genau tut, weiß ich nicht. Es ist einfach eine Gewohnheit, und eine Zeit lang träumte ich davon, es auch mir zur Gewohnheit werden zu lassen, morgens bisweilen einen Stuhl in die *Cantina* zu stellen und darauf sitzend den Tag zu verbringen, zwischendurch eine Mutter an meinem Fahrrad nachzuziehen, das Ende des Schleudergangs der Waschmaschine abzuwarten, den Raum auszufegen oder den Schlauch neu aufzurollen, mit dem ich bisweilen den kleinen Platz vor der *Cantina* abspritze, um ihn zu säubern.

Die Zeit verstreichen zu lassen ...

Nirgendwo anders habe ich so ein deutliches Gefühl für das Verstreichen der Zeit gehabt wie hier im Dorf oder oben auf dem *Ripidello*, dem Hügel einige Kilometer außerhalb des Dorfes, wo du auf einer uralten Mauer sitzen kannst und zusiehst, wie ein Wind die Olivenblätter leise bewegt und wie die Zeit zusammen mit dem Wind durch die Bäume streicht und dabei langsam *verstreicht*. Oder wie eben in der *Cantina*, wo ich manchmal herumsitze, bevor ich den Raum ausfege oder ein paar Strandhandtücher wasche, während es draußen, in der Nachmittagszeit, vollkommen ruhig ist, weil die Zeit tatsächlich für Augenblicke ganz still steht, bevor sie weiterstreicht.

Matilde hatte den Raum nach dem Tod ihres Mannes noch einige Jahre lang behalten, ohne ihn wirklich zu benutzen, wohl zur Erinnerung an den Verstorbenen und aus Respekt vor ihm. Aber dann wollte sich die Tochter mit ihrer jungen Familie ein Haus bauen, sie brauchte Geld. So konnten wir zum Notar gehen.

In der Nähe unserer *Cantina* lebt, in einer kleinen Wohnung auf dem Weg dorthin, ein Mann namens Pietro. Oft, wenn ich das Tor aufschließe, höre ich ihn in meinem Rücken rufen, weil er gerade vorbeigeht.

Axellll, ciao, come stai? Wie geht es dir?

So ist es auch jetzt. Pietro ist oft der erste Dorfbewohner, mit dem ich rede, kaum bin ich da.

Axellll, ciao, come stai?

Er ruft es laut und immer im Ton höchster Freude und größter Überraschung, als seien wir alte Freunde und hätten uns seit vielen Jahren nicht gesehen. Dabei begegnen wir uns jeden zweiten Tag, kennen uns aber erst, seit wir die *Cantina* haben, ein paar Jahre lang also.

Pietroooo!, rufe ich, als hätte ich nicht im Geringsten mit ihm gerechnet. (Dabei wusste ich genau, dass er mich gleich rufen würde).

Tutto bene?, frage ich. Alles klar bei dir?

Anfangs ist mir Pietro auf die Nerven gegangen. Wenn ich zur *Cantina* gehe, habe ich es nämlich meistens eilig. Ich will etwas holen, die Waschmaschine anwerfen, Wäsche aufhängen oder mit der *Vespa* wegfahren. Pietro aber hat immer etwas zu erzählen, und er erzählt es auch, mit großer Intensität und Inbrunst, mit gepressten Konsonanten, gedehnten Vokalen und viel Zeit. Als wir uns das erste Mal sahen und er gleich auf mich einredete, das Gesicht dicht vor meinem, wollte ich ihn rasch wieder loswerden. Ich hielt ihn für ein wenig verrückt.

Was soll's?, denke ich heute, das ist ja Unsinn. In dieser *Cantina* hat ein alter Mann so viel Zeit verbracht, dass in allen Ecken noch etwas von ihr herumliegt, von der Zeit, meine ich. Dieser Raum ist ein Lager für alte, unverbrauchte Zeit. Und von dieser alten, unverbrauchten Zeit verbrauche ich jetzt ein Viertelstündchen mit Pietro. Wenn dir dieser kleine, überaus freundliche Mann auf die Nerven geht, dann stimmt was mit deinen Nerven nicht, denke ich.

Hast du gesehen, wie schön ich meine Treppe repariert habe?, fragt er.

Tatsächlich, großartig, sage ich.

Diese Treppe hatte vorher nur ein paar hässliche grobe Betonstufen, die nach oben führten. Die hat er mit rotbraunen *Cotto*-Fliesen belegt, ein Geländer aus Holz gibt es auch. Auf der ersten Stufe steht eine kleine *Peperoncino*-Pflanze. Pietro pflückt drei der kleinen roten Früchte und gibt sie mir.

Wie nett!, sage ich, danke, die nehmen wir heute Abend für die Spaghetti, wir machen sie *con aglio, olio e peperoncino.*

Esatto! So machst du es!

Er schreit es. Jubelt es geradezu heraus.

Esattoooo!

Es ist eines der Wörter, die er am häufigsten benutzt. Oft erfüllt es mich mit einem kindischen Stolz, wenn er wieder dieses *Esattoooo!* schreit, weil es nämlich bedeutet, dass ich etwas richtig gemacht habe, irgendetwas.

Ich kann zum Beispiel erwähnen, dass Turin die Hauptstadt des Piemont ist.

Esattoooo!

Oder dass man, wenn man in die Hauptstadt will, unten an der Kreuzung am besten links abbiegt.

Esattoooo!

Dass die Straßenfeger sich mal ein bisschen mehr um unsere kleine Gasse hier kümmern könnten.

Esattoooo!

In jedem Gespräch kommt Pietro mir, wie schon erwähnt, sehr nahe. Meistens rückt er sein Gesicht so dicht vor meines, dass ich unwillkürlich zurückweiche. Es kann sein, dass wir ein Gespräch vor meiner *Cantina* beginnen und es zwanzig Meter weiter die Gasse hinunter beenden. Würde ich nicht unsere Unterhaltungen immer irgendwann etwas brüsk beenden, weil ich trotz des *Cantina*-Zeitvorrates noch etwas anderes zu tun habe, als mit Pietro zu reden, würde er, glaube ich, immer weiter und weiter reden. Ja, ich denke, er würde mich, den Zurückweichenden, irgendwann rückwärts durchs komplette Dorf gequatscht haben, bis ich am Strand stünde, mit dem Rücken zum Meer, in das mich Pietro dann auch noch hineinredete.

Erst spät habe ich kapiert, warum das so ist.

Pietro sieht nämlich schlecht, sehr schlecht.

Er habe eine Makuladegeneration, hat er mir eines Tages erzählt. Die Makula ist die Stelle der Netzhaut, an der man am schärfsten sieht. Was der Mensch direkt anschaut, wird auf der Makula abgebildet. Alles andere sieht er außerhalb der Makula, sozusagen an der Peripherie der Netzhaut. Deshalb kann Pietro sich gut durchs Dorf bewegen. Aber wenn er mich direkt anblickt, sieht er mich schlecht.

Es sei denn, sein Gesicht wäre zwanzig Zentimeter vor meinem.

Ausführlich erklärt er mir, dass es eine feuchte und eine trockene Variante der Makuladegeneration gebe; er leide unter der trockenen. Vor drei Jahren habe er den Führerschein zurückgegeben, lesen könne er auch nichts mehr.

Nur dreihundert Leute haben das in Italien, sagt er, und es gibt bloß drei Professoren dafür, in Mailand, Rom und Neapel.

Er sagt es nicht klagend. Eher scheint er begeistert zu sein, dass er zu einer so kleinen Minderheit gehört und von solchen Koryphäen behandelt wird.

Allerdings ist die Makuladegeneration die häufigste Augenerkrankung der westlichen Welt, und die trockene

Art kommt viel öfter vor als die feuchte. Das sage ich Pietro aber nicht, er hat da vielleicht was falsch verstanden, aber wie soll ich ihm das erklären und warum überhaupt? Ich habe es sowieso erst daheim nachschlagen müssen. Ohnehin ist es bei meinem miserablen Italienisch ein Problem, dass ich mir vieles von dem, was er sagt, erst zu Hause zusammenbuchstabiere, und dass ich, weil Pietro auch noch sehr schnell redet, irgendwann ohnehin den Faden verliere, nur noch nicke und *capisco* murmele, ich verstehe, *capisco, capisco.*

Also kann der Fehler genauso gut bei mir liegen, ich habe ja fast nichts verstanden, nur noch, dass Pietro aus bescheidensten Verhältnissen stammt und oft Hunger litt, richtigen Hunger.

Fame!, ruft er, als habe er gerade jetzt auch Hunger, und drückt sich mit den Händen in der Magengegend. *Fame!, Axellll, quella fame! Il dolore della fame!* Dieser Hunger. Der Schmerz des Hungers.

Er schaut mich mit einem verzehrenden Blick an, als wüte just jetzt dieser entsetzliche Hunger in seinen Eingeweiden.

Dabei geht es ihm ganz gut heute, das glaube ich jedenfalls. Er war Gärtner, jetzt ist er in Rente, lebt allein. Seine Tochter arbeitet in einem Restaurant in der Hauptstadt, dort wohnt sie auch. Den Winter verbringt er immer in Australien, wo der Sohn lebt, in Sydney. Manchmal erzählt er auch von Brisbane, wo er gewesen sei. Oder von Neuseeland. Überall habe er Freunde, ruft er, so viele Freunde. Nur im Dorf sehe ich ihn nie mit den anderen. Immer ist er allein vor seinem kleinen Haus und allein auf seinen Wegen.

Gib mir doch deine Handynummer, sagte er einmal, als wir uns gerade kennengelernt hatten, falls mal was ist mit deiner *Cantina*, dann rufe ich in Deutschland an, oder du rufst mich an, dann kann ich dir helfen. Und ich gebe dir meine.

So machten wir es.

Eines Tages im tiefen Winter stand ich dann am Fenster eines kleinen Hotels in den Bergen, es war Silvester, ich schaute ins Schneegestöber und dachte an die bevorstehende Party, zu der wir gehen wollten und zu der ich keine Lust hatte.

Da klingelte mein Handy.

Axellll, jubelte eine Stimme. *Come stai?*

... Pietro?

Esattoooo!

Es wird doch nichts passiert sein, dachte ich, in meiner *Cantina*. Es wird doch nicht alles abgebrannt sein, eingestürzt oder geplündert, jetzt, mitten im Winter.

Ma dove sei, Pietro? Wo bist du?

A Sydney!

Er rief mich aus Australien an, vom anderen Ende der Welt, es war nicht zu fassen. Er hatte meine Nummer in seinem Telefon entdeckt und vielleicht gedacht: Wozu habe ich seine Nummer, wenn ich sie nie wähle? Also hatte er sie eben gewählt.

Wir wünschten uns ein gutes neues Jahr. Schwupp, war er wieder weg.

Und ich, ins Schneegestöber blickend, freute mich auf das Jahr, und auf den Frühling auf der Insel freute ich mich auch.

So ist das geblieben. Seit Jahren ruft mich an jedem Silvestertag Pietro aus Sydney an, und wir sagen uns, dass wir es kaum erwarten können, uns wieder im Dorf auf der Insel zu sehen.

DIE INSEL IST NICHT GROSS, aber sie hat alles, was eine Insel braucht.

Es gibt eine Hauptstadt mit einer Festung und einem alten Hafen für die Fischer, die Segler und ein paar Jachten, auch existiert ein beschaulicher Flughafen, der sich so nahe an den Bergen befindet, dass man beim Anflug in einer der kleinen Maschinen (für große reicht der Platz zum Landen nicht) die Ziegen zählen kann, die zwischen den Felsen herumsteigen. Es gibt nur ein paar lange Sandstrände, aber viele kleinere und größere Buchten, von denen kaum eine der anderen ähnlich ist. Hinter diesen Buchten steigen steil die Hügel und Berge an. Der höchste ist so hoch, dass mir bei meinem einzigen Aufstieg vor langer Zeit schwindlig wurde auf seinem Gipfel. Ich blickte von oben auf die Flugzeuge, die im Wind wackelnd und leise brummend nacheinander die Landebahn des Flughafens ansteuerten.

Es gibt wilde Wälder und felsige Küsten, die schräg aus dem Meer emporsteigen und in deren Felswänden – vom Anblick her geschichteten Torten ähnlich – das aus dem Erdinneren vor langer Zeit nach oben gepresste Gestein blau, grün, rot, mattschwarz und blassgelb enthalten ist. Es gibt Geröllfelder, in denen sich hier und da die Macchia festkrallt. Dann wieder sind da von Gestrüpp wie mit grünem Pelz überzogene Landzungen, aber auch Gegenden, in denen die Insel den Eindruck eines großen Gartens macht, bewachsen von Weinstöcken, Olivenbäumen, langen Reihen von Tomatenstöcken und flachen Sträuchern, an denen Peperoni hängen.

Neben der Hauptstadt existiert eine Reihe weiterer Orte. Jeder unterscheidet sich von den anderen grundsätzlich. Da sind zwei oder drei Dörfer an den Hängen der Berge, die noch immer, selbst im Hochsommer, so abgeschieden sind wie vor fünfzig Jahren. Auf ihren Plätzen dösen Katzen, und steigt man bergauf durch die Gassen, sieht man viele leere Häuser. Nur wenige Kilometer weiter unten am Meer liegt ein Dorf voller Blumen, Palmen und Oleanderbüschen, und all das hinter einem endlos scheinenden hellen Sandstrand in einer weitläufigen Bucht. Dahinter wiederum befindet sich eine Promenade mit Geschäften für das, was man am Strand benötigt, Bikinis, Schäufelchen, Eis, Sonnenhüte.

Auf der anderen Seite der Insel, dem Festland zugewandt, hat ein Städtchen nie ganz die Anmutung eines Platzes verloren, der bestimmt ist durch Fähren, die ankommen, und durch Frachtschiffe, die das Erz abtransportieren, das vor langer Zeit auf der Insel gewonnen wurde. Doch heute fahren die Fähren, von Ausnahmen abgesehen, vom Festland aus nur noch in die Hauptstadt, und der Erzabbau wurde vor mehr als fünfzig Jahren eingestellt. Der Ort hingegen vermittelt einem das Gefühl, das alles sei nicht geschehen oder als habe jedenfalls diese Gemeinde einfach nicht gemerkt, dass es geschehen sei.

Ein anderer Hafenort hat versucht, sich die Atmosphäre eines Fischerdorfes zu bewahren. Fischer gibt es dort nur noch wenige. So ist dieser Ort einfach ein hübsches ehemaliges Fischerdorf voller Lokale und Läden.

Obwohl wir die Insel seit Jahrzehnten jedes Jahr mehrere Male besuchen, haben wir manche Dörfer nie gesehen und werden sie vielleicht auch nie sehen. Denn die Straßen dorthin ziehen sich durch Aberdutzende von Kurven, und da man ihnen folgen muss, ist es eben weit, sehr weit, zu weit.

Die Insel ist eine Welt für sich. Das gilt natürlich für jede Insel, ja, es macht eine Insel überhaupt erst aus, eine eigene Welt zu sein, anders als alles, was sich auf dem Festland befindet: *in continente*, wie die Leute auf der Insel sagen, auf dem Kontinent.

Mitten im Dorf hat mein Schwiegervater vor einem halben Jahrhundert einen alten Turm gekauft und ihn im Lauf der folgenden Jahre selbst renoviert, eines der ältesten Häuser des Ortes, *la torre*. Interessanterweise ist der Turm im Italienischen weiblich, *die Türmin*. Aber wir kämen nie auf den Gedanken, das Wort *Turm* für ihn oder sie überhaupt in Erwägung zu ziehen, *der Torre* war für uns immer *der Torre*, nicht *der Turm* und auch nicht *die Torre*, sondern eben, wie gesagt, *der Torre*. Es gibt kein passenderes Wort für ihn: massiv, mit meterdicken, an keiner Stelle jemals exakt geraden, sondern überall leicht unebenen Wänden, die sich im Laufe der Jahrhunderte gewissermaßen in Falten gelegt haben und in denen sich unlösbare Rätsel verbergen.

Jahrhundertelang war der Turm das höchste Gebäude am höchsten Platz gewesen, nein, nicht ganz: Der Kirchturm war natürlich höher und ist es bis heute. Vom Dach des *Torre* aus aber – so erzählen wir es in der Familie seit Jahrzehnten, ohne zu wissen, ob es eigentlich stimmt – spähte ein Wächter einerseits aufs Meer hinaus, von wo Piratenüberfälle drohten, und andererseits auch ins Inselinnere, wo der eine oder andere Eroberer mit seinen Leuten des Weges kam. Man sieht von hier oben das Meer auf allen Seiten, beobachtet die Sonne beim Auf- und Untergehen, sieht die zehn Kilometer entfernte Inselhauptstadt und die Straße, die dorthin führt. Man würde noch viel mehr sehen, hätte nicht mancher Nachbar sein Haus ein wenig aufgestockt.

Zum Mythos des Dorfes gehört eine gewisse Unleidlichkeit seiner Bewohner, die sich ganz zu Recht angewöhnt hatten, den Rest der Welt als Bedrohung anzusehen. Denn über Jahrtausende sind Dörfer wie dieses, nah am Meer gelegen, überfallen, überfallen und noch mal überfallen worden, von Karthagern und Etruskern, Römern und Goten, Vandalen, Sarazenen, Türken, Genuesen, Spaniern, Pisanern, Franzosen, Deutschen – und vor allem von Piraten, immer wieder von Piraten. Das alte Dorf liegt nicht zufällig so abweisend auf dem Felsen, und nicht ohne Grund überragte der Torre alle Häuser. So waren die Leute hier berüchtigt für ihre Feindseligkeit und Gewalttätigkeit, mit der sie sich der Übergriffe anderer zu erwehren wussten. Man sagt, es sei nicht so lange her, dass es hier die

Blutrache gab. Und dass *Carabinieri* sich einst nur sonntags und zu dritt in den Ort wagten, das sagt man auch. Das Dorf war widerspenstig und zäh und hatte gelernt, sich nur selbst zu vertrauen.

Kein Geschichtsbuch und kein Reiseführer vergisst zu erwähnen, dass man hier in der Antike – an einem damals als unwirtlich geltenden Ort fern der Zivilisation – als Steuerschuldner oder sogar Straftäter seine Freiheit bekam, wenn man versprach zu bleiben und nicht dorthin zurückzukommen, wo man die Steuern nicht bezahlt oder sonst gegen das Gesetz verstoßen hatte. Es fehlt auch nirgends die Geschichte der Steuereintreiber, die mit Steinen und Prügeln den Hügel hinuntergescheucht wurden, als sie es wagten, von den Einwohnern Geld zu verlangen. Der kleine Kaiser, der die Insel neun Monate lang beherrschte, weil er hierher verbannt worden war, hatte die Büttel geschickt. In seiner Langeweile überzog er sein winziges Imperium mit einem Netz von neuen Straßen, dafür brauchte er Geld. Seine Wut über den Widerstand – auch diese Geschichte kennt jedes Büchlein – wurde gründlich besänftigt durch eine Schöne des Dorfes. Man hält ihren Namen in Ehren bis heute, denn sie bewahrte den Ort vor der Zerstörung.

Eine halbe Ewigkeit lang lebte das Dorf vor allem vom Erz, das hier schon von den Etruskern abgebaut worden war. Über Jahrtausende wurde in der Mine geschuftet, erst Anfang der Achtzigerjahre wurde sie geschlossen. Vom Dorf aus ging man zu Fuß zur Arbeit ins Bergwerk oder stieg später in den Minenbus. Er hielt auf der Piazza, direkt vor dem Parteibüro der Sozialisten. Auch das hat die Menschen über Generationen geformt: Sie haben (oder hatten jedenfalls, als das notwendig war) die Sturheit, den fatalistischen Mut, die Verwegenheit, den solidarischen Zusammenhalt, den Stolz und den nüchternen Realitätssinn von Bergleuten. Noch heute sieht man übrigens an manchen Stränden antike Schlackehaufen, denn gleich unten am Wasser wurde das Gestein verarbeitet.

Der Hügel, auf dem sich der Torre und das ganze Dorf befinden, bestehe, so heißt es, zu erheblichen Teilen aus Metall. Das bewirke, so wiederum der Mythos, dass man hier auf Dauer verrückt werde: der Magnetismus mache das mit den Menschen, auch die Blitze der ungezählten und fürchterlichen Gewitter, die zu gewissen Zeiten jedes Jahr über das Meer heranziehen wie Heere wütender Götter und die den Boden, so heißt es, mit ihrer gewaltigen Energie immer neu auflüden.

Es gibt tatsächlich Tage, an denen man das Gefühl hat, man selbst würde von einem solchen Wahnsinn, nein, nein, nicht geschüttelt, sondern eher gelähmt: jene Tage nämlich, an denen ein heißer Sahara-Wind übers Meer gestrichen kommt, der sich über dem Wasser mit Feuchtigkeit aufgeladen hat und nun das Dorf mit seinem Dampf brüht. Tage sind das, an denen jede Bewegung zur Mühsal wird, während das Gehirn zu einem trägen Brei geworden zu sein scheint.

Scirocco heißt der Wind, denn alle Winde haben hier einen Namen. Unten an einem der Strände kenne ich einen Schirmvermieter namens Simone, der jedes Mal, wenn er mich sieht, ruft:

Che vento abbiamo oggi? Welchen Wind haben wir heute?

Ich rufe dann einen der Namen der Winde: *Tramontana, Maestrale, Greco, Levante, Mezzogiorno, Libeccio, Ponente* oder eben *Scirocco,* und wenn ich richtig geantwortet habe, lobt Simone mich mit einem *Bravo*, und ich miete einen Schirm und zwei Liegen. War meine Antwort falsch, erfahre ich von ihm den richtigen Windnamen und miete dann ebenfalls einen Schirm und zwei Liegen.

Sei stanco?, bist du müde?, habe ich am Nachmittag eines dieser Tage, an denen schon seit einer Woche die *Scirocco*-Luft das Dorf belagerte, Mimmo gefragt, den Kellner jener *ganz bestimmten Bar* auf der Piazza, die es schon sehr, sehr lange gibt und in der wir viel Lebenszeit verbracht haben, weil wir eigentlich nur diese Bar besuchen, fast nie eine andere. Sein Hemd war ein feuchter Lappen, und entgegen seiner Gewohnheit bediente er mich stumm.

Stanco sei das falsche Wort, antwortete er, *sono lesso*, ich bin gekocht.

Als mein Schwiegervater in den Sechzigerjahren zum ersten Mal ins Dorf kam, war es also ein anderer Ort als heute. Es gab kaum irgendeine Art von Tourismus. Viele Häuser im Zentrum verfielen damals, ihre Türen waren offen, man konnte einfach hineingehen, davon werde ich noch erzählen. Die Autos der Fremden – aber das ist nun wirklich lange her – wurden umständlich mit einem Kran aus den Fähren herausgehoben.

Einige von den Leuten, die den Ort für sich entdeckten, kamen des Tauchens wegen; es waren ja noch Amphoren am Meeresboden zu finden und andere Überbleibsel in antiker Zeit gesunkener Schiffe. Andere versuchten hier den Ausstieg aus einem alten Leben, sie probierten den Öko-Landbau, Maler kamen, denen das Insellicht gefiel, Architekten, Regisseure, Schauspieler, keineswegs nur Deutsche, auch sehr viele Italiener. Manche von ihnen kauften die alten Häuser, renovierten sie, machten darin Ferien, vermieteten sie, um so das Geld für ihren eigenen Urlaub zu verdienen. Der eine oder andere mit etwas mehr Geld baute ein Haus unten am Meer, auf preiswerten Grundstücken, unter Pinien und mit berückenden Ausblicken.

Die Dorfbewohner blieben. Manche kamen auch zurück. Sie waren vor der Armut nach Australien geflohen, nun hatten sie wieder die Möglichkeit, in der Heimat zu leben. Es kann passieren, dass man einen *bagnino*, einen Bademeister, am Strand gesprächsweise nach seinem Geburtsort fragt und *Melbourne* als Antwort erhält. Es kamen auch Sarden, die ihre Insel ihrerseits verlassen mussten, weil es dort nichts zu verdienen gab, wovon man hätte leben können. Hier fanden sie Arbeit. Viele wurden Maurer, weil viel gebaut wurde. Aber erst einmal waren sie den Dorfbewohnern ähnlich fremd, wie die Deutschen es waren. Sie gehörten zu einer der vielen Schichten, die sich in

Jahrzehnten und Jahrhunderten über das alte Dorf gelegt haben und noch legen werden, Schichten, die zumindest an ihren Rändern miteinander verschmolzen, aber immer noch erkennbar sind und erkennbar bleiben, wenn man genau hinschaut.

Fünfundzwanzig Jahre später verließ mein Schwiegervater den Ort und überließ uns den Torre. Er zog sich in ein entlegenes Haus in den toskanischen Steineichenwäldern auf dem Festland zurück.

Aber meine Frau, die ihre halbe Kindheit hier verbracht hat, blieb. Ich kam dazu. So blieben wir gemeinsam. Unsere Kinder haben als Ferienort praktisch nichts anderes kennengelernt. In manchen Jahren sind wir drei Mal pro Jahr hier gewesen, Ostern, Pfingsten, im Sommer. Einmal haben wir ausgerechnet, dass meine Frau insgesamt schon sechs komplette Jahre hier verbracht hat, ich natürlich etwas weniger, und dass sie in dieser Zeit fast neunzig Tage ohne Pause in der *ganz bestimmten Bar* auf der Piazza saß, neunzig Mal 24 Stunden, das sind ...

Ach, egal.

Ich sitze in der Küche des Torre und trinke ein Glas Wein.

Wir sind gerade angekommen, haben die Fenster weit geöffnet, die Koffer ausgepackt, die Betten bezogen, ein paar Kleinigkeiten eingekauft. Ich bin müde, und doch habe ich seltsamerweise nun das Gefühl, gerade langsam wach zu werden. Das ist ein Zustand, den es nur an diesem Küchentisch gibt und nur an diesem ersten Tag, nach der langen Fahrt, die mir oft wie ein Schlaf und ein Traum vorgekommen ist, aus dem ich erst im Dorf langsam erwache, als sei ich daheim ins Bett gegangen und hier aufgestanden.

Ich habe mich gestern in Deutschland zu spät hingelegt, wie immer vor der Abfahrt, habe mich gewälzt, habe geschwitzt, nach dem Wecker getastet, der um zwei Uhr früh klingeln würde. Einmal bin ich aus dem Schlaf hochgeschreckt, weil mein linker Arm komplett taub war. Ich schrie um Hilfe, schlug mit dem Arm aufs Bett, bewegte ihn hektisch, um das Gefühl zurückzuerlangen. Meine Frau beruhigte mich. Schätzungsweise um halb eins fiel ich in tiefen Schlaf.

Ich träumte von einem Mann auf einem altertümlichen Motorrad. Seine langen Haare wehten im Wind. Einen Helm trug er nicht, dafür einen langen Mantel, dessen

Gürtel-Enden frei hingen und im Fahrtwind hin und her flogen. Er fuhr vor mir auf einer Landstraße und ...

Der Wecker klingelte.

Die großen Ferien hatten begonnen.

Ob wir nicht erst um fünf Uhr fahren könnten, hatte ich abends gefragt, denn zwischen Mitternacht und vier Uhr schliefe ich am allerbesten, und wenn ich dann um vier Uhr aufstünde, sei ich halbwegs ausgeruht. So argumentierte ich, wie ich schon oft argumentiert hatte.

Aber die Antwort meiner Frau hatte wie vor allen großen Ferien in den vergangenen Jahrzehnten gelautet: Welchen Sinn das haben solle? Dann führen wir zwei Stunden später, aber dafür stünden wir am Gardasee oder bei Florenz vier Stunden im Stau. Und was werde man dann von den zwei Stunden mehr Schlaf gehabt haben? Man stehe ausgeruht auf der Autobahn herum. Außerdem kämen wir, wenn wir früh starteten, bereits in der Mittagszeit im Dorf an, der einzigen Zeit, in der man mit dem Auto in die Fußgängerzone hineinfahren darf. Wir könnten das Auto direkt vor dem Haus ausladen. Nicht diese Kofferschlepperei durch den halben Ort.

Das ist wahr. Nur während der Mittagsruhe darf man als Anwohner für zwei oder drei Stunden mit dem Auto in den Ort hineinfahren. Erwischt man bei der Anreise diese kleine Pause im Dorfleben nicht, muss man am Rand des Ortes an einer Straßenecke anhalten, die Koffer ausladen, dann zunächst einmal das Auto parken und daraufhin das Gepäck, das ein Beifahrer derweil zu bewachen hat, zum

Haus schleppen: eine Strapaze, denn jeder Weg führt bergauf und das – im Sommer jedenfalls – in brütender Hitze, vielleicht aber auch, im Frühjahr, in strömendem Regen. Und der Torre ist nun mal der Torre. Alles muss über steile Treppen getragen werden. Am Ende ist, was man am Leib hat, schweißgetränkt oder eben regennass.

Ein einziges Mal habe ich vor der Abreise ausgeschlafen. Um zehn Uhr morgens stiegen wir ausgeruht ins Auto. Zum Abendessen wollten wir bei Freunden in der Toskana sein und dort einen Tag verbringen.

Kurz nach Südtirol mussten wir die Geschwindigkeit drosseln, weil der Verkehr immer dichter wurde. Bei Affi standen wir. Von hier aus ging es nur noch ruckelnd voran durch die auf den Autoblechen und dem Straßenasphalt tanzende heiße Sommerluft. Man wäre zu Fuß schneller in der Toskana gewesen als mit dem Auto. Tatsächlich hatte meine Frau das auch versucht und war mit erstarrten Gesichtszügen einige Schritte neben dem Auto hergegangen, während ich zunächst dumpf brütend am Lenkrad saß und dann durch das offene Seitenfenster gefleht hatte, sie möge wieder einsteigen, wir würden auch bestimmt nie wieder erst um zehn Uhr losfahren.

Wir fanden in Mantua ein bescheidenes Hotelzimmer und verzehrten, weil alle Restaurants bis auf den letzten Platz ausgebucht waren, einige frittierte Kartoffelbällchen aus den Aluschalen einer *Rosticceria*. Unsere Freunde aßen allein ein wenig von dem mit Feigenzweigen gespickten Schweinebraten, den sie vorbereitet hatten.

Beim nächsten Mal starteten wir wieder unausgeschlafen, so wie in der vergangenen Nacht, nach der ich nun hier sitze, vor meinem Glas.

Das Auto habe ich am Abend zuvor beladen. In all diesen vielen Jahren und auf all diesen vielen Reisen an dasselbe Ziel haben wir auf eine zauberische Art die Fähigkeit entwickelt, exakt so viele Gegenstände mitzunehmen wie in unser Auto passen, nicht einen einzigen mehr.

Aber auch keinen weniger.

Am Abend vor der Abfahrt habe ich all dies, so will es die Tradition, in die Tiefgarage unter unserem Haus geschafft: die Koffer und Taschen, Beutel und Kleidersäcke, das neue Tischlein, das meine Frau für unsere Wohnung ausgesucht hat, die Taubenabwehrgitter für die Fensterbänke, die hübschen Kissen für das Sofa im Wohnzimmer, den ausgestopften Papagei, den ich zum Geburtstag geschenkt bekommen habe und der an der Wand zum Treppenhaus hängen soll, den elektrischen Ofen für die kühlen Tage im Herbst, den Gartenschlauch, den Freunde nicht mehr benötigen, die ihr Haus samt Garten verkauft haben, um in eine Wohnung zu ziehen. Auf dem *Ripidello*, von dem ich später auch noch erzählen werde, wird er seinen Zweck erfüllen.

All diese Dinge habe ich hinter dem in die Garagenmitte gefahrenen Wagen aufgebaut, habe die Kofferraumklappe geöffnet und den Laderaum betrachtet wie ein Elfmeterschütze das Tor mit dem darin lauernden Torhüter. Ich vermaß mit meinen Blicken die Volumina sowohl der Gegenstände als auch des Innenraums, straffte meinen Körper und sortierte meine Fingerspitzen wie ein Pianist vor dem ersten Griff in die Tasten, ließ die Hüften leicht schwingen und platzierte daraufhin alles auf den jeweils richtigen Platz im Wagen Wartende genau dort, wo es eben hingehörte – bis auch der letzte Kubikzentimeter und das allerletzte Luftloch gefüllt waren und ich, der Beladekünstler, die Autoklappe mit leichtem Druck auf die von mir bewusst oben platzierte weiche und nachgiebige Tasche schließen konnte.

Dann parkte ich den Wagen wieder. Und ging schlafen.

Morgens um drei standen wir vor dem Auto. Meine Frau hatte noch eine Tasche mit allem dabei, was man so unterwegs benötigt. Mir war ein Paar Schuhe eingefallen, das ich im Urlaub benötigen würde. Und dann war da die Gitarre ...

Der ausgestopfte Papagei musste also in der Stadt bleiben. Ich flüsterte ihm die Frage ins Ohr, ob er eventuell allein den Luftweg nehmen könne.

Allein den Luftweg!, wiederholte er krächzend.

Wir fuhren los.

Ich hatte lange kalt geduscht. Hatte zwei Espressi getrunken. Ich war für einige Stunden tatsächlich hellwach.

Dieser Zustand hielt von München aus bis über den Brenner hinaus an. In der Nähe von Bozen spürte ich ein Nachlassen meiner Kräfte, bei Trento war ich tatsächlich müde, bei Verona verlor ich die Kontrolle über meine Augenlider. Es war immer so. Schon wenn ich zum ersten Mal das Wort *Verona* auf einem Autobahnschild sehe, bemerke ich an mir stets ein Erschlaffen. Kurz vor *Verona* selbst musste ich meine Frau bitten, das Lenkrad zu übernehmen.

Ist es ein Wunder, dass die erste kommerziell erfolgreiche Schlaftablette der Geschichte *Veronal* hieß? Bei mir reicht die Erwähnung von *Verona* ohne l, um mich schläfrig zu machen, ich komme nie bis zu diesem l, weil ich schon vorher einnicke. Wo andere nachts Schäfchen zählen, wenn sie nicht schlafen können, murmele ich fünfzig Mal *Verona* vor mich hin wie ein Mantra. Beim einundfünfzigsten Mal schlafe ich.

Ob ich *Verona* je in wachem Zustand erlebt habe? Ja, einmal haben wir *Verona* besichtigt, es war schön. An mehr kann ich mich nicht erinnern.

Und früher bin ich manchmal allein mit den Kindern in den Urlaub gefahren, weil meine Frau noch zu arbeiten hatte. Sie kam eine Woche später nach. Da fuhr ich abends um zehn Uhr los, die ganze Nacht durch, um morgens gegen sechs eine der ersten Fähren zu nehmen. Die Kinder schliefen hinten. Es gab noch keine *iPads* und keine Filme, um sie ruhig zu halten, also unternahm ich eben diese Nachtfahrt.

Es war ein Irrsinn, allein am Steuer die ganze Nacht. Wie konnte ich so verrückt sein!? Warum war ich so irre?! Warum hat man mich nicht bestraft, inhaftiert, warum nicht zur Rechenschaft gezogen für meine Verantwortungslosigkeit?

Ich glaube, selbst auf diesen Reisen bin ich dämmernd an *Verona* vorbeigefahren, um dann bei Nogarole Rocca oder auch erst bei Mantua panisch emporzuschrecken, nachdem das Auto viele Kilometer lang offenbar auf Autopilot gefahren war und mich nun plötzlich durch seltsame Bewegungen weckte, weil es ohne Kontrolle über die leere Straße schlingerte, der reine Wahnsinn, wie gesagt.

Meine Frau fuhr heute Morgen bis Bologna. Dann übernahm ich wieder.

Was seine Gründe hatte.

Auf der Strecke nach Florenz, kurz bevor es in den Apennin geht, gibt es eine Stelle, an der man sich entscheiden muss, ob man die sogenannte *Panoramica* nehmen will, die alte Autobahn also mit den Blicken und vielen Kurven, oder die neuere, die *Direttissima*, die geradewegs durch die Berge und durch viele frisch gebohrte Tunnel führt. Diese beiden Varianten gibt es noch nicht sooo lange, und als sie ganz neu waren, fuhr einmal meine Frau, während ich schlief. Sie sah die nagelneuen Schilder, auf denen *Panoramica* oder *Direttissima* angekündigt waren, sah aber die Wörter nicht, sondern erkannte nur die Tatsache, dass man sich hier für links oder rechts entscheiden musste.

Wo soll ich fahren?, rief sie. Wo? Wo?

Direttissima, murmelte ich, halb im Schlaf.

Was?

Direttissima!, wiederholte ich schläfrig, immer noch mit geschlossenen Augen.

Was? Was soll ich machen? Wo?

Ich öffnete die Augen und sah, dass sie direkt auf das die Autobahn teilende Leitplankendreieck zusteuerte. Sie fuhr also geradeaus, nahm quasi die *Direttissima* auf dieses Dreieck zu, das wie ein scharfer Keil unser Auto in zwei Hälften geteilt hätte, von denen eine auf der *Panoramica* weitergefahren wäre, die andere auf der *Direttissima*.

Wo soll ich fahren? Rechts oder links?

Rechts!!!

Und so geschah es. Sie riss das Lenkrad nach rechts. Hinter uns hupte ein *Alfa Romeo* schlingernd herum, aber es passierte nichts. Außer, dass meine Frau nun von diesem Ereignis an dieser Stelle so traumatisiert ist, dass sie mir stets das Lenkrad übergibt, bevor wir diese Passage erreichen.

Ab Florenz wird es immer langweilig, die Sache zieht sich, man sieht das Ende schon vor sich wie bei einem zu langen Buch oder einem länglichen Film, ja, dieses Ende ist nah, aber noch nicht da, es wird fade, wie gesagt. Man zählt die Kilometer auf dem Navigationsgerät herunter ...

Obwohl!

Gleich bei Florenz nehmen wir abkürzungshalber stets eine Landstraße namens *Fi-Pi-Li* für *Firenze-Pisa-Livorno*, die aber im Grunde keine Landstraße ist, sondern die größte Schlaglochsammlung der Welt, eine blöde Route. Aber man spart eben ungefähr sechzig Kilometer. Man kommt an Montopoli vorbei, wo ich in meinem schläfrigen Angeödetsein mich jedes, aber auch *jeeedes* Mal wieder frage, ob man das nun Montópoli oder Montopóli ausspricht, und an Empoli, wo ich *jeeedes*, aber auch *jeeeeedes* Mal an Carlo Levis ebenso berühmten wie großartigen Roman *Christus kam nur bis Eboli* (aber eben nicht Empoli! Eboli ist im Süden, in Kampanien!) denken muss, und mich wiederum *jeeeeedes*, aber auch *jeeeeeeedes* Mal frage, ob es nun Émpoli oder Empóli heißt.

Es heißt Montópoli. Und Émpoli.

Merk's dir! Es heißt ja auch Éboli und nicht Ebóli.

Warum eigentlich tue ich das hier? Warum bin ich in dreißig Jahren, in denen mir doch die Welt offen gestanden hätte, in denen andere nach Asien geflogen sind oder in den Süden Afrikas, in denen sie die USA durchquert haben oder sich sämtliche anderen europäischen Länder ansahen, warum also bin ich in all diesen Jahrzehnten die immer gleiche Strecke an den immer gleichen Orten vorbei auf die immer gleiche Insel in das immer gleiche Dorf und das immer gleiche Haus dort gefahren?

Die Welt stand mir offen. Aber ich wollte in einem Dorf vor einer *Cantina* sitzen und die Zeit verstreichen lassen.

Was ist es, das mich dorthin getrieben hat, wieder und wieder und wieder? Was hat mich von anderen Reisen abgehalten? Bequemlichkeit? Lust an der Gewohnheit? Sparsamkeit? Angst vor dem Unbekannten? Vor der Welt? Provinzialität? Spießigkeit?

Vor ein paar Tagen saßen wir noch mit entfernten Bekannten zusammen. Sie berichteten von ihren Reisen der vergangenen Jahre: die Malediven hätten sie *gemacht*, die

Pazifikküste hätten sie *gemacht*, Marokko hätten sie *gemacht*.

Ich hatte hinterher über diesen Ausdruck gelacht, dieses *machen*. Aber immerhin hatten die Leute doch die Welt gesehen. Oder doch nicht wirklich? Sondern nur Ziele abgehakt? Ich weiß es nicht.

Was habe ich *gemacht*?

Montópoli. Und Émpoli.

Na gut, Verona. Aber auch nur im Dämmer.

Eigentlich nicht mal das. Bin ja nur vorbei.

Rechts vor uns auf der Landstraße fuhr heute morgen ein Mann auf einem altertümlichen Motorrad. Seine langen Haare wehten im Wind, einen Helm trug er nicht, dafür einen langen Mantel. Auf eine in diesem Moment unerklärliche Weise kam er mir bekannt vor. Ich überholte ihn und schaute dann, ob er im Rückspiegel zu sehen war.

Da war er aber nicht. Wo war er?

Plötzlich ein dumpfes Geräusch hinten am Auto, dann wieder. Noch mal. Noch mal.

Was war das?! Und wo war dieser Motorradfahrer?

Meine Frau schreckte aus dem Schlaf.

Um Himmels willen! Was ist?!

Ich habe keine Ahnung.

Ich bremste langsam.

Auf einmal war der Motorradfahrer direkt neben dem Beifahrerfenster, aufgetaucht aus dem toten Winkel. Er schlug an die Scheibe, sein Gesicht war verzerrt – wovon? Wut? Wahnsinn? Wieder schlug er zu und versuchte gleichzeitig, sein Motorrad in dem schmalen Raum zwischen unserem Auto und der Leitplanke mit einer Hand in der Balance zu halten.

Ich gab Gas. Er blieb zurück, mit dem Arm fuchtelnd. Ich fuhr noch etwas schneller. Dann war er weg.

Was war das?, fragte sie.

Ein Verrückter.

Soll ich die Polizei rufen?

Wozu? Er ist weg. Die Polizei findet den gar nicht mehr.

Wenn du meinst ...

Weißt du, was noch viel verrückter ist als der Typ?

Nein.

Ich habe heute Nacht schon von ihm geträumt.

Bist du eben am Lenkrad eingeschlafen?

Nein, nein, sagte ich.

Aber ganz sicher war ich mir nicht.

Unten von der Landstrasse aus sieht man das Dorf zum ersten Mal, oben auf seinem Hügel. Dann verschwindet es wieder hinter Pinien, man biegt in die Straße ein, die hinaufführt, und eigentlich erblickt man es erst wieder, wenn man schon fast drin ist.

Ich weiß nicht, warum ich diese Nervosität nie loswerde, die im Hafen beginnt und bis zu diesem Moment jetzt andauert, da ich vor meinem Glas am Küchentisch sitze und langsam zu erwachen scheine.

Oder doch. Ich weiß es.

Das Seltsame ist: Wir kommen so lange schon hierher. Wir sollten wissen, was uns erwartet. Das müsste mich entspannen. Aber die Wahrheit ist, dass man nie weiß, was geschehen ist und geschieht und noch geschehen wird, dort in unserem Turm …

Einmal, im Frühjahr, erreichten wir das Dorf in heftigem Regen. Regen kann in dieser Gegend Italiens seit jeher einen Zustand beschreiben, der bedeutet, dass nicht nur einfach Tropfen vom Himmel fallen, sondern Wasserschwälle niederstürzen, Feuchtigkeitsmengen, bei denen ein kurzer Weg über die Straße zur Folge hat, dass man bis auf die Haut durchnässt ist, wenn man nicht gerade Seglerkleidung trägt. Manchmal macht es Mühe, überhaupt Luft zu bekommen, weil man sich quasi unter Wasser bewegt.

Als wir uns damals dem Dorf näherten, redeten wir darüber, dass wir im Jahr vorher gerade das Haus hatten renovieren lassen: ein neues Dach, die Wände von außen neu verputzt, die Terrasse gefliest, solche Sachen. Einen ganzen Sommer hatten wir im Jahr zuvor nicht im Torre gewohnt, sondern in der Wohnung von Freunden gegenüber. Und im Herbst war meine Frau noch einmal extra auf die Insel gereist, um die Arbeiten zu überwachen.

Einige Tage vor unserer Anreise hatte Alice, die auf das Haus aufpasst, es sauber macht und sich auch sonst um alles kümmert, geschrieben, sie habe den Eindruck, eine Wand sei ein wenig feucht, ja, es regne eventuell herein.

Diese Scheiße!, hatten wir im Chor gerufen.

Es wird schon nicht so schlimm sein, hatten wir dann gedacht.

Aber es war doch schlimm.

Wir fuhren damals bis an eine der Treppen, über die man ins alte Dorf hinaufgeht, die Fußgängerzone war eben für Autos geschlossen. Ich beschloss, allein zum Haus zu gehen und erst einmal nachzusehen, ob es überhaupt bewohnbar sei.

Ich zog meine Schuhe aus und nahm sie in die Hand, lief über die Treppen und durch die Gassen hinauf, die bei diesem Sturzregen schäumende Bäche waren. Das Wasser tobte knöchelhoch den Berg hinunter, ich watete zum Torre, schloss die Tür auf und sah sofort ein Rinnsal, das sich die Treppe hinunterwand. Unten in der Küche war noch alles in Ordnung, dort grenzt der Torre an die Nachbarhäuser. Aber oben im Wohnzimmer, an der großen Kaminwand, die eine Außenwand ist, lief der Regen an manchen Stellen schmal die Wand hinunter, sammelte sich und nahm seinen Weg weiter Richtung Treppe.

Das Haus war *nicht* bewohnbar.

Ich ging hinunter, schloss die Tür ab, stapfte wieder Richtung Auto, setzte mich hinein, schloss die Tür und sagte:

Wir brauchen ein Hotel.

Am Meer unten gibt es eine hübsche Unterkunft mit eigenem Strand, da fuhren wir hin, für zwei Wochen. Und nur tagsüber gingen wir hinauf ins Dorf.

Jenes Frühjahr und der größte Teil des Urlaubs damals bestanden im Wesentlichen in der Suche nach dem Leck im Torre. Tag für Tag stiefelten wir dort herum, stiegen aufs Dach, krochen in alle Winkel, baten sämtliche Handwerker, die wir kannten, um Hilfe.

Das Dach? War dicht, wie sich irgendwann herausstellte.

Aber woher kam das Wasser dann? Es rann ja an verschiedenen Stellen wandabwärts.

Die Experten standen grübelnd vor dieser Wand, grübelten außen, grübelten innen, grübelten bei Regen, grübelten bei Sonnenschein, grübelten morgens, grübelten abends, ja, es gab welche, die grübelten noch später daheim weiter und nachts im Bett. Manche grübeln wohl noch heute. In Träumen erscheinen ihnen wasserüberlaufene Wände, vor denen sie herumgrübeln.

Dann kam Gabriele, die in München ein Architekturbüro hat, mit dem sie hin und wieder alte Häuser saniert. Auch sie kletterte aufs Dach, stand auf den Ziegeln vor der Wand, betrachtete sie, wie eine Ärztin einen schwierigen Patienten betrachten mag oder eine Kunsthistorikerin ein Gemälde, das sie zu beurteilen hat, legte das Kinn zwischen Daumen und Zeigefinger, hob dann den Arm, ließ ihren Zeigefinger knapp vor der Wand schweben, hierhin und dorthin, ließ Arm und Finger wieder fallen, hob sie erneut wie in tiefen Gedanken und murmelte:

Da sind kleine Risse.

Und?

Durch die dringt das Wasser ein.

Und?

Es kann nicht mehr raus. Beziehungsweise: Es kann schon raus, aber nicht nach außen. Nur nach innen. Der Regen findet seinen Weg in die Wand hinein, in diese ganzen geheimen inneren Strukturen des Gemäuers, zwischen den uralten Steinen und den verborgenen Kaminen. Da verteilt er sich. Und innen tritt er an manchmal weit entfernten Stellen wieder aus.

Und?

Es ist der falsche Putz. Der Maurer hat den falschen Putz genommen. Zementputz. Der alte Putz nimmt Feuchtigkeit ein wenig auf, gibt sie aber nach außen auch wieder ab. Das tut dieser neue Zementputz nicht.

Und?

Ihr müsst alles neu machen. Dieser Putz muss komplett runter, dann kommt der neue, dann muss wieder gestrichen werden.

So kam es. Wir verfluchten den Maurer, der diese verheerende Arbeit geleistet hatte, suchten einen neuen, und die ganze Arbeit begann von vorn: Gerüst aufbauen, Putz runter, neuer Putz, neu streichen, Gerüst abbauen.

Ein gelungener Urlaub, wenn man Bauarbeiten liebt, wenn man es auch mag, dass Geld auf dem Konto durch winzige Risse abfließt, in feinen Strukturen versickert und nie wieder auftaucht, und wenn man es weiterhin liebt, für Ferien im Hotel zu bezahlen, obwohl man einen Kilometer weiter ein Haus hat.

Andererseits ...

Die Zeit im Hotel war schön! Wir freundeten uns mit den Besitzern an. Unsere jüngste Tochter lernte im Pool schwimmen und auf Italienisch bis neun zählen. Sie machte es mir vor:

Uno, due, tre, quattro, cinque, sei, sette, otto, ancora.

Ancora?

Ja, *ancora* heißt neun.

Wie kommst du darauf? *Neun* heißt *nove*, und *ancora* heißt *noch*. Oder: *noch mal.*

Es stellte sich heraus, dass sie vom Poolrand aus die nachmittägliche Wassergymnastik verfolgt hatte, bei der eine Instruktorin die Kommandos gab: *uno, due, tre, quattro, cinque, sei, sette, otto e ancora.*

Eins, zwei, drei, vier, fünf, sechs, sieben, acht und noch mal.

Oder eben: Eins, zwei, drei, vier, fünf, sechs, sieben, acht und neun.

Von diesem Urlaub an konnten wir, weil meine Frau einfach danach fragte (ich hätte das nie zu tun gewagt), Garten, Pool, Strand, Restaurant Sommer für Sommer wie einen Club benutzen. Wir wohnten nicht im Hotel, sondern wieder in unserem Haus, verbrachten aber jahrelang viele Tage in der idyllischen Anlage des Hotels, abseits des Lido-Trubels. Es war perfekt.

Ich frage mich nur oft, ob man das nicht auch ohne Regenschaden im Haus irgendwie hätte herausfinden können.

Aber jetzt ist alles gut. Jetzt sitze ich vor einem Glas Wein.

Gerade eben noch standen wir direkt vor dem Haus, und während ich den Wagen auslud, inspizierte meine Frau die Räume: ein heikler Moment, im Grunde der Moment der Momente nach der langen Fahrt, der Augenblick, auf den wir seit dem Aufstehen hinfieberten, die Minuten, die wir wahlweise imaginiert, verdrängt, besprochen oder beschwiegen hatten.

Ich erinnere mich, dass sie in dieser Phase einmal oben auf der Empore unter dem Dach, dort, wo sich unser Bett befindet, eine Stelle entdeckt hatte, an der es offensichtlich den ganzen Winter über immer wieder hineingeregnet hatte, ohne dass Alice es bemerkt hätte. Das Wasser war in die schon recht betagte Matratze eingedrungen, sie hatte begonnen zu schimmeln. Ihr Material war an dieser

Ecke von einem blauschwarz schimmernden Pilz überzogen gewesen, der einen feinen chemischen Geruch verströmte. Die Matratze sah aus, als sei sie von einem üblen Matratzenkrebs befallen.

Minuten später telefonierte meine Frau schon mit einem Matratzengeschäft. Es wäre undenkbar gewesen, auf dieser Unterlage nur ein einziges Mal zu schlafen, also brauchten wir eine neue. Meine Frau entfaltete ihre Begabung als Krisenmanagerin zu voller Blüte, aber weil es schon fast Abend gewesen war, dauerte es selbst in Italien – wo solche Dinge, wenn es drauf ankommt, unglaublich schnell gehen können – bis zum Eintreffen der neuen Matratze einen Tag. Also verbrachten wir die erste Urlaubsnacht auf dem Sofa im Wohnzimmer.

Ich erinnere mich auch, dass wir vor dem winzigen Fenster des Kinderzimmers (es hat eher die Größe einer Schießscharte als die eines richtigen Fensters) ein verlassenes Nest von Haustauben entdeckt hatten. Wir reinigten die Stelle, und ich brachte dort die scharfen und spitzen Taubenabwehrgerätschaften an, die ich fast jedes Mal neu aus Deutschland mitbringe, weil wir immer neue Stellen entdecken, die Tauben im Winter für sich reklamiert haben.

Als wir im nächsten Jahr wiederkamen, hatte eine Taube ihr Nest *auf diesen Spitzen* errichtet, eine Fakirtaube anscheinend, die unempfindlich war für die nadelspitzen Metallstifte. Für einige Zeit ließ die Tatsache, dass solche Tauben offenbar auch zu brüten gewillt sind, während

Pfeile ihre Körper durchbohren, Resignation in mir aufkommen, bis ich, entschlossen, im Abwehrkampf zum Äußersten zu gehen, die Anti-Tauben-Nadeln auch links, rechts und oben an der Wand befestigte. Das machte das Fenster zwar nun für die Tiere unbenutzbar, weil zwischen den Nadeln allenfalls noch Raum für einen Spatzen gewesen wäre. Die Kinder blickten allerdings seitdem aus ihrem Fensterchen wie durch einen vergitterten Lichtschacht einer Gefangenenzelle.

Aber der Torre ist ein Turm. Und ein Turm ist immer auch eine Festung, er beschützt seine Insassen oder inhaftiert sie, je nachdem. In unserem Fall, so erklärte ich den Kindern, sei er ein Schutz, wir seien hier so sicher wie nirgendwo. Ich erzählte ihnen, wie der Torre in den Jahrhunderten seine Bewohner und das ganze Dorf bewacht und beschützt habe. Das gefiel ihnen, auch wenn es jetzt nur gegen Tauben ging, nicht mehr gegen Piraten und feindliche Heere.

Einem unserer Söhne gefiel es besonders.

Mir fällt eine alte Geschichte ein, aus einem Sommer vor zwanzig Jahren.

Es war an einem frühen Abend, und in den Gassen war es voll, wie immer. Der Jüngste, damals etwa sieben Jahre alt, war irgendwo draußen und spielte. Meine Frau und ich waren noch im Torre, als unten in der Tür ein seltsamer kleiner Junge stand und fragte, ob er hereinkommen dürfe. Meine Frau kannte ihn flüchtig, er sei der Sohn eines Nachbarn, sagte sie, also herein! Der Junge redete nicht weiter, setzte sich in der Zelle der Kinder auf den Boden und spielte mit den dort vorhandenen Legosteinen. Irgendwie tat er uns leid, ein stiller Knabe mit gleichmütigem Gesichtsausdruck. Zu Hause schien er wenig Spielzeug zu haben, jedenfalls war er fasziniert vom Lego. Meine Frau und ich sahen ihm eine Weile zu. Aber er beachtete uns nicht, ein komischer Junge, still und neugierig.

Come ti chiami? Wie heißt du?

Luigi.

Er schwieg und spielte weiter mit unbewegtem Gesicht. Wir ließen ihn allein und lasen weiter.

Dann kam der Sohn heim. Er hatte in den Tagen zuvor eine *Carabinieri*-Ausrüstung geschenkt bekommen. Die trug er nun: Mütze auf dem Kopf, Pistole in der Hand, Handschellen am Gürtel. Er ging ins Zimmerchen und kam sofort wieder.

Da sitzt einer, der spricht kein Deutsch und spielt mit meinem Lego!

Lass ihn doch. Das ist Luigi, der hat zu Hause nur wenige Spielsachen, und weil du nicht da warst, haben wir ihm erlaubt, mit deinem Lego zu spielen.

Ich will das nicht!

Ach bitte ...

Nein.

Ach bitte ...

Nein!

Er rannte aus dem Raum, blieb kurz oben in seinem Zimmer, kam zurück und lief hinaus.

Ich gehe wieder spielen!

Und was ist mit Luigi?

Unser Sohn war schon weg, so bekamen wir keine Antwort. Wir lasen weiter. Nach einer Viertelstunde hörten wir ihn in der Gasse wild schreien und rannten hinunter. Er hatte Streit mit einem Jungen gehabt, der ihm seine Pistole hatte wegnehmen wollen. Sie hatten sich geprügelt.

Wir gehen jetzt Pizza essen.

Luigi hatten wir vergessen. Er war so still gewesen.

Wir gingen in ein Lokal in der Nähe. Nach einer Stunde kehrten wir zurück.

Du gehst jetzt schlafen, sagte ich zu unserem Sohn.

Ich ging hinauf, um sein Bett zu machen. Als ich in das kleine Zimmer kam, sah ich Luigi auf dem Bett sitzen, mit Handschellen an den Bettpfosten gefesselt, still wie auch vorher schon, in sein Schicksal ergeben, den Blick wehmütig auf die Legosteine gerichtet.

Meine Frau brachte ihn nach Hause. Die Eltern hatten ihn verzweifelt gesucht. Auf den Gedanken, dass er bei uns sein könnte, waren sie nicht gekommen. Dort war er noch nie gewesen.

Dass er zwei Stunden lang der Gefangene des Torre gewesen war?

Wir erzählten es nicht.

AM MORGEN NACH DER ANKUNFT fahren wir zum *Ripidello*.

Der *Ripidello* ist ein Hügel hinter dem Dorf, ein ganzes Stück außerhalb, vielleicht zwei Kilometer vom Ort entfernt. Man hat hier eine Aussicht, die mich an den besten Tagen still vor Glück werden lässt. Man sieht das Meer links und rechts in der Sonne glitzern, man sieht die Berge, die Hauptstadt, auch Korsika in der Ferne. Im Sommer hört man das Rumoren des Dorfes, im Frühling und Herbst aber (und ich vermute, erst recht im Winter, aber da war ich noch nie hier) ist es ganz ruhig. Der Wind rauscht vielleicht in den Pinien und den Ölbäumen, und dann und wann läutet irgendwo in der Macchia eines der Glöckchen, die Dante, der Nachbar, seinen Ziegen um den Hals gebunden hat, ein leises, verwehtes Geräusch.

Dante, er heißt tatsächlich so mit Vornamen! Ich frage mich, wie um alles in der Welt man ein Land nicht lieben kann, in dem dein Nachbar Dante heißt und Ziegen hält, jedenfalls, solange sie nicht auf dein Grundstück scheißen und die Pflanzen dort abfressen, aber dazu kommen wir noch. Und in dem dann auch noch der Mann, der sich um deinen Garten kümmert, wenn du nicht da bist, der aber sonst tagsüber an der Kasse der Tankstelle arbeitet, Omero gerufen wird, Homer.

Der Weg hier herauf ist an einer Stelle so steil, dass man im Auto an manchen Stellen das Gefühl hat, gleich hintenüberzukippen. Er führt hügelan, bis man ein kleines Plateau erreicht, hinter dem der Berg aber weiter ansteigt und wo sich eine große und zum erheblichen Teil menschenleere Halbinsel voller Steineichenwälder, Pinienhaine und Macchia erstreckt. Fast senkrecht fährt man vom Dorf aus ein Stück der Straße empor, die an manchen Stellen aus zerborstenem Zement besteht, aus dem Eisenstäbe ragen. Sie lauern auf deine Autoreifen.

Jahrhundertelang wurden hier am Hang Wein, Oliven und Gemüse angebaut, bis sich das Ganze nicht mehr lohnte und die Leute keine Zeit mehr für die viele Arbeit hatten. Dann überließ man den Hügel sich selbst. Die Macchia brauchte nur ein paar Jahre, um die fruchtbaren und einst bewirtschafteten Terrassen, die alten Trockenmauern und die stillen, schmalen Wege unsichtbar zu machen. Seither bedeckt dorniges, undurchdringliches Gestrüpp das Land wie Stacheln einen Igel.

Eine kleine Parzelle dieses Landes gehört seit Jahrzehnten uns. Wir hörten nie auf zu träumen, hier oben einmal ein kleines Häuschen zu bauen, einen Garten anzulegen, ein paar Ölbäume zu pflanzen, im Schatten der Pinien und einer riesigen Palme zu liegen, aufs Meer zu blicken und einem der Sonnenuntergänge entgegenzudämmern, die abends den Himmel über den Bergen hinter dem Meer entzünden. Nie verließ uns die Enttäuschung darüber, dass dieser Wunsch immer wieder scheiterte an …

Ach, egal.

Wir wussten ja nicht, was noch kommen würde.

Oberhalb unseres Grundstücks liegt ein weiteres, das zwanzig Jahre zuvor ein deutsch-italienisches Ehepaar gerodet und kultiviert hatte. Die beiden hatten Oliven- und Aprikosenbäume gepflanzt, einen Gemüsegarten angelegt, einen Zaun gegen die Wildschweine gebaut, eine kleine Hütte errichtet, eine Wasserversorgung installiert. Ein Paradies. Aber das wusste ich nicht. Ich hatte das alles noch nie gesehen, denn das Grundstück liegt versteckt, und ich kannte die Besitzer nicht, obwohl sie das ganze Jahr über in einer schönen Wohnung nicht weit von uns im *centro storico* des Dorfes lebten. Meine Frau war ihnen aber in früheren Jahren schon einige Male begegnet. Dann war die Frau gestorben, eine Norditalienerin aus Turin, Isabella hieß sie, wie meine Frau wusste. Seitdem hatte sie den Mann nicht mehr gesehen, ein pensionierter Ingenieur aus Konstanz.

Eines Tages fuhren wir auf den *Ripidello*, weil wir vom Weg aus, der an unserem Terrain vorbeiführt, ein wenig die Aussicht genießen und uns wieder einmal vergeblichen Hoffnungen hingeben wollten. Als wir damit fertig waren, sah ich hinter den Büschen ein Auto stehen, vermutlich der Wagen des Grundstückseigentümers.

Lass uns den kurz besuchen, sagte ich.

Es ist schon spät, und wir müssen noch einkaufen, sagte meine Frau.

Die Entscheidung wurde uns abgenommen. Der Mann

tauchte hinter den Büschen auf, ein großer, herzlicher Typ mit kompletter Glatze (aber die sah ich erst, als er fröhlich seinen Strohhut lüftete, um uns zu grüßen) und einem freundlichen weißen Schnauzbart. Friedrich. Ich möchte mal wissen, warum weiße Schnauzbärte Männer immer so freundlich aussehen lassen, dachte ich noch, da sprach Friedrich schon genau so freundlich zu uns, wie er aussah.

Ob wir auf ein Glas Wein hinaufkommen wollten, unter Nachbarn.

Das wollten wir.

Wir stiegen den Berg hinauf zu seinem kleinen Häuschen. Wir tranken den Wein in einer schattigen Laube aus Blauregen und blickten über die silbrig-grünen Blätter der Oliven aufs Meer. Friedrich erzählte von den Jahrzehnten, die er hier oben mit seiner Frau verbracht hatte. Seltsamerweise berichtete er wenig von verschwendeten Tagen, vom Betrachten der Pinienwipfel im Wind, von Sonnenuntergängen und durchfeierten Nächten, sondern von der Arbeit, die sie hier oben gehabt hätten. Vom Steineschleppen für die Neuaufrichtung der unter Macchia und Gras zerstörten Mauern alter Terrassen erzählte er, vom langwierigen Bau des kleinen Häuschens, einer Schrebergartenhütte ähnlich, vom Düngen, Schneiden und Abernten der fünfzig Olivenbäume, vom Kampf gegen das Unkraut auf der Terrasse vor der Hütte, vom Widerstand gegen die zudringlichen Wildschweine.

Es war verdammt viel Arbeit, Arbeit, Arbeit, seufzte er.

Und nun hast du es so wunderschön, seufzten wir, leider ohne Isabella.

Als die Gläser zum zweiten Mal gefüllt wurden, sagte unser Gastgeber, dass er nach zwanzig Jahren harter Arbeit hier oben müde sei und nun auch nicht mehr der Jüngste, dass er fürchte, den Grund nicht mehr instand halten zu können, und dass er deshalb daran dächte, das alles zu verkaufen. Es sei ja nun auch alles anders, ohne seine Frau. Er wolle ohne sie hier eigentlich nicht mehr sein, aber die Insel auch nicht verlassen, weil er sie so liebe, die Insel, und weil er seine Frau so geliebt habe, die ihrerseits die Insel so geliebt habe wie er. Deshalb habe er ein kleines Haus am entgegengesetzten Ende der Insel gekauft. Damit sei er künftig ausgelastet. Und die Fahrt hierher sei ihm ohnehin viel zu weit.

Meine Frau und ich warfen uns kurz einen Blick zu.

Ob er zufällig auch schon einen Preis im Kopf habe.

Hatte er, zufällig.

Und noch viel zufälliger war es sehr viel weniger Geld, als ich gedacht hatte, und auf beinahe gespenstische Weise ebenso zufällig hatte ich exakt diesen Betrag auf dem Konto.

Wir wüssten auch Käufer, sagten wir.

Einen Monat später saßen wir beim Notar.

Wir hatten ein Grundstück. Nun hatten wir noch eines.

Wir hatten ein Leben in Deutschland. Nun hatten wir endgültig ein zweites in Italien.

Alles, was hier zu tun sein würde, war nicht in einem Urlaub zu erledigen, dazu musste man länger hier sein, einige Monate im Jahr. Es ging nicht mehr um ein paar Reparaturen am Torre, um diese Kleinigkeiten, die jeder kennt, der ein Ferienhaus hat, ob auf Rügen oder in der Lüneburger Heide, in Tirol oder an der Algarve. Es ging um ein anderes Leben. Das Geld, das wir in eine sichere Altersversorgung hätten stecken sollen, hatten wir nun hier auf dem *Ripidello* vergraben. Und die Entscheidung dazu hatten wir in ein paar Sekunden getroffen, leicht beschwingt nach zwei Gläsern Wein.

Ich wälzte mich einige Nächte in dem Gefühl, mein Leben in einer spontanen Aufwallung in den Abgrund gelenkt zu haben. Vielleicht würde nun alles, was wir besaßen, einem Macchia-Brand zum Opfer fallen, einem schrecklichen Feuer, wie sie immer wieder in allen Mittelmeer-Gegenden toben. Vielleicht würde ein rasender Sturm unsere Bäume vernichten. Vielleicht würden die Oliven dem Feuerbakterium *Xylella fastidiosa* zum Opfer fallen wie angeblich Tausende von Bäumen in Apulien. Vielleicht würden die Klimaveränderungen unseren Boden verdorren lassen. Vielleicht würde der Tourismus das Dorf eines Tages so verändert haben, dass wir es nicht mehr mochten.

In diesen Nächten plagten mich die Furien, die mich mein Leben lang immer wieder heimgesucht haben und mir oft die Freude an einer schönen Gegenwart nahmen, weil die Zukunft *vielleichtvielleichtvielleicht* fürchterlich sein würde. Ich hatte sie, dachte ich, längst besiegt, die alten Geister. Hier, im Dorf, hatten sie mich ohnehin nie heimgesucht. Den Weg hierher hatten sie nie gefunden, und es mag sein, dass ich auch deswegen über so viele Jahrzehnte wieder und wieder und wieder ins Dorf reiste: weil diese Quälteufel nie mit mir übers Meer kamen, nicht auf die Insel. Sie blieben immer zurück.

Aber jetzt erhoben sie auf einmal ihre Häupter.

Vielleicht war alles ein Wahnsinn, sagte ich zu meiner Frau. Vielleicht wird etwas Schlimmes geschehen, und uns wird alles wieder genommen.

Dann haben wir das Schöne wenigstens gehabt, antwortete sie.

Nach diesen Nächten gingen wir auf den *Ripidello*, wanderten auf den höchsten Punkt, sahen, wie die Pinien sich leicht im Wind bogen und die Zweige der großen Palme hin und her wehten. Wir sahen einige Segler durch die Bucht gleiten und das Laub der Olivenbäume in der Sonne glänzen.

Und die Teufel waren weg.

Jetzt parken wir das Auto unten auf dem Plateau und stapfen in der Morgenhitze den Hügel hinauf zur Hütte. Vor der Hecke, hinter der die Hütte steht, sagt meine Frau:

Es stinkt.

Fürchterlich, sage ich.

Ich erinnerte mich an eine Geschichte, die mir Friedrich erzählt hatte, als er mich in die Gegebenheiten und die Geschichte des Grundstücks einweihte. Er hatte mir das Waschbecken gezeigt, das er mit einer Metallplatte jeden Abend sorgsam verschloss, sodass es nach außen abgedichtet war. Nur an einer Stelle, sagte Friedrich, sei ihm die Abdichtung nicht ganz geglückt. Dort war eine Schlange ins Becken geschlüpft, die in der Trockenheit nach Wasser suchte und dieses im Siphonrohr unter dem Becken witterte. Sie kroch durch das Sieb des Abflusses, fand dort auch das Wasser. Aber bei der Rückkehr blieb sie im Sieb hängen. Als Friedrich am nächsten Morgen die Metallplatte abhob, blickte er ins offene Maul des noch lebenden, fauchenden Tieres.

Und was hast du getan?

Ich habe kochendes Wasser drübergegossen.

Du hast – was …?

Kochendes Wasser aus dem Wasserkocher, fertig. Sie fauchte noch einmal, dann war es vorbei. Sie erstarrte irgendwie so komisch, weißt du. Kochendes Wasser, aber diese Schlange sah plötzlich wie erfroren aus. Was sollte ich machen?

Er schüttelte sich fast unmerklich und blickte mich an, als wüsste ich eine Lösung, nachträglich. Mir lief ein Schauer nach dem anderen den Rücken herunter.

Hier gibt es Schlangen?, fragte ich.

Erst in diesem Moment war mir klar geworden, dass wir uns mitten in der Natur befanden, umgeben von Wildnis und Tieren, auf dem letzten kultivierten Flecken Erde, vom Dorf aus gesehen, hinter dem viele Quadratkilometer Naturschutzgebiet liegen. Das hier war ein Außenposten der Zivilisation, belauert von schweigendem Urwald, in dem Vipern wohnten, bereit, uns heimzusuchen.

Daran hatte ich nicht gedacht, betört von meinen Träumen, von der Aussicht und dem Frieden über der Landschaft.

Ich beschloss, hier oben nur die knöchelhohen Lederstiefel zu tragen, die im Torre für Schlechtwettertage im Schrank standen.

Natürlich gibt es Schlangen. Jede Menge.

Giftige?

Die Leute sagen: nein. Ich habe auch nie eine gesehen. Giftige seien nur dort drüben, sagen sie.

Er zeigte mit dem Arm über die Bucht hinweg in Richtung der Berge.

Hier sind nur die harmlosen. Das sagen sie. Ich weiß es natürlich nicht so genau. Ein Gärtner hat mir mal erzählt, seinem Kollegen sei bei der Arbeit im Wald eine Schlange auf den Kopf gefallen, aber eine giftige. Der lag eine Woche im Krankenhaus. Sie machen das ja heute nicht mehr mit einem Serum. Sie tauschen das Blut aus. Aber das war auch da drüben.

Er wedelte wieder mit dem Arm in Richtung der Landzunge auf der anderen Seite der Bucht.

Im Sommer siehst du sie eigentlich nicht. Sie sind weg, bevor du kommst, sie spüren deine Schritte und haben Angst vor dir. Im Frühling ist es anders, wenn es noch nicht so warm ist. Dann sind sie langsamer, es sind ja wechselwarme Tiere. Und du musst aufpassen, wenn du was an den Trockenmauern machst. Da liegen sie manchmal zwischen den Steinen. Und warten.

Schweigend blickte Friedrich eine Weile in die Ferne. Ich hatte das Gefühl, dass tief in ihm der Augenblick, in dem er die fauchende Schlange mit kochendem Wasser übergossen hatte, für immer begraben war, und dass er Nacht für Nacht von dieser Sekunde träumte. Ich beschloss in diesem Moment, was immer geschehen möge: Nie würde ich eine Schlange mit kochendem Wasser übergießen.

Es verändert dich für immer, wenn du das tust.

Und nun stinkt es hier – und zwar nach verdorbenem Fleisch.

Die Ursache ist nicht ganz leicht zu entdecken. Ich finde sie in einem Außenwaschbecken an der Terrasse, dem ich mich schnüffelnd nähere – und als ich davorstehe, ist mir klar, was geschehen ist, ohne dass ich es schon gesehen hätte.

Eine Schlange ist offensichtlich wieder auf der Suche nach Wasser gewesen. Sie muss sich im Sieb verfangen haben. Aber weil es keinen Friedrich mehr gibt, der den Deckel am nächsten Morgen öffnet, und weil wir erst Monate nach dem Ereignis hier eintreffen, ist sie da unten elend verreckt. So muss es gewesen sein.

So war es gewesen.

Ich ziehe mir Gartenhandschuhe an und hebe vorsichtig die Metallplatte ab.

Im Becken liegt etwas, das nur noch mit Mühe als ehemalige Schlange zu erkennen ist, ein zerbreiter, faulig stinkender Kadaver, bedeckt von schillernden Fliegen, die an ihm fressen.

Meine Frau späht an mir vorbei, schreit auf, rennt unter Ekelrufen in die Hütte und kehrt sofort zurück, mit einem Tuch um Mund und Nase, die Hände in Gummihandschuhen. Sie packt den Gammel im Becken, rennt zum Zaun und wirft alles in die Wildnis. Dann holt sie einen Eimer Wasser und Putzmittel, spült das Becken und scheuert es aus wie besessen.

Als sie fertig ist, holt sie eine Flasche Grappa und setzt sie an den Mund.

Sie trinkt große Schlucke wie ein Forstarbeiter aus der Wasserpulle.

VOR DER BUCHT, von der ich nun spreche, einer der größeren hier, jedoch nicht so groß wie der Lido (von dem sie ein Hügel trennt), liegt unser Schlauchboot an einer Boje, zweihundert Meter weit vom Strand, den ganzen Sommer lang.

Die Boje gehört Mauro, er vermietet sie uns. Wenn wir, beladen mit dem, was wir für einen Tagesausflug auf dem Boot benötigen, vor seiner kleinen Bretterbude erscheinen, fährt Mauro mich mit einem Schlauchboot zu unserem *gommone*. Ich mache es draußen startklar und hole meine Familie am Strand ab. Abends, wenn wir zurückgekehrt sind, laden wir unsere Habseligkeiten aus und bedecken das Boot wieder mit einer Persenning. Danach schleppt Mauro es wieder zur Boje.

Das alles geschieht im Sommer fast jeden Tag, denn die Strände sind dann so voll, dass man kaum einen Platz findet und eigentlich auch keinen haben möchte. Draußen, allein auf dem Meer, ist es viel schöner. Im Übrigen hat die Insel herrliche Buchten, von denen einige der schönsten nur vom Wasser aus zu erreichen sind.

Deswegen haben wir ein Boot. Und weil wir ein Boot haben, haben wir Mauro.

An allen Tagen von Anfang Mai bis Ende Oktober ist Mauro am Strand, von der Frühe bis zum Abend. Nur die

Mittagspause ist heilig, ja, von Mauro zu verlangen, in diesen anderthalb Stunden zum *gommone* gebracht zu werden, ist ein Sakrileg. Man muss ihn danach gar nicht erst fragen, es käme einfach nicht infrage. Er muss dann essen.

Was er in der anderen Hälfte des Jahres tut?

Ich weiß es nicht.

Überhaupt weiß ich wenig von Mauro. Er hat einen Sohn, ja, der half ihm eine Zeit lang mit den Liegen und Schirmen, den Motorbooten und Kajaks, die Mauro vermietet. Aber dann wechselte dieser Sohn zu einem anderen Job, irgendwo in der Hauptstadt.

Ist Mauro verheiratet? Keine Ahnung.

Wo wohnt er? Keine Ahnung.

Wie alt ist er? Ich schätze: um die sechzig, kann mich aber irren.

Hat er ein Auto? Ich vermute. Gesehen habe ich ihn nur auf einem Motorrad, das sehr gut zu ihm passte, eine bullige, glänzende, brummelnde BMW, die Mauro mit Helm, Sonnenbrille und stoischer Miene durch die Menschenmenge auf der kleinen Straße hinter dem Strand navigierte, bevor er zwischen den Autos auf der *strada comunale* verschwand.

Mauro ist nicht nur ein Teil des Strandes, es ist fast andersherum: Der Strand ist ein Teil von ihm, und manchmal kam ich mit dem Gefühl hierher, dieser Strand existiere nur, damit es Mauro geben kann. Denn ohne Strand ist er nicht denkbar, ja, vielleicht verschwindet er da oben auf der Kommunalstraße zwischen den Autos nach einer Weile im Nichts, er löst sich im Blau des Himmels auf, um am nächsten Morgen wieder aus ihm heraus aufzutauchen, sich langsam aus diesem flirrenden Licht über dem Asphalt heraus maurofizierend.

Ja, Mauro ist einer von Zehntausenden italienischer Strandwächter, die mit einem roten Hemd, auf dem *Salvataggio* (also: Rettung) steht, das Geschehen in Sand und Meer überwachen. Mit Sicherheit ist er einer der allercoolsten von ihnen. Würde die Modefirma *Baldessarini* einmal einen Nachfolger für den Barkeeper Charles Schumann suchen, der seit langer Zeit ihre Anzüge und Mäntel zu Markte trägt – Mauro wäre ein Kandidat, die Haare weiß zurückgewellt, der Bart vielleicht eine Woche alt, die Nase scharf aus einem klassisch geschnittenen Gesicht ragend, der Körper hager, aber muskulös, straff, doch vom Leben gezeichnet.

Einmal kam ich am ersten Ferientag zum Strand, und sofort fiel mir eine riesige Narbe auf, die sich an Mauros rechtem Oberschenkel entlangzog, aus der Badehose heraus bis fast zum Knie.

Madonna! Cos'è successo? Um Himmels willen, was ist passiert?

Er habe sich bei der Arbeit im Garten (aha, er hat einen Garten!) mit der Motorsäge verletzt, das Ding habe sich, erzählt er, in den Schenkel gefräst, bis kurz vor die Schlagader.

Er war allein, der Garten ist draußen auf dem Land, also blieb ihm nichts übrig, als sich ins Auto (aha, er hat ein

Auto!) zu setzen – die linke Hand am Lenker, die rechte hielt notdürftig die klaffende Wunde zu – und zum Krankenhaus zu fahren. Dreißig Stiche hätten sie beim Nähen der Wunde gebraucht, *cucita con trenta punti*, aber es sei ja noch mal gut gegangen.

Er ist nicht verblutet, und man muss auch sagen: Auf solche Sachen verstehen sie sich im Inselkrankenhaus. Wunden aller Art vernähen, das *müssen* sie können. Da kann man nicht erst mit dem Hubschrauber aufs Festland fliegen. Da muss man sofort etwas tun.

Allerdings habe er, sagt Mauro, im Warteraum des Krankenhauses geschlagene zwei Stunden auf die Behandlung warten müssen, weil gerade irgendjemand mit einer noch schlimmeren Verletzung eingetroffen war. Hier passiert ja alles Mögliche, die Leute sind manchmal leichtsinnig mit ihren Maschinen. Einer unserer Nachbarn hat sich mal mit der Motorsäge den halben Körper zersägt, als er einen Baum fällen wollte. Mauro saß also vorne im Warteraum und hielt sich die Wunde zu, während sie drinnen versuchten, einen Motorradfahrer notdürftig zu versorgen, den es aus einer Kurve getragen hatte. Er wurde dann mit dem Helikopter in ein Universitätskrankenhaus auf dem Festland geflogen.

Jeder kennt hier jemanden, der auf dem Motorrad oder einem *Motorino* zu Tode gekommen ist, also: Jeder *kannte* jemanden.

Mauro sagt zu mir, alles sei ja noch mal gut gegangen, bloß sei jetzt die Narbe so hart, wer weiß warum? Nachdenklich schraubt er eine Dose auf, steckt den Zeigefinger in eine weiße Salbe und cremt die Narbe auf seinem Mauroschenkel ein.

Nun ist sie, die Narbe, eine Geschichte mehr, die sein Körper erzählt, die Geschichte eines Mannes, der mit Motorrädern, Motorsägen, Motorbooten hantiert, ein Motormann in einer kleinen Bretterhütte am Strand.

Ich denke an den Tag, an dem ich selbst ins Krankenhaus musste, weil ich eines Morgens auf dem *Ripidello* eine plastikverschweißte Packung mit Ersatzteilen für den Elektrozaun hatte aufschneiden wollen. Ich hatte mir extra für das Leben hier oben ein neues Taschenmesser gekauft, ein besonders scharfes. Denn ich hatte es mir schön vorgestellt, immer ein solches Messer dabeizuhaben und damit zu schnitzen, zum Beispiel. Ich fand, ein Messer gehöre auf diesem Grundstück einfach zum Leben. Dann war ich bei der ersten Benutzung von dieser Verpackung abgerutscht und hatte mir fast den linken Zeigefinger abgeschnitten, na gut, nicht ganz, aber der Schnitt war am Gelenk beinahe bis zur Sehne gegangen, die Kapsel drum herum hatte er sogar noch erwischt.

Blutend und fluchend fuhr ich ins Hospital, wo eine Orthopädin kurz vor Dienstschluss, schon im Kostüm für den Abend, die Wunde vernähte und dabei mit der Krankenschwester Kochrezepte austauschte. Danach lief ich zwei Wochen (den kompletten Rest der Ferien) mit einem dick verpackten, durch eine Schiene versteiften Zeigefinger durch die Gegend.

Ich erzählte Mauro davon und zeigte ihm das Messer. Im Preis inbegriffen war eine Gravur in der Klinge gewesen, da stand mein Name.

Mauro holte sein Messer heraus. Es war viel schöner als meines und trug auch seinen Namen.

Se amazzo uno e lascio il coltello conficcato, sapranno chi è stato. Devi aiutare la polizia, sagte er. Wenn ich einen umbringe und das Messer stecken lasse, dann wissen sie gleich, wer es war. Man muss doch der Polizei behilflich sein.

Manca il tuo indirizzo, sagte ich. Es fehlt deine Adresse.

Wir lachten. Das Messer habe ich nie wieder benutzt. Ich habe bis heute Angst davor, nicht nur vor diesem, überhaupt vor Messern. Ich habe eine Messerphobie und traue mich kaum noch, einen Apfel zu schneiden.

Treffen wir morgens bei Mauro ein, weil wir den Tag auf dem Boot verbringen wollen, bringt mich meistens nicht der Meister selbst, sondern der *ragazzo* zu meinem Boot. Der *ragazzo* ist das Helferlein, er erledigt die niedrigen Dienste, spannt die Schirme, räumt die Liegen auf und versucht im Übrigen, so zu sein wie Mauro, nur eben als sehr viel jüngere Ausgabe. Er heißt Giulio, ist achtzehn, sieht aber, unter uns gesagt, wie sechzehn aus und hat etwas Kükenhaftes. Angestrengt versucht er, die unvergleichliche und beneidenswerte Mauro-Lässigkeit zu imitieren und sich anzueignen: diese Art, so ganz nebenbei das kleine, müde und schlecht aufgepumpte Schlauchboot zu besteigen, mit dem er mich zur Boje fährt, jene Entspanntheit, die daraus resultiert, dass man eine Bewegung einfach draufhat, und mit der anderswo ein Skilehrer sich zwischendurch mal auf einem Ski dreht, während er den Hang hinunterfährt, oder mit der ein Tennislehrer blind hinter dem Rücken einen Ball spielt.

Aber wenn sich jemand anstrengen muss, um lässig zu sein …

Ob Giulio in fünfzig Jahren mal ein Mauro ist? Bevor er zum Boot geht, steckt er (genau wie Mauro) eine *Nazionali* zwischen die Lippen, zündet sie an und tut seine Arbeit. Aber eigentlich möchte man die ganze Zeit sagen: Kleiner, darfst du denn schon rauchen?

Hundert Meter weiter draußen fahren ein paar Mädchen auf einem Tretboot. Eines wirft Giulio einen Blick nach dem anderen zu, während wir vorbeituckern. Mit aller Kraft bemüht er sich, den Blick nicht zu erwidern. Als wir vorbei sind, sagt er zu mir sehr ernst:

Too small age for me!

Wenn der *ragazzo* dann aber seinen freien Tag hat, chauffiert mich Mauro persönlich zur Boje. Da muss man ein bisschen warten, bis der Chef bereit ist, er muss vielleicht noch etwas erledigen. Auch wirft er fast immer einen besorgten Blick aufs Wasser hinaus und sagt etwas dazu, zum Beispiel:

C'è mare.

Wörtlich übersetzt bedeutet das nichts weiter als *Da ist Meer* oder *Es gibt Meer*, was eine unbezweifelbare Tatsache ist. Aber natürlich hat es eine viel weiter ausgreifende Bedeutung, wenn Mauro es sagt. Es heißt, sozusagen in einer ersten Schicht: Das Meer hier vorne mag zwar relativ ruhig aussehen, da draußen aber sind höhere Wellen, auch geht außerhalb der Bucht ein Wind, den man hier nicht so spürt.

Etwas darunter, auf einer zweiten Bedeutungsebene, will Mauro sagen: Junge, ich habe keine Ahnung, ob du mit der Sache da draußen wirklich klarkommst, das Meer ist groß und gefährlich, und du bist doch nur eine kleine deutsche Landratte und auch noch Schriftsteller von Beruf, also: *attenzione!* Nicht, dass ich dich nachher irgendwo abholen und reinschleppen muss, dazu habe ich keine Lust, weißt du? Es fehlt mir auch die Zeit.

Um es klar zu sagen: Mauro hält nicht viel von mir als Kapitän, und da ist auch etwas dran. Einmal hatte ich draußen mein Boot fertig gemacht und wollte nun zum Strand fahren, um die anderen abzuholen. Ich löste die Leine von der Boje, warf den Motor an, legte den Gang ein und gab Gas. Aber das Boot bäumte sich auf, rührte sich nicht von der Stelle, der Motor röhrte, die Abgase wolkten herum, die Wellen schäumten um die Schraube. Sonst nichts. Ich kontrollierte, was es zu kontrollieren gab, fand nichts.

Noch ein Versuch, das gleiche Resultat. Und noch einer.

Es dauerte eine Viertelstunde, bis ich begriff: Das Boot war vorne an der Boje nicht nur mit einer Leine befestigt, sondern sicherheitshalber unter Wasser auch noch mit einer dicken Kette, die ich hätte lösen müssen. Mauro hatte sie da angeschlossen.

Das hatte ich vergessen.

Als ich zum Strand kam, sagte Mauro nichts.

Was war los?, fragte meine Frau.

Ach, nichts, sagte ich.

Als wir im Boot saßen, erzählte sie lachend, Mauro habe gesagt, ich hätte die Kette vergessen, und er hätte geradezu wiehernd lachen müssen darüber.

So, hat er das gesagt?, sagte ich und steuerte aufs große weite Meer hinaus.

Ich liebe den Gang frühmorgens durch die Via Roma, Richtung Piazza, zweihundert Meter bis zur *ganz bestimmten Bar,* in der ich einen Kaffee trinken werde und ein Croissant esse oder einen Zuckerkringel oder etwas anderes Ungesundes.

Riccardo, mein Nachbar aus der Gasse um die Ecke, der Archäologieprofessor war und eigentlich in Neapel lebt, schlägt die Hände über dem Kopf zusammen, wenn er das hört. Er frühstückt daheim *cereali,* Körner aller Art mit Joghurt, dazu einen Espresso. Aber ich mag die Unkompliziertheit, den Zauber und die Überraschungen des italienischen Frühstücks, bei dem man mitten im erwachenden Leben des Dorfes steht oder sitzt, neben den Handwerkern, die zur Arbeit müssen, den Straßenkehrerinnen, die eine Pause machen, den *Carabinieri,* dem Fischhändler, der Immobilienmaklerin und den Mountainbikern, die zu einer Tour ins Gelände aufbrechen.

Mimmo, der Kellner, singt morgens gerne.

Einmal fragte er mich, ob ich nicht auch etwas singen oder ihm ein deutsches Lied beibringen könnte. In meinem Schreck (ein Deutscher – und noch dazu: *ich* – soll noch vor dem ersten Kaffee singen und nicht erst nach dem fünften Bier) fiel mir nur *Ein Bett im Kornfeld* von Jürgen Drews ein, der im Übrigen, mir ganz ähnlich, im Wesentlichen auch nur dieses eine Lied singen kann. Jedenfalls habe ich nie ein anderes von ihm gehört. Das kann aber auch an mir liegen.

So standen wir morgens in der *ganz bestimmten Bar* und sangen, Mimmo und ich.

Ein Bett im Kornfeld, das ist immer frei.
Denn es ist Sommer und was ist schon dabei?

Nach diesen zwei Zeilen endete meine Textkenntnis, aber blöderweise ist das Lied ein Ohrwurm und blieb für den Rest des Tages in meinen Gehörgängen sitzen wie ein Parasit.

Mimmo ist ein Genie als Kellner und überhaupt ein großartiger Mensch. Du kannst mit fünfzehn Leuten zusammensitzen und die Rechnung für alle bezahlen wollen, er wird den Betrag in wenigen Sekunden im Kopf ausrechnen. Er ist von stupender Höflichkeit, stets präsent, liest dir deine Wünsche von den Augen ab, hat immer Zeit für einen Scherz und spricht mehrere Sprachen ganz gut, in Ansätzen auch Deutsch. Mimmo stammt aus Bologna. Er arbeitet hier im Sommer sieben Tage pro Woche. Im Winter aber verbringt er viel Zeit in Südamerika oder bei seinen Eltern im Norden. Er ist ein belesener, gebildeter Mann.

Einmal kam er an meinen Tisch und sagte, er habe von Touristen ein neues deutsches Wort gelernt, es laute *Leckerschmecker*. Und nun erkläre mal als Deutscher, der nicht besonders gut Italienisch spricht, einem Italiener, der in Ansätzen Deutsch spricht, was für ein schreckliches Wort *Leckerschmecker* ist, so übel, dass man an den Eingängen zum Ort Schilder aufstellen sollte, auf denen steht: *Eintritt für Leckerschmecker-Sager verboten!*

Ich resignierte, fand es dann aber nicht so wichtig und bat Mimmo einfach, das Wort nie in meiner Gegenwart zu benutzen. Das werde er tun, rief er, beziehungsweise er werde es eben nie tun, und wir sangen noch mal *Ein Bett im Kornfeld* zusammen, also die ersten beiden Zeilen.

Ich gehe also frühmorgens durch die Via Roma und freue mich auf Mimmo und auf die anderen in der *ganz bestimmten Bar*. Ich blicke die zweihundert Meter nach vorn, aber – so ist das nun mal, wenn man durch die Via Roma geht – ich blicke auch zurück, denn der Weg ist ein Gang durch die Geschichte des sich von Jahr zu Jahr verändernden Dorfes.

Dieser Gang hätte mich, wäre ich da schon im Dorf gewesen, vor fünfzig Jahren an einem Telefonbüro vorbeigeführt, in dem man Ferngespräche anmelden konnte und dann auf ihr Zustandekommen warten musste, auch an Eseln, die vor Häusern angebunden ihr Eseldasein fristeten, schließlich an den spielenden Kindern der Leute, die hier wohnten und nun aber hier nicht mehr wohnen. Viele Einwohner haben den Kern des Dorfs längst verlassen. Sie haben ihre Wohnungen an Leute verkauft, die entweder ihre Ferien hier verbringen oder eben diese Wohnungen an wiederum andere Leute vermieten, die ihrerseits ihre Ferien hier verbringen.

Und er führte früher vorbei an dem hervorragend gut sortierten Buchladen, der eines Tages schließen musste, weil er die ständig höher gewordene Miete nicht mehr erwirtschaften konnte. Er wurde ersetzt durch einen Laden, in dem bestickte Kochschürzen hergestellt und verkauft wurden. Der ist aber inzwischen auch schon weg. Der Laden steht gerade leer, vielleicht, weil im Moment niemand mehr die Miete verdienen kann, die verlangt wird. Es wird sich jemand finden, das ist sicher. Aber wenn ich an dem Laden vorbeigehe, muss ich fast wegsehen, wenn ich einen gewissen Kulturpessimismus in mir beherrschen will.

Es war nämlich wirklich ein ausgezeichneter Buchladen.

Heute gehe ich vorbei an Restaurants und Goldschmieden und an den Läden, in denen Kleinmöbel, Teppiche und allerhand Zierrat verkauft werden, von den Inhabern im Winter in Südostasien eingesammelt und nun hier an Mann und Frau gebracht. Ich gehe vorbei an der Eisdiele mit dem besten Eis der Insel, auch an Annas schönem kleinem Lebensmittelladen, den ihr Vater hier schon führte, an der Kirche und am Bademodenladen gegenüber, schließlich an dem hübschen kleinen Café, in dem alle Kekse und alles Brot selbst gebacken werden, und dann noch am Tauchsportladen eines dicken Mannes, der an jedem Tag, den ich hier verbrachte, vor seinem Geschäft stand oder saß und der im nächsten Jahr in Pension gehen wird – wieder so ein Einschnitt in den Alltag der Via Roma.

Ich wette, dass an dieser Stelle ein Lokal eröffnen wird.

Ich gehe vorbei an vielen hübschen Geschäften mit

hübschen Kleidern und hübschen Schuhen und hübschen Taschen und hübschen Tüchern, und manchmal scheint es mir, als sei das Wort *hübsch* extra für diese Läden erfunden worden. *Carino* heißt *hübsch* auf Italienisch, und auch *carino* selbst ist *hübsch*, als Wort, meine ich.

Der Weg durch die Via Roma führt heute vorbei an der schönen Straßenfegerin, die mithilfe eines außerordentlich komischen, mit einem Saugrüssel versehenen Apparates die Hundehaufen aufschlürft, die am Abend die Kampf- und Zierhunde der promenierenden und bummelnden Feriengäste hinterlassen haben.

Das alles gilt für das Frühjahr und den Sommer. Im Herbst aber, und vor allem im Winter, sehen wir geschlossene Türen, Geschäfte, die erst im Mai wieder öffnen werden. Man geht durch eine leere Straße.

Ich sehe den alten Mann, der jeden Morgen auf sein elektrisches Fahrrad steigt und zu dem kleinen Stück Land fährt, das er irgendwo außerhalb besitzt. Er ist einer der wenigen, die hier noch dauerhaft wohnen. Er baut dort Tomaten und Zucchini an oder liest Bücher, so stelle ich es mir jedenfalls vor. Ich weiß es ja nicht. Vielleicht hat er auch gar kein Stück Land, und er fährt zu einem Verwandten, den er pflegt, oder er geht spazieren in den Wäldern, ich weiß es nicht, wie gesagt, noch nicht, muss ich sagen. Eines Tages werde ich es wissen. Irgendwer wird es mir erzählen, vielleicht sogar er selbst. So ist das im Dorf: Irgendwann erfährst du alles. Du musst nur darauf warten, dann kommt jede Geschichte zu dir.

Die Bücher von Andrea Camilleri sind voll von Menschen wie dem Alten, von einsamen pensionierten Buchhaltern zum Beispiel, die eines Tages an irgendeiner Stelle außerhalb des Ortes einen Toten entdecken, mit dem eine Geschichte beginnt. Auch mit diesem alten Mann könnte eine Geschichte beginnen, aber nicht hier, in diesem Kapitel und in diesem Buch. Hier radelt er einfach nur jeden Morgen davon. Abends kehrt er zurück.

Dazwischen geschieht rein gar nichts, jedenfalls nichts, von dem ich wüsste.

Der Weg führt auch vorbei an dem Geschäft zweier Frauen, die sowohl medizinisches Cannabis als Padre-Pio-Bilder als auch Mussolini-Fotos anbieten, als auch allen möglichen anderen Krempel. Eine Nachbarin hat den beiden immer wieder zu erklären versucht, dass Menschen wie sie zu den ersten gehört hätten, denen Mussolini Schwierigkeiten gemacht hätte.

Was soll's?, haben sie geantwortet, es sei doch nur Geschäft ...

Geschäft, Geschäft, Geschäft.

Manchmal schimpfe ich, wenn ich morgens durch die Via Roma gehe, weil der Ort so vom Tourismus überwältigt wurde und weil die Straße im späten August ganz klebrig ist von all den vielen Menschen, der Hitze und diesen Tonnen von Urlaub, die hier stattgefunden haben und noch stattfinden, und deren Reste auf dem Straßenpflaster kleben als zähe Masse, darauf wartend, dass sie von Septembergewittern weggespült werden.

Aber das ist Eifersucht. Es ist der Wunsch, etwas für mich zu haben, das nicht mir gehört. Ich gehöre ja selbst zu den vielen, die hier etwas gefunden haben, das sie suchten, zu den Leuten, die das Dorf für sich nutzen und die sich nicht beklagen sollten, wenn das Dorf auch sie nutzt.

Im Buchladen habe ich vor sehr vielen Jahren ein Buch von Henky, dem Schriftsteller, gekauft, der auch zur Geschichte des Dorfes gehört, den ich aber nie kennengelernt habe.

Er war mir damals vom Namen her aber schon lange ein Begriff. Ich las seine Texte in der Zeitung, auch in *Geo* oder *Transatlantik*, bevor ich zum ersten Mal hierherkam. Sie gefielen mir. Aber als ich dann da war, hatte er die Insel bereits Richtung Südamerika verlassen, wo er viele Jahre später starb, anscheinend eines gewaltsamen Todes, mehr weiß ich nicht. In der Altstadt von Havanna sei eine Bar nach ihm benannt, habe ich mal gehört. Aber ich war nie in Havanna, und vielleicht werde ich nie dort sein. Ich bin zu oft hier, im Dorf.

Vielleicht sollte ich Mimmo, den Kellner in der *ganz bestimmten Bar*, einmal fragen? Er könnte etwas über diese Bar wissen, weil er im Winter oft in Kuba ist. Aber Henky kannte auch er nicht. Er kam erst nach dessen Abreise ins Dorf.

Henky (das habe ich in dem, was er geschrieben hat, gelesen, und ich habe es von den Leuten gehört, auch von meiner Frau, die ihn gut kannte) erreichte das Dorf vor Jahrzehnten und begann hier eine dreizehn Jahre lang währende Lebensphase als Bauer, ohne anfangs viel von Landwirtschaft zu verstehen. Er arbeitete sich aber ein, wurde einer der ersten Bio-Landwirte hier, konnte seine Sachen verkaufen und ein neues Leben probieren.

Er schrieb sein Buch mit dem Pathos des Einsamen, der diese Einsamkeit einfach nicht ablegen kann, so wie mancher eine Krankheit nicht loswird. Und der auch lieber einsam bleibt, wenn man ihn nicht so nimmt, wie er ist und sein will, der sich nicht gemeinmacht mit Leuten, mit denen er nichts gemein haben will, und der hier ein ganzes Dorf voll anderer Menschen gefunden zu haben glaubte, die der Einsamkeit verfallen waren wie er.

Er habe eines Tages, schrieb er, eine Bar voll mit Karten spielenden Männern im Dorf betreten.

> *Jemand schob mir einen Grappa her. In den Gesichtern der Männer war nichts zu lesen, aber sie hatten welche. Handfeste und selbstgemachte Gesichter hatten sie, die ihnen das Aussehen von Menschen verliehen.*

Er blieb den ganzen Abend.

> *Später kam einer mit dem Akkordeon und einer mit der Gitarre. Ein anderer sang. Er benutzte die Gesten der großen italienischen Tenöre, wenn sie in der Scala auftraten. Er sang gut und er wußte es. Es war eine Sportart hier, das Singen. Genau wie das Reiten, das Tanzen und das Kartenspielen.*

Die Männer arbeiteten in der Mine. Sie mussten das, wenn sie Geld verdienen wollten, es gab wenig andere Möglichkeiten – und das schon seit sehr langer Zeit.

> *Die Mine war ein jahrtausendealter Moloch, der Beine fraß und Arme und Brustkörbe und dafür Eisen ausspuckte.*
> *Man stand um vier Uhr auf,* erzählte einer aus dem Dorf im Buch, *und dann lief man die zwölf Kilometer bis zur Südküste, wo die Mine liegt. Um sechs fing die Arbeit an, und wir arbeiteten bis vier oder fünf Uhr Mittags. Auf dem Rückweg gingen wir über den Berg, schlugen zwei Stunden lang Holz und bündelten es, damit die Frauen und Kinder es am nächsten Tag heruntertragen konnten. Gegen zehn am Abend war man dann wieder zu Hause.*

So ging das Tag für Tag.

Vielleicht werde ich, wenn ich nachher diesen Weg zurückgehe durch die Via Roma, Thomas, den Maler, treffen. Er wird dann gerade aufgestanden sein. Er steht immer recht spät auf und wird sich auf den Weg in die *ganz bestimmte Bar* gemacht haben. Ich werde ein Gespräch mit ihm anfangen. Irgendwann wird er sagen, er wolle mich nicht aufhalten, und ich wolle doch sicher meiner Wege gehen. Ich werde antworten, er halte mich nicht auf. Doch die Wahrheit wird sein, dass er mich natürlich aufhält, dass ich mich aber gerne aufhalten lasse, von ihm vor allem. Denn er ist ein begabter, heiterer, umfassend gebildeter, charmanter Erzähler.

Also werde ich umdrehen und mit ihm gemeinsam die Via Roma zurück in die *ganz bestimmte Bar* gehen und dort noch ein Weilchen mit ihm reden.

Thomas ist vor fünfzig Jahren hierhergekommen, wie sehr viele und wie auch Henky eben. Da war er Anfang zwanzig, und er kaufte sich für fast kein Geld eine Ruine mitten im Dorf, von deren Zimmer aus man direkt in den Himmel blicken konnte, denn das Dach war natürlich kaputt, und wenn es regnete, dann: hinein.

Ein Jahr später brachte er seine Mutter mit. Sie kamen aus Florenz, es regnete (wie gesagt: hinein), die Mutter schlief im Bett in einer Ecke, deckte sich mit zwei Pelzen zu und sagte: *Morgen reisen wir ab, das haben wir nicht nötig.*

Sie blieben dann aber doch. Ein paar Tage später gab es ein rauschendes Fest irgendwo, die Mutter mittendrin. Am Morgen wollte sie nicht mehr weg. Sie sagte: *Ach, Kind, ich glaube, du hast es doch richtig gemacht.*

Aus der Ruine ist das Atelier geworden, wie aus vielen Ruinen hier was geworden ist, etwas anderes, Neues.

Damals waren viele der Gassen gesperrt, in die heute die Touristen die Linsen ihrer Fotoapparate und die Öffnungen ihrer Smartphones richten, um alles zu fotografieren, das Hübsche, *carino, carino*. Sie waren geschlossen, diese Gassen, weil man beim Passieren sonst vielleicht von einem Ziegel oder einem Mauerbrocken erschlagen worden wäre.

Damals waren Grundstücke am Meer fast nichts wert. Wer wollte denn ans Meer von den Bergleuten und Bauern hier? Die hatten weiß Gott keine Zeit, am Strand zu liegen und dort die *Gazzetta dello Sport* zu lesen. Wer solche Ländereien damals gekauft hätte, wäre heute vielfacher Millionär, aber erstaunlicherweise haben das gar nicht so viele getan. So wurden Einheimische reich, durch schieres Warten auf bessere Zeiten.

Damals galt das Dorf den anderen auf der Insel bestenfalls als seltsam. Die vornehmen Leute vom Festland hatten ihre *villeggiatura*, die Sommerfrische, auf der anderen Seite, im Norden, die ganz edle Variante oft: große Häuser mit fantastischen Parks drum herum, die neuen Gebäude oft von berühmten Künstlern ausgestattet, die alten manchmal voller Fresken aus dem 15. Jahrhundert. Thomas war da viele Male zu Besuch, fuhr mit seinem Mofa vor, um sein Essen von livrierten Dienern serviert zu bekommen bei Modeschöpfern, Aristokraten, Wirtschaftsleuten, Politikern, die liebten ihn ja auch als Erzähler. Nachts knatterte er mit dem Mofa wieder heim ins Dorf, zu den einfachen Leuten da.

Ich habe mich halt verliebt in das Ursprüngliche, sagt Thomas, und damit war er nicht allein. Es war archaisch hier, die einfache Welt am Mittelmeer, aber es war nicht wie, sagen wir, Capri. Die Insel war ja, teilweise zumindest, ein Industrie-Ort, sie lebte vom Erz, und für dieses Dorf galt das mehr als für andere. In der *ganz bestimmten Bar* sah man damals nur Männer, nie eine der meistens schwarz gekleideten Frauen. Der Barmann spielte Trompete, und einer, der eine wunderschöne Stimme hatte, sang dazu, die Männer tanzten. Gegenüber war das Lokal der Kommunisten – aber was heißt *Lokal*? Es war ein Raum mit Weinfässern und ein paar Tischen zum Kartenspielen. Um die Ecke dann eine andere Bar, die es nicht mehr gibt, dort wurden Geschäfte gemacht. Und daneben war noch ein Laden, in dem sich die zugewanderten Sarden trafen, die zumeist als Maurer arbeiteten, und – im Gegensatz zu den Leuten hier – nicht wenig tranken.

Im ganzen Dorf gab es nur eine einzige Trattoria. Dann eröffnete einer, der in Deutschland als Kellner gearbeitet hatte, in einer der Gassen ein Restaurant – und dorthin kamen dann die Leute von der ganzen Insel, *die fanden es romantisch hier*, sagt Thomas, und das war es ja vor fünfzig Jahren auch: ein Dorf, hinter der Zeit her, noch zu entdecken und randvoll von Vorstellungen einer großartigen Zukunft.

Eine Zeit lang war das Dorf ein Hippie-Ort, voller Künstler, die wirklich welche waren, und solcher, die taten, als wären sie es. Söhne des Dorfes eröffneten Jazz-Bars und renommierte Lokale, sie heirateten Engländerinnen und Deutsche, ein deutscher Künstler verarbeitete die Loren und Eisentürme und Kräne der Mine in seinem Werk, deutsche Schriftsteller bauten Gemüse an, deutsche Regisseure drehten Filme, Goldschmiede aus Bergamo oder Florenz verkauften hier ihre Arbeiten, und auf der Piazza gab es Konzerte sehr bekannter Musikerinnen und Musiker.

Manchmal packt mich Traurigkeit, dass ich diese Zeit nicht erlebt habe. Sie muss großartig gewesen sein.

Es war ja eine Zeit, in der es noch etwas zu entdecken gab in der Welt, eine Zeit des Aufbruchs, eine andere Zeit als heute, in der es nur noch ums Bewahren geht und um das Retten. Damals kamen die Leuten mit der alten und immer neuen Sehnsucht nach etwas Wahrem, nicht Verfälschtem in ihren Koffern, und hier öffneten sie diese Koffer und packten die Sehnsucht aus.

Henky zum Beispiel blieb auch deshalb, so verstehe ich das alles, weil ihn eine Welt lockte, die nicht geformt war vom Geld und der Gier, sondern von einer ganz anderen, genauso alten, aber viel besseren Geschichte.

Es war eine Zeit des Verliebtseins in dieses Dorf, das für manche später tatsächlich zu einer großen Liebe für immer wurde. Denn es gab Freunde, die, als es mit ihnen zu Ende ging, fast ein halbes Leben hier verbracht hatten. Sie baten die Angehörigen, ihre Asche dereinst ins Meer unten zu streuen. So geschah es auch. Sie wollten nie wieder woanders sein.

Aber manchmal geht Verliebtsein anders aus, für Henky zum Beispiel.

Er schrieb:

Das Dorf war eine Welt für sich, eine Insel auf einer Insel, die außer ihrer blutigen Geschichte nichts gemein hatte mit den anderen Orten. Das kalte blaue Licht der neuen Straßenbeleuchtung ließ den Nachthimmel zuweilen strahlen, als liege darunter ein leuchtender Gletscher, und die Menschen, die diesen Gletscher bewohnten, bildeten eine geschlossene Gesellschaft von Einzelgängern, die nur der Mamma, der Sippe und sich selbst gehorchten. Selbst untereinander hielten sie Abstand ... Sie waren mißtrauisch, verschlagen und eifersüchtig. Vor allem aber waren sie Einzelkämpfer. Sie hatten die Fähigkeit, freundlich zu sein, aber die Freundlichkeit reichte nur bis zu einer gewissen Grenze, und lieber blieben sie einsam, als diese Grenze zu überschreiten.

Einer dieser Leute fasste die Haltung in einem Satz zusammen:

Wenn man eine Sache anfängt, braucht man dazu eine ungerade Zahl von Personen. Die Zahl muss unter drei liegen.

Henky schrieb weiter:

Der Fremde blieb da Fremder, und wenn er sein ganzes Leben im Dorf verbrachte. Es spielte keine Rolle, von wo er kam. Selbst die Zugereisten von den nächsten Dörfern und Städten des Festlandes waren verloren in diesem Kollektiv der Steppenwölfe, das sie immer gewähren ließ und niemals aufnahm. Es war, als nage eine Maus an Granit. Wer nicht hier geboren war, wer nicht dieses Blutes war, der war es eben nicht und damit basta.

Es ist ein erschütterndes Buch. Das war der Schmerz dieses Mannes: dass er in genau dieser Welt, die er gesucht und gefunden hatte, nie dazugehören, sondern immer ein Außenseiter bleiben würde. Selbst durch Anpassung war das nicht möglich, und er war nicht einmal gesonnen, sich anzupassen. Er wollte sein, wie er war. Das ließ man ihn hier auch sein. Man ließ jeden sein.

Aber man ließ ihn nicht herein, nicht wirklich jedenfalls.

Es blieb nicht, wie es war. Die Menschen wurden wohlhabend, nett und umgänglich, daran ist nichts Schlechtes. Sie wurden einfach wie die Menschen anderswo auch. Aber Henky sah das anders, es gefiel ihm nicht, und deshalb gibt es am Schluss des Buches, an das ich auf meinem Weg durch die Via Roma denke, drei bittere Sätze:

> *Ich machte mich davon. Die Nacht war lauwarm wie Hundepisse. Als ich das Dorf hinter mir hatte, fuhr ich genau in die aufgehende Sonne hinein.*

Niemand arbeitet heute mehr in der Mine. Die Mine kann man besichtigen, Touristenbusse halten dort, sie ist Kulisse für Opern und Konzerte, bisweilen kurve ich mit meinem Mountainbike an ihren Rändern herum. Ihre rostigen Reste und Ruinen ragen wie fremde Zeichen einer untergegangenen Welt in den Himmel, wie die Steinstatuen auf der Osterinsel. Einmal im Jahr gibt es einen kleinen Umzug durch den Ort, der an den morgendlichen Weg der Minenarbeiter erinnert. Manchmal bemerkt man ihn kaum. Er wird nicht als Touristenattraktion inszeniert, sondern ist eine kleine und vielleicht ein wenig traurige Reminiszenz an eine andere Zeit.

Der Vicolo Lungo. Lauter Ställe waren das früher. Pferdeställe und Eselsställe. Jetzt war es eine perfekte Kopie von Ibiza. Weiß mit violetten und orangeroten Bougainvillas und dekorativen Lämpchen aus schwarzem Eisengitter.

Eine perfekte Kopie? Das finde ich nicht. (Aber ich war auch nie auf Ibiza. Ich war, wie gesagt, meistens hier.)

In Wahrheit ist ja nichts im Dorf perfekt. Die große Treppe, die ins Dorf führt, haben sie aus chinesischem Granit gebaut, obwohl drüben auf dem Festland Granit aus den Bergen geschlagen wird. Irgendwo unter dem Ort gibt es diese gruselige, nutzlose, nie fertig gewordene Garagenhöhle, von der ich später noch erzählen werde. Und vor Jahren ist das Dach der Schule eingestürzt, weil irgendjemand sich bei dessen Statik verkalkuliert hatte oder weil ein anderer … Ach, ich weiß es nicht, Gott sei Dank waren gerade Ferien, und niemand war drin, in der Schule. Einmal haben sie für viel Geld ein Beleuchtungskonzept für das nächtliche Dorf entwickeln lassen und riesige Lampen gekauft, die Gassen und Häuser nachts erstrahlen ließen. Darauf meldete sich ein Bewohner nach dem anderen: Man könne doch nicht schlafen, wenn einem nachts ein solcher Scheinwerfer das Gesicht im Bett ausleuchte. So wurde eine Riesenlampe nach der anderen wieder abgeschaltet, bis auf wenige, die blieben.

Das Dorf hier hat mich sofort interessiert, allerdings auf eine Weise, die ich lange selbst nicht verstanden habe, weil ich einfach zu wenig wusste von dieser ganzen Geschichte.

Ein Ort, der über Jahrhunderte gewohnt war, dass von Fremden nichts Gutes kam, weil sie das Dorf überfielen und ausplünderten, wird ein Reiseziel für Leute, die ihr Geld gerne und in großen Mengen in die Taschen der Einwohner schaufeln. Und plötzlich müssen die Leute von hier nicht mehr unter Tage arbeiten oder auswandern, sondern sie können hier bleiben, in ihrer Heimat. Sie müssen nicht mehr hinaus in die Welt, denn die Welt kommt ja zu ihnen, und sie kennen die Welt ja auch von ihren eigenen Reisen. Das hier ist nicht mehr das weltabgewandte Dorf von einst.

Es ist ein anderes Dorf und doch immer noch dasselbe, ein kleines Dorf, das nun selbst viel von der Welt weiß.

Einmal vor vielen Jahren, das war im Herbst, sollte ein wirklich berühmter italienischer Sänger auf der Bühne mitten im Ort auftreten. Aber ein Sturm verhinderte, dass er pünktlich kam, sein Schiff hatte große Verspätung. Erst gegen Mitternacht kam er an, als das Publikum sich schon wieder zerstreut hatte. Doch es gefiel ihm hier, er mochte das Dorf, in dem das Singen einmal eine Sportart gewesen war. So streifte er mit einigen Leuten durch die Gassen. Genau am Fuß des Torre beschloss er, ein wenig zu singen. So geschah es, es sammelten sich vielleicht dreißig, vierzig Menschen auf der dunklen Via Roma, Weinflaschen wurden geöffnet, jemand brachte Gläser. Wir schauten aus dem Fenster, während direkt unter uns der wirklich berühmte Sänger sang und plauderte und großen Spaß hatte.

Wie hieß er denn bloß?

Ich weiß es nicht mehr.

Dort, wo er sang, stand vor Kurzem ein Jahr lang eine drei Meter hohe Statue des Weingottes Bacchus, ein rechtes Monstrum, um ehrlich zu sein. Jahr für Jahr findet im herbstlichen Dorf, wenn alle Touristen weg sind, die *festa dell'uva* statt, das Weinfest. Das ist eben auch eine der Schichten, aus denen das Dorf besteht: Es gibt ja viele Monate nach dem Sommer, und in diesen Monaten ist das Dorf ein ganz normales Dorf. In jedem Viertel des Ortes wird dann zum Beispiel im Oktober eine *Cantina* geschmückt, in der getrunken und gegessen wird. Eine Kommission spaziert durch die Gassen, sie benotet den Schmuck der Keller. Das Viertel, das seine *Cantina* am schönsten gestaltet hat, bekommt einen Preis.

Und dieser Preis ist eben die Statue. Unser Viertel hatte sie damals gewonnen. Ich blickte eines Tages aus dem Fenster auf sie herab, als zwei deutsche Touristinnen davorstanden und sie bewunderten, als handele es sich um den David von Michelangelo.

Er sieht so mongolisch aus, sagte eine von ihnen.

Ja, vielleicht waren die Mongolen einmal hier, gab die andere zu bedenken.

Aber es ist Bacchus, der Weingott, rief ich von oben.

Sie schauten zu mir hoch, dann betrachteten sie die Statue von Neuem.

Nein, sagte die Erste und schüttelte den Kopf, es ist eindeutig mongolisch.

Die beiden achteten nicht weiter auf mich, gingen ihrer Wege, und ich dachte: mongolisch, meinetwegen, dann eben auch das noch: ein Mongolenfürst vor meinem Haus, vielleicht waren ja auch die Mongolen hier. Oder sie kommen erst noch.

Es gibt noch eine andere Geschichte, die ich an dieser Stelle erzählen muss.

Als ich hierherkam, um mit meiner Frau zum ersten Mal zusammen Urlaub zu machen, geschah nach ein paar Tagen ein Unglück: Ein junger Mann verunglückte tödlich auf seinem Motorrad.

Das ganze Dorf war schockiert, auch meine Frau, die damals noch nicht meine Frau war. Sie hatte den jungen Mann gut gekannt, und deshalb währten die Trauer und der Schock bei ihr sehr lange. Ich beklagte mich irgendwann einmal, ich hätte hier doch Ferien machen wollen – und nun sei alles so traurig.

Das war ein Schlüsselerlebnis.

Für mich war der Ort damals nichts als eine Kulisse für meinen Urlaub. Ich konnte die Traurigkeit nicht brauchen. Für meine Frau war das Dorf genau das eben nicht: Kulisse.

Es war immer Teil ihres Lebens. Das hatte ich zu diesem Zeitpunkt noch nicht verstanden. Ich kapierte es erst viel später, als einer, den ich selbst gut kannte, einem Unfall zum Opfer fiel, ein Tod, der mir noch lange sehr auf der Seele lag.

Zu alledem fällt mir noch eine weitere Geschichte ein.

Mimmo, dem Kellner in der *ganz bestimmten Bar*, habe ich jahrelang nie ein Trinkgeld gegeben.

Warum nicht?

Anfangs, weil auch die Italiener selten ein Trinkgeld geben und man als Deutscher in Italien ja gern wie die Italiener sein möchte – und wenn man dabei noch Geld spart ... Es kam mir aber auch irgendwie falsch vor: so eine joviale, leutselige Geste, von oben herab.

Aber dann fühlte ich mich auch miserabel, weil ich ihm nichts gab. Ich kam mir geizig und armselig vor. Er lebt doch von dem Geld, das er hier einnimmt.

Also ging ich eines Tages zu ihm. Ich sagte:

Mimmo, was soll ich tun? Ich fühle mich schlecht, wenn ich dir kein Trinkgeld gebe, aber ich würde mich auch schlecht fühlen, gäbe ich dir eines. Es wäre, als würde ich einem Freund Geld geben, und das würde ich nie tun, jedenfalls nicht gerne.

Mimmo legte eine Hand auf sein Herz und sagte, er empfinde es als Ehre, dass ich das so empfände und dass ich ihm dies sage, und es sei ihm eine Freude, dass es so sei.

Und vielleicht sei, fügte er hinzu, das Folgende eine Möglichkeit: Der Tip sei ja nicht nur für ihn, sondern für alle, die in der *ganz bestimmten Bar* arbeiteten. Also komme das Geld in eine große Kasse mit dem Tip aller anderen Gäste, und diese Kasse werde am Ende des Jahres zwischen ihnen allen aufgeteilt. Er, Mimmo, bekomme gewiss seinen Teil, aber vielleicht eben nicht gerade genau das Geld, das ich eingezahlt hätte.

Sondern vielleicht das eines Mannes aus Memmingen oder einer Schweizerin aus dem Wallis.

Oder aber vielleicht doch gerade genau meines.

Man wisse das nicht. Das bestimme das Schicksal.

So wird es sein.

Nun aber will es das Schicksal erst einmal, dass ich am Ende der Via Roma in der *ganz bestimmten Bar* angekommen bin, dass Mimmo mir einen Kaffee bringt, und dass ich mir etwas Ungesundes aus der Vitrine mit den *dolci* nehme.

Es ist ein gutes Schicksal. Ich preise es. Mimmo preise ich auch.

ZIEGEN SIND KLUGE, HÜBSCHE TIERE, das gilt auch für Dantes Ziegen. Irgendwo hinten in der Macchia bimmeln immer ihre Glöckchen, ein freundliches Geräusch. Also: nichts gegen Ziegen!

Aber dann kommen wir einmal im Mai auf die Insel, fahren morgens auf den *Ripidello*, gehen zum Häuschen hinauf, freuen uns schon auf den Anblick der um diese Jahreszeit stets blütenprallen Blauregen-Laube – als in unsere Nasen langsam ein fürchterlicher Gestank kriecht, und diesmal ist es nicht verdorbenes Schlangenfleisch.

Als ich um das Häuschen herumgehe, sehe ich: Beide Pflanzen sind bis etwa auf Brusthöhe kahl, nichts Grünes mehr, auch keine Blüten.

Meine Frau, die noch vor der Hütte steht, ruft:

Hier ist alles voller Scheiße!

Ich kehre zu ihr zurück und sehe schwarzbraune Kügelchen im Kies der Terrasse. Noch frisch.

Ziegen, sage ich.

Ich höre die Glöckchen weiter oben.

Dantes Ziegen, sagt meine Frau.

Sie schnappt sich ihr Handy und ruft Dante an. Mit sanfter Stimme redet sie auf ihn ein. Mir scheint, dass er zunächst einmal alles abstreitet, doch die Beweislage ist eindeutig. Seine Ziegen sind die einzigen weit und breit, und im Grunde hat, wie gesagt, keiner was gegen sie. Die Ziegen putzen, wenn sie fressen, das Unterholz aus, schaffen so natürliche Schneisen und beugen, indem sie die Vegetation stutzen, den Bränden in der sommerdürren Macchia vor, vor denen alle Angst haben.

Aber das sollten sie natürlich nur draußen tun, auf Dantes Gelände und weiter hinten auf der Halbinsel, nicht in unserem Garten. Hier gibt es nur einen Vegetationsstutzer. Das bin ich.

Meine Frau steckt das Telefon ein.

Er behauptet, seine Ziegen seien das nicht gewesen, sagt sie erwartungsgemäß, und weiter: Er wisse aber natürlich genau, dass sie es waren. Er komme nachher vorbei.

Der Blauregen sieht wirklich furchtbar aus. Von den beiden vor Kurzem gewiss noch prachtvoll blühenden Pflanzen sind nur Strünke geblieben, kahl bis fast oben an den mehr als zwei Meter langen Pfählen, an denen sie emporranken, um ein Laubendach zu bilden. Das ist aber nicht alles. Eine Hecke an der Terrasse haben die Tiere fast komplett abgefressen. Auf dem Kies vor dem Haus liegt der Ziegenkot in kleinen Haufen. Und die Trockenmauer ist auch kaputt. Viele Steine sind heruntergefallen, weil die Ziegen oben auf der Kante herumgesprungen sind.

Ich räume das mal auf, sage ich.

Nein, wir warten, bis er kommt. Dann zeigen wir ihm alles.

Ich lasse doch nicht die ganze Scheiße hier liegen, bis er zur Besichtigung da ist, sage ich. Ich mache Fotos, das reicht.

Ich zücke mein Handy und fotografiere den Ziegenmist. Dann hole ich einen Eimer, ziehe mir Gummihandschuhe an, klaube die Dungmurmeln zwischen den Steinchen hervor und werfe sie in den Eimer. Meine Frau putzt die Hütte und stellt Liegestühle in die Sonne.

Ich gehe den Hügel weiter hinauf, um den Zaun zu kontrollieren und nach den Oliven dort zu sehen. Aus dem Gebüsch taucht plötzlich Dante auf, dreißig Meter vor mir.

Ciao, rufe ich.

Ciao, ruft Dante.

Deine Ziegen haben unsere Terrasse versaut und unsere Pflanzen gefressen.

Reg dich nicht auf.

Aber klar rege ich mich auf. Komm her, ich zeig's dir.

Er steigt den Hügel herunter und über den Zaun. Dante hat pechschwarze Haare und einen Ein-Tages-Bart. Der Ein-Tages-Bart sieht bei ihm aus wie ein Fünf-Tage-Bart bei den meisten Deutschen. Er ist ein junger Mann, höchstens dreißig.

Dein Zaun funktioniert nicht, sagt er.

Klar funktioniert der. Ist im Übrigen auch egal, ob er funktioniert oder nicht, deine Ziegen haben hier trotzdem nichts zu suchen.

Ich sollte mich wirklich nicht aufregen, denke ich. Der Dante ist doch ein netter Kerl, hat meine Frau gesagt, der will nichts Böses, dem ist das sicher auch alles peinlich, also reg dich nicht auf, wenn du ihn siehst, das hilft nichts. Man muss freundlich sein, um das zu regeln. So ist das mit den Leuten. Alles lässt sich regeln, wenn man sich nicht aufregt.

Ich werde sie reden lassen und still sein, denke ich. Mein ungehobeltes Deutschsein ist hier nicht am Platz, da hat sie recht. Es ist mir ja selbst unangenehm.

Wir gehen zur Hütte, Dante und ich.

Ciao, sagt meine Frau.

Ciao, sagt Dante.

Schau dir das an, sagt meine Frau.

Das waren meine Ziegen nicht.

Aber das hier ist Ziegenscheiße.

Dante schaut die Kotmurmeln an, als hätte er noch nie im Leben Ziegenscheiße gesehen.

Dante, sagt sie sanft, das geht doch nicht. Es gibt hier keine Ziegen, abgesehen von deinen, und das hier ist nun mal Ziegenkacke. Wir haben uns auf die Ferien gefreut, die ganze Familie, und nun sieht es hier so aus.

Aber euer Zaun funktioniert nicht. Kein Strom.

Natürlich geht der, sage ich, mein Schweigen brechend. Habe ich vorhin erst nachgemessen. Ich habe ein Gerät, mit dem man die Funktion eines Elektrozauns messen kann, ich benutze es jeden Tag.

Ich zeig's dir, dass er nicht geht, sagt Dante.

Wir gehen zum Zaun. Er packt den Draht, als ob das nichts wäre.

Ich zeige auf die dicken Gummisohlen seiner Sneakers.

Ist klar, sage ich, mit den Schuhen ist das klar. Der Zaun ist für Wildschweine gedacht, die tragen keine Sneakers.

So ein Zaun ist – nur um das kurz zu erklären – ein offener Stromkreis, der in dem Moment geschlossen wird, in dem jemand ihn berührt, der Kontakt zum Boden hat. Genau das verhindern die dicken Sohlen. Sie isolieren den Menschen, der sie trägt, von der Erde. Deshalb spürt er keinen Strom oder nur wenig. Die Wildschweine aber schon, jedenfalls an ihren feuchten, empfindlichen Schnauzen.

Hat Dante gedacht, ich wüsste das nicht? Hat er gedacht, er könne mich auf den Arm nehmen? Oder weiß er das selbst nicht?

Der Zaun ist zu niedrig für meine Ziegen, sagt er, nach einem neuen Argument suchend, die springen da einfach drüber.

Ich habe den Zaun ja auch gegen die Wildschweine, sage ich. Die sind wild, um die kümmert sich sonst keiner, die Schweine sind ihre eigenen Herren. Aber deine Ziegen sind *deine* Ziegen, um die musst du dich kümmern. Also bau halt selbst einen Zaun, der hoch genug ist.

Kannst du uns nicht helfen, unseren Zaun höher zu machen?, fragt meine Frau. Sodass die Ziegen nicht mehr drüberhüpfen können.

Klar kann ich das, sagt Dante.

Wohnst du eigentlich da oben?, fragt meine Frau.

Ja, sagt er.

Allein?

Nein, mit der Familie.

Oh, hast du Kinder?

Ja, zwei.

Und wie alt?

Drei und fünf.

Oh, wie süß!, ruft meine Frau entzückt, was für ein schönes Alter!

Diese Bemerkung verändert alles. Dante lächelt plötzlich. Sein Lächeln entfaltet sich über seinem ganzen Gesicht, von dem ich gerade eben noch gedacht hatte, dass es die zu einem Lächeln notwendige Muskulatur in diesem Gesicht nicht gebe.

Ja, sagt er, und die beiden reden ein bisschen weiter, zuerst über die Familie und dann darüber, wann Dante kommen und den Zaun erhöhen kann.

Abends ist es so weit, er kommt mit seinem Cousin. Ich habe inzwischen höhere Zaunpfähle gekauft und neuen Draht. Dante hat einen gigantischen Hammer dabei, der aussieht, als stamme er direkt aus dem Besitz Vulcanus', des Gottes der Schmiede und des Feuers. Der Cousin hält die Pfähle, Dante drischt sie mit gewaltigen Schlägen in den Boden. Schlüge er einmal daneben, der Cousin wäre tot oder hätte jedenfalls keinen Arm mehr. Aber Dante trifft mit jedem Hieb die Pfähle, und der Cousin zuckt nicht mal mit den Augenlidern dabei.

Wird nicht helfen, sage ich, da springt jede Ziege drüber.

Dante lächelt. Er weiß das natürlich. Aber irgendwie hofft er halt, dass sich das Problem erledigt, von selbst vielleicht.

Zwei Tage später bin ich wieder oben und krame in der Hütte herum. Als ich herauskomme, steht auf einmal der

Ziegenbock vor mir, hinter ihm zwei Ziegen, dahinter wiederum zwei Zicklein, dazu noch ein riesiges Schaf, das also auch zu Dantes Herde gehört. Es ist ein wahres Monsterschaf, das irgendwie aussieht wie der dicke, reiche Onkel der Ziegen, der gerade für ein paar Tage zu Besuch ist.

Ein Ziegenbock ist eine imposante Erscheinung. Große Hörner. Ich bin Städter, ich bin Ziegenböcke nicht so gewöhnt. Ich bin also angemessen beeindruckt und trete den geordneten Rückzug an.

Ab in die Hütte, Tür zu.

Ja, nun, aber so kann das nicht bleiben. Ich muss etwas unternehmen. Ich schnappe mir den Schrubber, der an der Wand lehnt, öffne die Tür wieder und gehe mit dem erhobenen Putzgerät auf die versammelten Tiere zu.

Haut ab!, rufe ich.

Die Ziegen und Onkel Schaf treten sofort den Rückzug an. Aber der Bock glotzt mich ungerührt an, als hätte er noch nie einen Deutschen mit einem Schrubber in der Hand gesehen.

Hat er natürlich auch nicht. Und wenn, dann ist es ihm egal. Oder er findet es interessant. Oder blöd.

Hau ab!, rufe ich wieder und bin ihm weiterhin gleichgültig.

Dann fällt mir ein, dass es ein italienischer Bock ist.

Vai!, rufe ich und schwinge den Schrubber.

Das versteht er. Er schaut noch ein wenig, dann geht auch er gemächlich Richtung Zaun, in aller Ruhe. Nicht, dass die Ziegen und das Onkelschaf ihn hinterher auslachen und sagen, er sei vor einem Deutschen mit Schrubber geflüchtet.

Vai!, rufe ich, *vai!*, und gehe auf ihn los.

Aber er ist schon am Zaun, hüpft drüber, als sei der gar nicht da, elegant, tänzerisch, ganz aus dem Stand, dreht sich noch mal um und schaut mich mit einem Blick an, der sagt: Wie blöd du doch bist! Weiß du was? Ich komme wieder, und dann scheiß ich dir die Terrasse voll, pinkeln tue ich auch, und ich fresse alles, was ich mag.

So scheiden wir voneinander.

Vorne vor der Hütte haben wir einen Strauch stehen, von dem wir nicht wissen, wie er heißt. Die Ziegen haben ihn offenbar als Urinal benutzt, jedenfalls verströmt er einen höchst intensiven und unangenehmen Geruch, der nicht wieder verschwindet, nie wieder, wie es scheint.

Das kann doch nicht immer noch von den Ziegen kommen, werden wir noch ein Jahr später sagen und die Pflanze Alessandro, dem Gärtner, zeigen. Aber der wird ihren Namen auch nicht kennen. Jedoch wird er behaupten, dass es Sträucher gebe, die immer so unangenehm röchen.

Aber der roch doch vorher nicht so!, werden wir sagen.

Beh!, wird Alessandro sagen und die Achseln zucken, und wir werden die Pflanze fortan den *Stinkstrauch* oder auch den *Ziegenbusch* nennen. Sie habe sich mit Ziegenpisse vollgesaugt bis oben hin, bis in die Blattspitzen, für immer und ewig, wird meine Frau sagen.

Jetzt, eine Stunde nachdem ich die Ziegen vertrieben habe, kommt sie auf den *Ripidello*.

Dantes Ziegen waren da, sage ich. Ich habe sie mit dem Schrubber verjagt.

Herkules mit dem Schrubber!, ruft sie, zieht sofort das Telefon heraus, ruft Dante an und redet eine Weile mit ihm.

Er bindet ihnen jetzt die Füße zusammen, sagt sie, als sie wieder aufgelegt hat.

Das kenne ich aus Karl May, sage ich. Es heißt *hobbeln*. Man macht das mit den Pferden, statt sie irgendwo anzubinden. Die Vorderbeine werden zusammengebunden, da können die Tiere sich ein wenig bewegen und grasen, aber nicht weglaufen. *To hobble* heißt ja humpeln. Bei Karl May gibt es eine Figur namens *Hobble-Frank*, der heißt so, weil er wegen einer alten Verletzung hinkt. Eigentlich ist sein Name Heliogabalus Morpheus Edeward Franke. Ich weiß nicht, warum ich mir so was merken kann. Ich habe mir auch Hadschi Halef Omar Ben Hadschi Abul Abbas Ibn Hadschi Dawuhd al Gossarah gemerkt. Dafür fällt mir manchmal der Name dieses oder jenes Bekannten auf der Piazza nicht ein, welchen Sinn soll das eigentlich alles haben?

Und so was macht er mit den Ziegen?, sagt meine Frau.

Genau, sage ich.

Irgendwo hinten in der Macchia hören wir die Glöckchen, ein freundliches Geräusch. Es hört sich jetzt ein kleines bisschen anders an, so wehmütig-grüßend. Man denkt an humpelnde Ziegen. Das ist nicht leicht auszuhalten, weil man plötzlich eine gewisse Sinnlosigkeit in allem spürt und sogar Mitleid mit den Ziegen hat.

Aber es geht dann schon wieder, jedenfalls wenn man einen Blick auf den blütenlosen Blauregen wirft und auf die abgefressene Hecke, und wenn man tief einatmet, um den Geruch des Stinkstrauches wahrzunehmen, ja, dann geht es etwas besser mit dem Sinnlosigkeitsgefühl und dem Mitleid. Man spürt es dann nicht mehr so.

FRÜHER LAG UNSER BOOT in einer kleinen Bucht unterhalb des Dorfes. Es ist ein kleines rotes *gommone* mit einem sehr alten, 25 PS starken Motor aus den Siebzigerjahren. Ich hatte damals – das ist ungefähr dreißig Jahre her – beim Schnorcheln in vier Metern Tiefe einen alten, ungenutzten Bojenstein entdeckt, das war ein Betonklotz, in dem eine Metallöse steckte. In jedem Frühjahr, wenn wir angereist waren, holte ich eine Boje aus der *Cantina,* befestigte eine Kette in passender Länge daran und tauchte, mit Kombizange und Schraubenzieher bewaffnet, so lange zum Bojenstein hinunter, bis ich Kette und Boje mit einem Schäkel an der Öse befestigt hatte.

Einen Tag später kam ich mit dem Boot und hängte es für die Ferienzeit an die Boje. Im Spätsommer fuhr ich wieder weg, beseelt von der Hoffnung, meine Boje werde im nächsten Frühjahr noch da sein.

War sie aber nie.

Wo meine Boje sei, fragte ich dann jedes Mal Luciano, der bis heute in der Bucht Boote, Schirme und Liegen vermietet; einen Kiosk hat er auch, ja, er hat hier unten ein florierendes Unternehmen errichtet. Als ich vor dreißig Jahren zum ersten Mal hierherkam, verkaufte er an die wenigen Badegäste kalte Getränke aus einem winzigen runden Wohnwagen heraus. Heute stehen hier zwei Häuschen, es gibt eine Terrasse und oben einen geräumigen Parkplatz für, sagen wir, hundert Autos von Leuten, die im Sommer die Bucht vom Land aus überschwemmen.

Dov'è la mia boa?, fragte ich Luciano Frühjahr für Frühjahr.

Non lo so, sagte er jedes Mal, er wisse es nicht, und legte die Stirn auf seinem gewaltigen Insulanerschädel in Falten. Luciano hat einen Kopf, der zu einem römischen Senator gepasst hätte. Jedes Antikenmuseum würde ihn, in Marmor gemeißelt, als Zierde seiner Sammlung betrachten.

Credo che la capitaneria le abbia eliminate. Vermutlich hat die Hafenbehörde sie beseitigt.

Sie wolle nicht, dass überall diese wilden Bojen seien, es seien zu viele.

Tatsächlich warfen früher die Leute, wo immer es ihnen beliebte, einen Bojenstein ins Wasser und hängten ihre Boje und ein Boot daran. Als aber die Touristen immer mehr wurden, stieg auch die Zahl der Boote, und so schaukelte vor dem Strand eine Reihe von Booten auf den Wellen. Man konnte schon fast zu Fuß übers Wasser gehen mit ihrer Hilfe. Das missfiel den Behörden, und es missfiel wohl auch Luciano. Weshalb ich nie den Verdacht loswurde, er sei es gewesen, der im Winter meine Boje abschnitt und entsorgte, um dann mit grimmiger Miene im Frühjahr zu beobachten, wie ich, ebenfalls mit Grimm im Gesicht, eine neue Boje befestigte.

Aber das konnte ich natürlich nicht beweisen, und mit

großer Sicherheit stimmte es sowieso auch gar nicht. So schwieg ich und tauchte, schraubte, tauchte, schraubte.

Aber eines Tages resignierte ich.

Es hatte einen Sturm gegeben, so wild, dass ich um mein Boot fürchtete. Nachts um zwei war ich ins Auto gestiegen und hinunter in die Bucht gefahren, um nach dem Rechten zu sehen. Ich hatte Angst, die Wellen würden das Boot von der Boje reißen und an den Strand werfen. Vielleicht lag es zu nah am Strand? Wenn ein Boot zu nah am Strand liegt, dort, wo die Wellen sich schon brechen, dann zerren gewaltige Energien an der Kette und der Leine, mit der das Schiffchen festgemacht ist – und irgendwann liegt es dann vielleicht auf den Felsen oder im Sand.

Aber ich hatte alles richtig gemacht. Draußen im Dunkel auf den Wellen sah ich das Rot des Schlauchbootes, wie es sich auf den Wellen hob und senkte, auf dem Meeresdunkel schwebend, aber das war keine große Gefahr, die Brecher waren weiter vorne am Strand. Trotzdem beschloss ich in dieser Nacht, einen anderen Platz zu suchen, einen, der sicherer war, und an dem ich nicht Jahr für Jahr eine neue Boje befestigen müsste und nicht nachts, von Ängsten aus dem Bett gescheucht, zum Strand hinunterrasen müsste.

So kam das Boot in jene größere Bucht, in der es heute liegt, und in die Obhut vom Mauro, der dort seinen Stand hat.

Und damit zu den Möwen.

Der Strand hier ist hundert Meter lang, und wenn die

Saison tobt, liegen die Menschen Arm an Arm unter den Schirmen, sie stehen im Wasser, planschen und schwimmen, sitzen auf den Stühlen der Bars.

Und sie essen. Was vom Essen übrig bleibt und worin das Essen verpackt war, das landet in den Mülltonnen oder auch nicht. In jedem Fall bleibt einiges übrig für die Möwen, die auf den Abend warten, wenn die Menschen weg sind, der Abfall aber noch da. Dann kommt ihre Zeit. Dann verzehren sie ihr Nachtmahl.

Tagsüber warten sie. Sie fliegen herum, und wenn sie müde sind, dann ruhen sie aus.

In der Regel auf meinem Boot.

Das Boot ist, wenn es an der Boje liegt, von einer riesigen Persenning bedeckt. Sie ist viel zu groß, aber als wir das *gommone* kauften, haben wir sie geschenkt bekommen, und weil der Booterwerb sowieso schon an unsere finanziellen Grenzen ging, haben wir sie behalten und keine neue gekauft. Nun liegt sie wie eine schlappe alte Elefantenhaut über dem Boot, bis ins Wasser hinunter, wo wir sie unter dem Kiel mit zusammengeschnürten Leinen befestigt haben, damit sie nicht wegfliegt, wenn die Winde an ihr zerren.

Auf der Plane ruhen die Möwen. Sie lassen Blicke aus kleinen harten Möwenaugen über den Strand schweifen, sie führen Möwengespräche, sie verzehren den einen oder anderen Happen.

Sie verdauen.

Und natürlich ...

Ja, das ist es eben.

Wenn Mauro mich zum Boot bringt, wenn ich von seinem kleinen, müden und schlecht aufgepumpten Boot auf meine schwankende Möweninsel hinüberklettere, dann rieche und sehe ich, was die Möwen taten.

Die Plane, deren Leinen ich entknote und die ich nun vorsichtig zur Seite hebe und rolle, ist bedeckt von Exkrementen. Von langen und kurzen Federn, von herausgehusteten und hervorgewürgten Fischgräten, von breit hingepflatschten Scheißhaufen, von Inseln mittelgroßer Kotberge.

Wenn wir am Tag zuvor aufs Meer hinausgefahren waren und das Boot also nur eine Nacht unbenutzt hier lag, hält sich die Sache noch halbwegs in Grenzen. Hatten wir aber schlechtes Wetter und konnten zwei, drei Tage nicht in See stechen, sprechen wir von einem auf den Wellen dümpelnden Guanohaufen, einer Hallig von Vogelfäkalien, einem Eiland aus Notdurft, Auswurf, Stuhlgang.

Unter meinen Vorfahren waren Bauern, meine Sommerferien verbrachte ich auf dem Hof meines Patenonkels. Mir ist seit Kindesbeinen der Geruch von Schweinegülle, Bullenmist und Hühnerdreck vertraut. Ich bin nicht leicht zu schrecken von diesen Dingen. Ich schiebe also in stoischer Ruhe die Plane vom Boot, knote ihre Leinen an die Boje, und so gesichert, versenke ich das ganze Riesending im Meer. Von dort werde ich es abends, gereinigt von Vogeldung und Möwenharn, wieder emporzerren, mit all meiner Kraft, denn die Plane ist in der See zu einem zentnerschweren Wassersack geworden.

Und wenn ich das Boot an den Strand gebracht habe, werden wir weitere Reste von Möwenlosung auf den Schlauchbootwülsten entdecken und alles noch einmal mit sagrotangetränkten Lappen abwischen.

Wir haben alles versucht. Manche Leute postieren an Bord schwarze Kunststoffdohlen, andere kleine Windräder. Aber da unser ganzes Schifflein von der Monsterplane bedeckt ist, fanden wir nie eine Möglichkeit, die entsprechende Halterung zu befestigen.

Andere versuchen es mit Netzen, auf denen die Vögel angeblich keinen Halt finden; finden sie ihn aber doch, so dachten wir, liegt ihr Mist, vom Netz gesiebt, direkt im Boot.

Der Höhepunkt aller Versuche war der Tipp eines Bekannten: In Wodka getränkten, gebeizten und eingeweichten Dosenmais empfänden die Möwen schon rein olfaktorisch als so schrecklich, dass sie das gesamte Areal meiden würden. Vermutlich würden sie angeekelt die Insel verlassen.

Ich marinierte also zwei Dosen Mais tagelang im Inhalt einer kompletten Flasche Wodka *Gorbatschow*.

Und was soll ich sagen?

Die Möwen liebten das Zeug.

Sie fanden die Maiskörner so attraktiv, dass alle Möwen der Insel von weit hergeflogen kamen, sich an dem ausgelegten Alkoholfutter berauschten, ja, ganz offensichtlich Gelage auf dem Boot feierten und obendrein auch noch Durchfall bekamen, sodass ...

Kein Wort mehr.

Wir fahren hinaus aufs Meer, suchen das Vergessen und finden es im tiefen Blau des Wassers, in der gleißenden Sonne, in den Blicken auf die Insel und in einigen Flaschen *Nastro Azzurro*, die wir in unserer Kühltasche dabeihaben.

WAHRSCHEINLICH ist kein alter Fiat Cinquecento einfach nur ein alter Fiat Cinquecento. Er ist immer in erster Linie eine fahrbare Geschichte, die erzählt werden muss. Man kann mit einem solchen Auto durch ein italienisches Dorf fahren, an irgendeiner beliebigen Ecke anhalten und etwas warten. Es wird vermutlich nicht lange dauern, bis jemand kommt und mit einem Lächeln im Gesicht sagt:

Anch'io avevo una così. So einen hatte ich auch.

Ma la mia era rossa. Aber meiner war rot.

Dann wird er dir eine Geschichte erzählen.

Unser alter Fiat 500 ist blau und hat rote Sitze. Sein Lack ist original und glänzt im tiefen dunklen Blau des Meeres über seinen tiefsten Stellen in der Bucht vor unserem Dorf. Die Bezüge der Sitze sind noch makellos, und jedes Detail am Wagen ist so, wie es in den Zeiten war, in denen er gebaut wurde. Das war 1972. Dieses Auto ist eines der letzten seiner Art.

Zuerst gehörte es einer Frau, die ich natürlich nie kennengelernt habe. Sie lebt vermutlich schon lange nicht mehr.

Danach befand es sich im Besitz von Corrado.

Als ich Corrado zum ersten Mal sehe, halte ich ihn für einen Gebrauchtwagenhändler, er steht ja auch zwischen lauter gebrauchten Autos in einem Laden. Aber nur der kleine blaue Fiat mit den roten Sitzen ist seiner, die anderen gehören seinem Freund, der tatsächlich mit gebrauchten Wagen handelt. In dessen Geschäft hat Corrado seinen Fiat unterstellen dürfen, damit sich vielleicht ein Kunde findet.

Es gibt auch einen. Der Kunde bin ich.

Corrado hat eine eigenartige Art zu sprechen, es ist eher ein Murmeln. Ich habe deswegen immer ein wenig Mühe, ihn zu verstehen, was nicht nur am Italienischen liegt, sondern eher ...

Na ja, eben am Murmeln.

Übrigens spricht er auch Deutsch. Er hat lange in Deutschland gelebt und ist mit einer Deutschen verheiratet. Ich schätzte ihn auf siebzig Jahre. Auf dem Fiat klebt ein Sticker mit den Frauentürmen in München.

Wir sind mitten in der Geschichte.

Den Fiat sehen wir, als wir einen Freund zum Hafen in der Hauptstadt bringen, da kommen wir an dem Laden vorbei. Auf der Rückfahrt halten wir an und betrachten ihn, also den Fiat.

Blauer Lack, rote Sitze, wie gesagt.

Corrado ist zufällig da, er besucht gerade seinen Freund, den Gebrauchtwagenhändler. Er zeigt uns sein Auto, aber weil wir nicht viel Zeit haben, verabreden wir uns für den nächsten Tag vor Corrados Haus in einer kleinen Vorortsiedlung mit schmalen Reihenhäusern aus den Siebzigerjahren.

Wir treffen uns auf dem Parkplatz. Der 500er steht neben einem anderen Fiat, einem *Panda*, der auch schon recht betagt ist und auf seiner Abstellfläche umwachsen von hohen Gräsern, die aus den Ritzen zwischen den Parkplatzplatten emporsprießen. Was nichts anderes bedeuten kann, als dass dieses Auto seit mindestens einem Jahr nicht mehr von der Stelle bewegt worden ist.

Ob wir eine Probefahrt machen wollen, fragt Corrado.

Na klar.

Aber ihr müsst mit Zwischengas fahren, das Getriebe ist nicht synchronisiert bei diesen alten Autos.

Und wie geht das?

Wenn du raufschaltest, musst du die Kupplung treten, Gang raus, Kupplung loslassen, Kupplung treten, Gang rein, Kupplung loslassen. Wenn du runterschaltest: Kupplung treten, Gang raus, Kupplung loslassen, kurz Gas geben, Kupplung treten, Gang rein, Kupplung loslassen.

Kannst du es mir zeigen?

Corrado setzt sich auf den Fahrersitz, ich daneben. Er fährt ums Dorf, macht irgendetwas mit den Füßen und spricht dabei wie ein Mantra immerzu dieses *Kupplung treten, Gang raus, Kupplung loslassen, kurz Gas geben* ...

Jetzt du.

Wir tauschen die Plätze. Als ich schalte, grüßt die Kupplung mit einem fürchterlichen Krachen.

Jetzt habe ich alles zerstört, sage ich.

Noch nicht, sagt Corrado. Aber bald.

Wir üben eine halbe Stunde. Dann übt meine Frau eine

halbe Stunde. Dann sind wir wieder auf dem Parkplatz, und Corrado erzählt.

Er habe, sagt er, den Wagen seit mehr als vierzig Jahren, kaufte ihn nach seiner Rückkehr aus München, da war er dreiundzwanzig. Mit achtzehn hatte er hier im Dorf, am Strand, eine junge Frau kennengelernt, in die er sich verliebte. Aber sie war nur kurz hier, in den Ferien. Als sie abreiste, wusste er wenig von ihr, eigentlich nur den Vornamen, Barbara, und den Wohnort, München.

Und dass sie die Frau seines Lebens war, das wusste er auch. Er hatte es gleich gewusst, als er sie sah.

Er fuhr nach München, im Jahr darauf, einfach mal so, aber irgendwie auch in dem etwas irren Glauben, er könnte dort Barbara begegnen, von der er nicht mal die Adresse hatte, auch keine Telefonnummer. Sein Bruder lebte in Pasing, bei dem konnte er wohnen. Es gefiel ihm in München, er beschloss, ein wenig zu bleiben, fand auch eine Arbeit, als Schlosser. Er arbeitete, und wenn er nicht arbeitete, suchte er nach Barbara.

Man möchte es nicht glauben, aber: Er fand sie. Es dauerte ein Jahr. Aber er fand sie.

Nur leider war sie inzwischen verheiratet. Das hatte er, sagt Corrado, zu respektieren, *non volevo disturbare lí*, ich wollte dort nicht stören.

Er blieb fünf Jahre. Dann kehrte er zurück auf die Insel, kaufte den Fiat 500 und befestigte hinten am Fenster das Schild *München*. Er heiratete auch. Seine Frau und er bekamen mehrere Kinder. Vierunddreißig Jahre lang arbeitete er hier als Mechaniker oder eben als Elektriker, wie gesagt, ich weiß es nicht mehr, irgendwas in der Art. Vor zehn Jahren starb seine Frau. Corrado wartete ein Jahr, dann fuhr er wieder nach München, wo immer noch sein Bruder lebte. Unauffällig hielt er Ausschau nach Barbara. Er fand sie auch wieder, tatsächlich. Ihr Mann war auch gestorben.

Wiederum ein Jahr später heirateten sie. Und nun leben sie hier, im Dorf, in dem sie sich einmal kennengelernt hatten.

Barbara sei nun auch nicht mehr die Jüngste, murmelt Corrado, und so habe sie Mühe, in dem kleinen, engen Fiat 500 zu sitzen. Von dem Geld, das er für den Wagen bekomme, werde er ein schönes *Motorino* kaufen, auf dem sie beide bequem Platz hätten, er vorne, sie hinten.

So ist es dann wohl auch gekommen, denn ich fahre mit dem Fiat 500 zurück in unser Dorf. Besser gesagt: Meine Frau fährt ihn. Wir sind mit unserem Auto zu Corrado gekommen, und das muss nun auch zurück ins Dorf. Ich fahre mit ihm vorweg und sehe im Rückspiegel immer wieder das kleine blaue Auto mit dem offenen Verdeck, aus dem die Haare meiner Frau wehen.

Unten vor dem Dorf parke ich. Ich steige zu meiner Frau in den *Cinquecento* und wir fahren gemeinsam ins Dorf zu unserer *Cantina*. Als wir in die enge Gasse zum Zentrum einbiegen, sehen wir *l'altro Pietro*, den anderen Pietro, den wir so nennen, weil er nicht *der* Pietro ist, der in der Nähe der *Cantina* wohnt, sondern eben der, der zwei Gassen weiter eine kleine Wohnung hat, vor der er immer sitzt und *La Repubblica* liest, fast den ganzen Tag lang. Eigentlich wohnt *l'altro Pietro* in Lucca auf dem Festland, aber er ist den ganzen Sommer hier, um vor seiner Wohnung *La Repubblica* zu lesen.

Das heißt, manchmal geht er auch schwimmen, aber immer nur kurz und gleich in der Frühe, er ist nicht so gerne am Strand, glaube ich.

Einmal, vor Jahren, traf ich ihn morgens auf meinem Weg zum Frühstück in der Via Roma.

Wo warst du so früh schon?, fragte ich.

Ich war baden, rief er und lachte. Was die Deutschen können, kann ich auch.

L'altro Pietro mag die Deutschen gern, aber manchmal findet er sie einfach etwas überheblich, das ärgert ihn. Sie dächten, so denkt er von ihnen, sie könnten alles besser als die Italiener, und das grämt ihn fast jeden Tag ein bisschen, denn er liebt sein Land und findet, dass es immerzu unterschätzt werde.

Ich glaube, wir können besser baden als ihr!, rief ich, und wir lachten beide. Aber ein bisschen ärgerte es ihn schon wieder, glaube ich, das mit den Deutschen.

Nun sitzt er aber gerade auf der Treppenstufe vor seiner Behausung und winkt mit seiner *Repubblica.*

Wir halten vor ihm.

Che bella macchinina!, ruft er. Was für ein schönes kleines Auto!

Wir bedanken uns artig und voller Freude über sein Lob.

Anch'io avevo una così, sagt er. So einen hatte ich auch.

Ma la mia era rossa. Aber meiner war rot.

Er fügt hinzu: *Le belle auto si costruiscono anche in Italia*, auch in Italien baut man schöne Autos.

Wir müssen ihn jetzt in die *Cantina* stellen, sage ich, hoffentlich kriegen wir ihn durch die Tür.

Davor fürchte ich mich schon den ganzen Tag: vor der engen kleinen Einfahrt in die *Cantina*. Ich habe mit dem Zollstock einige Tage vorher extra noch mal nachgemessen: Das Tor ist insgesamt nur acht Zentimeter breiter als das Auto. Aber damit ist das Problem nur unzulänglich beschrieben. Dieses Tor befindet sich nämlich an einem winzigen Hof, der seitlich der Gasse liegt. Und unmittelbar neben dem Garagentor beginnt eine Treppe, die zum Dorf hinaufführt. Ihre erste Stufe schließt mit dem Türpfosten ab. Es ist also unmöglich, vor der Einfahrt mit dem Auto auszuholen und dann gerade ins Tor zu fahren. Man kommt von der Gasse aus schräg auf das Tor zu, und das macht aus den acht Zentimetern, also, sagen wir: fünf. Oder drei.

È fottutamente stretto, sagt *l'altro Pietro*, der seine Zeitung unter den Arm geklemmt hat und uns zu Fuß gefolgt ist. Es ist scheißeng.

Du meinst, es geht nicht?, frage ich.

Doooooch! Natürlich gehe es.

Aber wie?

Rückwärts!, ruft Pietro, der aus seinem Wohnungsfenster in der Gasse nebenan geschaut hat und ebenfalls herbeigeeilt ist, rückwärts geht es am besten. Ich frage mich, ob er uns überhaupt sehen kann, er hat ja diese Augenkrankheit.

Ich kann doch nicht immer rückwärts die ganze Gasse hochkommen, nur um dann rückwärts in die Garage zu fahren.

Dafür kannst du ja vorwärts raus.

È molto facile, es ist ganz leicht, murmelt der Nachbar, der plötzlich in der Tür steht. Ihm klebt eine Zigarette auf den Lippen wie immer, und seine Kleidung ist weiß von Zement bestäubt, weil er gerade sein Bad renoviert. Du fährst ein Stück in die Gasse voraus, dann rückwärts in den Hof, dann wieder vorwärts, dann kommst du ziemlich gerade da rein.

Dann muss aber das *Motorino* da weg.

Es steht nämlich vor der Garage eines Nachbarn gleich gegenüber.

Wem gehört das überhaupt?

Gianna von der Eisdiele, sagt meine Frau, verschwindet und kehrt mit Gianna zurück, die ihr *Motorino* wegschiebt und sich dann zu Pietro, *l'altro Pietro* und dem Nachbarn gesellt.

Ich setze mich ins Auto, fahre vor in die Gasse, dann zurück, ganz wie der Nachbar gesagt hat. Es ist ein heißer Tag, und dieser alte *Cinquecento* hat keine Servolenkung. Außerdem geht immer wieder der Motor aus, und das fachkundige Publikum macht mich nervös. Ich schwitze in Strömen, kurbele, zünde, kurbele. Nach etwa zehn Minuten ist es mir gelungen, den Wagen so querzustellen, dass weder vorne noch hinten auch nur der geringste Raum ist. Die hintere Stoßstange berührt die Mauer des Hauses von Pietro, die vordere das des Nachbarn.

Das Auto klemmt wie ein fester Pfropfen quer in der Gasse, wahrscheinlich für immer, ein Denkmal des lächerlichen Deutschen, der versucht hat, einen *Cinquecento* in seine Garage zu fahren.

Wie zum Teufel sollte man es da wieder wegbekommen?!

Dammi una mano!, sagt der Nachbar. Hilf mir mal!

Er fasst die vordere Stoßstange rechts, ich links. Pietro, der inzwischen die Treppe heruntergekommen ist, und *l'altro Pietro* tun das Gleiche mit der hinteren Stange. *L'altro Pietro* legt dafür nicht mal seine Zeitung beiseite, sondern behält sie unter den Arm geklemmt. Wir heben den Wagen an und stellen ihn längs in die Gasse. Es geht ganz leicht. Das liegt daran, dass dieses Auto ganz leicht ist.

Soll ich mal?, fragt *l'altro Pietro*.

Bitte, sage ich, bitte!

Und noch mal leise: bitte!

Er setzt sich ins Auto, wirft die *Repubblica* auf den Beifahrersitz, fährt es knapp an der Hauskante vorbei auf die Tür zu, schlägt kurz davor ein und bugsiert den Wagen, ohne einmal zu bremsen, in die *Cantina*.

Bravo!, rufe ich, *grazie!*

L'altro Pietro zuckt die Schultern, als wäre das alles nichts gewesen.

Und raus fährst du dann rückwärts, wendest hier im Hof und in der Gasse, dann kannst du vorwärts aus dem Dorf raus.

Klar, sage ich.

Mach mal, sagt er.

Ich mache das, sagt meine Frau.

Sie setzt sich in den Wagen und fährt ihn langsam, aber doch zügig hinaus, zieht eine Kurve und stellt ihn in die Gasse.

Das Publikum applaudiert.

Gut, dass du verheiratet bist, sagt Gianna von der Eisdiele, an mich gerichtet.

Aber rückwärts rein geht es auch, murmelt der Nachbar, der unerklärlicherweise immer noch dieselbe Zigarette in derselben Länge leicht qualmend auf den Lippen hat wie Lucky Luke früher seine Zigarette und heute den Grashalm.

Ci provo?, fragt er. Soll ich mal?

Volentieri, sage ich. Gerne.

Er schwingt sich auf den Fahrersitz, legt den Rückwärtsgang ein, wendet den Wagen huschhusch in Gasse und Hof, biegt dann wieder rückwärts in diesen kleinen Hof ein, und fährt den Wagen, ohne auch nur eine Sekunde zu zögern, schnurgerade über die Schwelle.

Als er aussteigt, sind die roten Sitze des Autos weiß vom Zement auf seiner Hose und seinem Hemd. Auch auf dem Lenkrad sieht man weiße Flecken, die von seinen Händen stammen.

Anch'io avevo una così, sagt er.
Davvero?, sage ich. Echt?
Si, ma la mia era rossa.

EINES DER GEHEIMNISSE DES DORFES IST, ich erwähnte das kurz, eine Tiefgarage.

Vor Jahrzehnten begann der sommerliche Sturm der Touristen auf das Dorf. Immer mehr Menschen, die ihre Ferien irgendwo auf der Insel verbrachten, beschlossen, für jeweils einen Abend hierherzukommen, durch die Gassen zu bummeln, den Aperitif auf der Piazza zu nehmen, in den Trattorien zu essen, sich in den Geschäften etwas zu kaufen. Immer mehr Autos schoben sich Abend für Abend den Hügel hinauf, krochen die Serpentinenstraße entlang, worauf ihre Fahrer, vor dem Ort angekommen, begannen, verzweifelt einen Abstellplatz für ihr Fahrzeug zu suchen.

So standen irgendwann – sei es an den heißen Sommerabenden, sei es an verregneten Tagen, an denen man nicht am Strand sein konnte – auf jedem verfügbaren Quadratmeter rund um den Ort Autos, Autos, Autos. Ihre Fahrer parkten sie ein, parkten sie aus, wendeten sie, drehten, fuhren rückwärts. Und um das Dorf herum rotierte eine Karawane parkplatzsuchender Fahrzeuge, wie in einem Karussell.

Eines Tages, das ist sehr lange her, beschloss der Gemeinderat, eine Tiefgarage zu bauen. Man grub – so vermute ich, denn es geschah vor meiner Zeit hier – eine schöne große Höhle in den Berg, betonierte sie aus und legte eine Einfahrt an, eine runde, schneckenförmig sich windende, spiralartig in die Parkhöhle führende *Entrata*, ausführlich geplant und prima betoniert.

Als sie fertig war, so geht die Sage, entdeckte man, dass die Kurven dieser Einfahrt viel zu eng waren, auch deren Decken zu niedrig. Kein größeres Auto hätte sie nutzen können, alle wären darin stecken geblieben. Es hätte kein Vorwärts mehr für sie gegeben und kein Zurück. Sie hätten für immer bleiben müssen. Nicht mal ein *Cinquecento* passte da durch, sagt Lorenzo, der Schreiner, und lacht sich kaputt.

So war die Garage nicht zu benutzen. Doch noch jahrelang konnte man den kahlen Beton sehen, der das Tor umrahmt und die Felswand über der Einfahrt stützt. Aber die Straße, die hierher führen sollte, wurde geschlossen. Auf dem Hang wurden Häuser gebaut, Gestrüpp wucherte. Will man heute die Stelle finden, an der es in die Garage geht, muss man suchen. Man sieht sie kaum noch. Wer nichts von ihr weiß, wird sie nicht mehr erkennen. Irgendwie ist sie Bestandteil der Natur geworden, des Felsens.

Aber sie muss noch da sein, die Einfahrt und die ganze Garage! Sie kann sich ja nicht wegbewegt haben, Richtung Rom vielleicht, wo sie tief unter der Ewigen Stadt eine neue Heimat gefunden hat.

Oder doch?

Nein, unter dem Dorf muss es eine riesige, heute nahezu vergessene und komplett nutzlose Betongrotte geben, ein verborgenes Monument der Sinnlosigkeit und der Unfähigkeit. Wie oft habe ich mir schon vorgenommen, sie zu suchen und hineinzusteigen?! Aber nie habe ich es getan, denn es gibt doch hier stets etwas anderes zu tun, etwas Schöneres, die hellen Tage mehr Erfüllendes, als in dieses Verlies zu klettern.

Was soll dort auch schon sein? Wer soll dort leben außer Spinnen, Fledermäusen und Lurchen – und vielleicht dann und wann ein Obdach suchender Rucksacktourist, ach nein, nein, auch für die gibt es hier schönere Plätze, weiß Gott!

Weißt du, dass ich immer wieder an diese Garage denken muss, sage ich zu meiner Frau.

Welche Garage?

Na, die Garage unter dem Dorf, dieses Riesending, das nie benutzt wurde.

Die hatte ich ganz vergessen.

Ich vergesse sie auch immer wieder. Aber nie ganz.

Oft habe ich mir schon vorgestellt, unten in dem betonausgesteiften Bunker tief im Gestein würden die jahrtausendealten Geheimnisse des Dorfes aufbewahrt, seine ganze Geschichte, in der all das, was jetzt hier geschieht, nur ein bunter Klecks ist, eine kurz aufscheinende Facette, eine winzige Episode.

Die Geheimnisse des Dorfes …

Ich greife zu Henkys Buch.

Manchmal, in merkwürdigen Vollmondnächten, verlassen die Geheimnisse des Dorfes immer noch ihre

Schlupfwinkel und tanzen mit den Katzen und Fledermäusen unsichtbare Tänze. Die Alten des Dorfes, Leute wie Agaven und Feigenkaktus und Stechginster, vertrocknet wie die Macchia im August mit bräunlichen Flecken auf den Gesichtern, gegeißelt von der Mine, der Hacke und dem Hunger und der Leidenschaft, ziehen sich dann leise zurück und schlurfen in ihre Häuser, in denen noch die alten Möbel stehen, wurmstichige handgeschnitzte Schränke, dunkelbraune Stühle mit geflochtenen Sitzen und breite Metallbetten mit eingelegtem Perlmutt. Die Alten wissen Bescheid: solange die Geheimnisse ihre Tänze tanzen, lebt noch der alte Geist im Dorf ... Es kümmert sie nicht, wenn er für ein paar Jahrzehnte auf Urlaub gegangen ist – und es ist ja nicht das erste Mal.

Ich dachte an den Torre vor vielen Jahrzehnten. Wir besaßen immer nur seinen oberen Teil. Wir gingen an der stets versperrten Türe der unteren Wohnung vorbei und fragten uns, wie es dahinter wohl aussah. Der Mann, der hier gelebt hatte, war irgendwann gestorben. Ich hatte ihn nie kennengelernt. Die Wohnung stand leer, die Erben des Alten benutzten sie nicht, behielten sie aber dennoch. Sie brauchten das Geld nicht und warteten einfach ab, was geschehen würde.

Einmal fragten wir, ob wir die Wohnung mal ansehen dürften, und ob sie nicht doch zu kaufen wäre. Der Besitzer kam und zeigte uns die Räume. Wir betraten zuerst die Küche, dann das Schlafzimmer, dann einen Nebenraum. Wir sahen die alten Möbel: wurmstichige Schränke, dunkelbraune Stühle mit geflochtenen Sitzen, ein breites Metallbett mit eingelegtem Perlmutt. Auf der Anrichte in der Küche standen eine halb volle Flasche Olivenöl, ein Fläschchen Essig, Pfeffer, Salz. Das Bett war noch bezogen. Im Schrank hingen Sachen.

Es war, als sei der alte Mann gerade erst herausgegangen und kehre vielleicht bald wieder. Nichts hatte sich getan hier in Jahren und Jahrzehnten. Nur das Leben war nicht mehr da.

So blieb es für lange Zeit. Der Besitzer wollte schließlich doch verkaufen, verlangte aber einen für unsere Verhältnisse irrsinnig hohen Preis. Wir hatten nicht genug Geld. Jemand anders kaufte die Wohnung auch nicht. Sie blieb leer, und so waren uns die Geheimnisse des Dorfes immer sehr nah. Wir wohnten quasi auf ihnen, über ihnen, mit ihnen.

Die Geschichte. Die Schichten. Die Geschichten.

Sie liegen übereinander. Sie überlappen sich. Sie greifen ineinander.

Die bunten Läden im Dorf, unsere Kinder, die auf der Piazza Fußball spielten, während vor dreißig Jahren noch die alten Männer dort auf den Bänken saßen, wie sie es immer schon getan hatten. Wo sind sie jetzt? Der Mann mit dem Zuckerwatte-Stand auf der Straße, der so schön singen kann, die Drogenhändler, die es hier auch gibt, nur kenne ich sie nicht. Der Schreibwarenhändler, der jedes

Jahr allein mit dem Motorrad aus Deutschland hierherkam, nachdem seine Frau sich von ihm getrennt hatte. Er stand immer allein irgendwo, weil er kaum jemanden kannte, und er tat mir manchmal leid. Wo ist er eigentlich geblieben? Die tätowierten Männer mit ihren Kampfhunden, die Frauen auf ihren viele Zentimeter hohen Absätzen, die ganze Vielfalt der Leute, die abends durch den Ort strömen.

Sie alle gehören zu den Schichten von Geschichten.

Dann lese ich wieder in Henkys Buch.

Jedes Jahr gibt es am Donnerstag und Freitag vor Ostern die Vereinigung der Schlagenden, die nach wie vor abgehalten wird, obwohl die Polizei unter der französischen Regierung und auch heutzutage sie unter Androhung strenger Strafen verboten hat. Die jungen Männer lassen sich dabei mit Rasiermessern den Rücken aufritzen. Dann gehen sie zu ihrer Geliebten und lassen sich einen weißen Unterrock und ein ebenso weißes Hemd geben. Beides ziehen sie an, wobei der Rücken bloß bleibt. Mit einer Kapuze auf dem Kopf laufen sie durch das Dorf und geißeln sich den bloßen und verletzten Teil des Rückens. Nach der Geißelung, die nachts stattfindet, erwartet sie ein mageres Essen, bei dem sie sich dem Trunk hingeben. Am folgenden Morgen bringen sie den Mädchen ihre blutüberströmten Kleider zurück. Die Mädchen gehen ins öffentliche Waschhaus und geben vor einander an, indem sie die größere Kraft ihres Lieb-

habers hervorheben, der mehr Blut verloren hat als alle anderen. Dabei zeigen sie sich gegenseitig die verschmutzten Kleider, die sie waschen.

So lange ist das nicht her.

Und nicht sehr lange danach lebte im Dorf ein türkischer Künstler, den es auf verschlungenen, mir unbekannten Wegen hierher verschlagen hatte. Oft sah ich ihn in der Bar, er litt an einem schlimmen *Morbus Bechterew* und ging als alter Mann so gekrümmt, dass es ihm schwerfiel, überhaupt noch nach vorne zu schauen statt immer nur nach unten.

Er hieß Safa. Jeder kannte ihn.

Safa hatte sein Atelier am Rand des Dorfes, der Dorfmetzger hatte es ihm für wenig Geld überlassen, auch das gehört zum Dorf: dass hier ein Künstler für wenig Geld gute Arbeitsräume bekam, einfach so, vom Metzger eben. Einmal fertigte er ein großformatiges Werk, das auf einer Hauswand am Ende der Via Roma aufgehängt wurde, mehr oder weniger direkt an der Piazza. Es prangerte die Umweltverschmutzung an, wogegen niemand groß etwas gehabt hätte. Allerdings zeigte es in diesem Zusammenhang aus mir nicht erinnerlichen und auch nicht erklärlichen Gründen neben der kompletten, auf das Gemälde geschraubten Auspuffanlage eines Autos einen prallen nackten Frauenhintern.

Dagegen gab es nun allerdings Einwände.

Einige kirchliche Vereinigungen drohten, das Bild zu

zerstören. Vor allem aber weigerte sich der Pfarrer, die jährliche Prozession zur Kapelle der Heiligen Madonna außerhalb des Dorfes an diesem Bild vorbeizuführen. Diese Prozession aber gab es schon, solange die meisten Leute hier denken konnten, unvorstellbar, dass sie ausfiele. Andererseits hatte der Bürgermeister das Werk selbst in Auftrag gegeben, bedauerlicherweise ohne die geringste Ahnung zu haben, was auf ihm zu sehen sein würde. Einen nackten Frauenhintern hatte er sich wohl einfach nicht vorstellen können, jedenfalls nicht hier.

Es war ein bisschen wie in Giovannino Guareschis Geschichten von *Don Camillo und Peppone*, in denen die Auseinandersetzungen zwischen einem Dorfpfarrer und dem kommunistischen Bürgermeister in einem fiktiven Dorf namens Boscaccio in der Po-Ebene geschildert werden.

Ungefähr so, wie sie bei Guareschi ausgesehen hätte, sah die Lösung auch hier aus: Am Tag der Prozession wurde das Bild mit großen Tüchern verhängt.

Irgendwann verschwand es dann ganz. Heute sieht man an der Stelle eine Karte des Dorfes, für die Touristen gedacht.

Aber mir gefällt der Gedanke, dass alles noch da ist, was hier mal war, und dass nur keiner genau weiß, wo. Auch die Zeit des wuchernden Tourismus wird bestimmt eines Tages vorbei sein. Und was dann? Wird die Armut zurückkehren, die Insel von Stürmen verwüstet werden, wird es wieder Piraten geben?

Tausende von Jahren. Und jetzt ist das unser Moment

hier: die vielen Geschichten, die überall beginnen, vor meinen Augen, aber sie gehen irgendwohin, und ich habe keine Ahnung, wohin.

Das ist jetzt übrigens ein ganz wichtiger Punkt in dieser ganzen Dorfgeschichte. Denn es gibt viele Menschen, die man hier jeden Tag sieht, aber von denen man nichts weiß, ich jedenfalls nicht. Ich begegne ihnen immerzu, und weil ich keine Ahnung von ihrem Leben habe, stelle ich mir etwas vor. Ich male mir ihr Leben aus, und so bekommt das Dorf über seine physische Existenz hinaus ein rein fantasiertes, vorgestelltes Dasein, ein Leben in meinem Kopf, von dem die real vorhandenen Menschen nichts wissen und nie etwas wissen werden.

Die beiden alten Männer, die seit Jahrzehnten gemeinsam einen kleinen Laden für Waschmaschinen und derlei Geräte am Rande des Dorfes führen und auch zusammen leben – jedenfalls glaube ich, dass es so ist. Aber nie sieht man sie gemeinsam durch den Ort spazieren, immer getrennt. Und nie beobachtet man sie im Gespräch mit anderen, wirklich niemals. Auch meine Frau hat nie mit ihnen geredet, ich ebenfalls nicht. Warum nur?

Der schweigsame, freundliche alte Mann, der in einer kleinen Seitengasse den letzten verbliebenen Zeitungsladen führt, in einem düsteren Verlies. Früher wurden die Zeitungen am Rande der Piazza verkauft, die Leute drängten sich morgens vor der Kasse, es herrschte Lärm, die Besitzerin machte laut ihre Scherze, ein vitales brummendes Zentrum, das eines Tages einfach weg war, weil die Leute sich zur Ruhe gesetzt hatten. Aus dem Kiosk wurde eine Parfümerie, und Zeitungen gibt es nur noch in diesem stillen Schattenladen, vor dessen Regalen man das Gefühl hat, alles hier werde eines Tages von einer unbekannten Macht einfach irgendwie langsam weggeblendet aus der Welt, ein langsames, kaum merkliches *Fadeout*. Und wenn man nicht aufpasst und im falschen Moment seine Zeitung kauft, dann wird man mitverschwinden, einfach so.

Der einstige *Alimentari*-Laden des kugelrunden Simone, der, wenn man bei ihm ein Stück Parmesan kaufte, die herabfallenden Krümel immer sofort aufaß. Er wurde im Laufe seines Lebens immer kugelrunder, und dann, als er den Laden eines Tages für immer schloss, rollte er wie ein luftgefüllter Riesenball den Hügel hinunter und hüpfte in Richtung des Hauses, in dem er wohnte und das er irgendwann so kugelrund und komplett ausfüllte, dass er es nicht mehr verlassen konnte. Jedenfalls glaube ich das, weil ich Simone seit dem Tag des Ladenschlusses nie mehr gesehen habe.

Und habe ich nicht vorhin den Alten erwähnt, der morgens mit dem Fahrrad das Dorf verlässt und abends zurückkehrt, in seine Wohnung im *Vicolo della Chiesa*? Jemand hat mir erzählt, er sei früher ein bekannter Designer gewesen, habe in Mailand für große Modefirmen gearbeitet, bis er die Welt dort satthatte und auf die Insel zurückkehrte, von der er stammt. Da hat er ein anderes Leben begonnen, ein wirklich gründlich anderes: Er arbeitete still als Angestellter in einem kleinen Büro, bis er seine Rente bekam.

Ob es stimmt? Ich weiß es nicht. Aber es ist eine Geschichte, die ich mir immer wieder neu ausmale.

An manchen Tagen kommt mir das Dorf vor wie ein dicht gewebtes Netz aus solchen Vorstellungen, aus Geheimnissen, Erzählungen und Gerüchten, aus guter und böser Nachrede, aus dem Getuschel der Spießer, dem Tratsch der Leute, und dann auch aus ihrem schnellen Witz und der plötzlichen Poesie eines alten, elegant gekleideten Mannes, der mir bei einem Kaffee und dann einem Digestif seine Geschichte erzählt, einen Lebensroman, der ihn durch ganz Italien führte, vom Süden bis in den hohen Norden, durch eine große Karriere als Arzt, durch eine wunderbare Ehe mit einer schönen und klugen Frau, durch ein Familienleben mit Kindern und Kindeskindern – und der dann plötzlich anfügt:

Nun, mein Freund, hast du es gehört. Das war mein ganzes Leben, und, was soll ich sagen?, es war so schön, und es ist doch vorbei, alles fast schon vorbei, im Handumdrehen, *un batter d'occhio, in the wink of an eye*, einfach so, ein Leben, das meines ist.

Im Winter war ich noch nie hier. In manchen Jahren habe ich das Dorf in diesen dunklen Monaten, fern in Deutschland, ganz vergessen, und erst im Frühjahr, als ich wiederkam, fiel es mir wieder ein.

Einmal, am Silvestertag, rief uns jemand aus dem Dorf an (und es war nicht Pietro): ob wir denn da seien, bei uns brenne so oft Licht?

Wir waren nicht da.

Es stellte sich heraus, dass die Frau, die damals – vor Alice – den Torre putzte und auf ihn achten sollte, wenn wir nicht da waren, ihrem sechzehnjährigen Sohn erlaubt hatte, mit seinen Freunden hier zu feiern. Sie kümmerte sich um einige der Häuser. Im Sommer putzte sie, übergab Schlüssel an Mieter, erklärte denen die Gegebenheiten. Im Winter hatte sie ein anderes, ganz eigenes Konzept. In einem Haus, das über eine Waschmaschine verfügte, hatte sie über die Wintermonate eine Art Waschsalon eingerichtet. Andere Wohnungen vermietete sie auf eigene Rechnung, eine weitere bewohnte sie selbst, als ihr eigenes Apartment renoviert wurde. Sie war nicht von hier, sondern Engländerin, niemand aus dem Dorf hätte je so etwas getan. Aber sie war ohne jedes Schuldbewusstsein, als wir ihr Vorhaltungen machten.

You weren't here, darling, so what?, sagte sie.

Ich habe sie verabscheut dafür, natürlich. Viel später erzählte mir jemand, diese Frau habe sich jahrelang rührend um eine alte Frau im Dorf gekümmert, sei jeden Tag zu ihr gegangen, um bei ihr aufzuräumen und ihr Essen zu bringen, obwohl es dazu keine Verpflichtung gab. Das macht die anderen Geschichten nicht besser, dachte ich, aber es verändert doch den Blick. Fast alles hat immer seine zwei Seiten, dachte ich, wirklich fast alles, auch hier, natürlich auch hier.

In einem Haus, mitten im alten Zentrum gelegen, sei, so erzählt man sich, im Winter ein Bordell eingerichtet worden, wer weiß, von wem? Es ist eine von diesen Geschichten, die immer weitererzählt werden, sodass am Ende niemand mehr weiß, ob sie stimmen, ob irgendetwas darin stimmt und wo sie eigentlich begannen. Der Besitzer des Anwesens wurde jedenfalls, als er im Frühjahr, etwas früher als sonst, zurückgekehrt war, des Abends spät – er lag schon im Bett – von wütendem Getrommel an der Tür geweckt. Als er öffnete, stand er vor einem Kunden, was er natürlich nicht verstand. Der Kunde hielt ihn seinerseits für einen anderen Kunden, der ihn unverständlicherweise und offensichtlich aus reinem Egoismus nicht zu den Frauen lassen wollte. Entsprechend verhielten sich beide. Es kam zu einem heftigen Gerangel.

Schwer aufzuklären, so etwas. Es gelang irgendwann. So heißt es jedenfalls.

Wie?

Ich weiß es nicht. Auch das bleibt ein Geheimnis.

MANCHMAL STEHE ICH SEHR FRÜH AUF, auch in den Ferien im Dorf. Früher ging ich dann mit unserem jüngsten Sohn, der in gewissen frühen Jahren auch sehr früh aufstand, im Dorf spazieren. Ich schob ihn in seinem Buggy durch die Straßen, morgens um halb sechs, damit meine Frau noch ein wenig schlafen konnte. Wir sahen die Sonne über dem Festland aufgehen, wir beobachteten den Bäcker, der ein Tablett mit frischen Croissants zur *ganz bestimmten Bar* trug, wir schauten dem Fischhändler bei der Arbeit zu, der Styroporkartons voller Eisbrocken, unter denen *Seppie* und *Orate* hervorlugten, zu seinem Laden trug, und bestaunten dann die müde Muräne im Schaufenster-Aquarium.

Später stand ich sehr früh auf, weil ich etwas zu schreiben hatte und mittags fertig sein wollte, um dann noch den Nachmittag über mit dem Boot fahren zu können.

Oft traf ich dann, jedenfalls im Frühjahr, den alten Ludwig in der Bar. Er war dort immer der erste Gast, morgens früh um sieben, wenn der Betrieb begann. Er saß stets am selben Tisch und trank dort seinen Kaffee. Manchmal nickten wir uns nur kurz zu, wenn wir uns sahen. Manchmal setzte ich mich zu ihm.

Ludwig war Österreicher, er stammte aus Klagenfurt. Mindestens fünfzig Jahre lang besaß er ein kleines Haus etwas außerhalb des Zentrums, das er im Sommer an Feriengäste vermietete. In dieser Zeit lebte er in Thailand, wo er seinerseits ein Häuschen sein Eigen nannte, das er wiederum an Feriengäste vermietete, wenn er hier im Dorf war. Von den Einnahmen lebte er, denn eine Rente bekam er nicht, oder wenn doch, war sie sehr gering. Auf diese Weise, sagte er, komme er gut durchs Leben, denn in Südostasien sei alles nicht so teuer wie hier. Er habe dort immer eine schöne Zeit.

Ludwig war ein Phänomen der Lebenskunst, geradezu ein Magier, was die Fähigkeit anging, das eigene Leben konsequent auf die eigenen Interessen zuzuschneiden, ein immer entspannter Mann von tief sitzender Freundlichkeit, der den Tag vor dem Morgengrauen mit einer langen Meditation zu beginnen pflegte, und ihn auch damit ausklingen ließ.

Er war, wie man so sagt, die Ruhe selbst.

Zu seinem Haus gehörte ein kleiner Schuppen auf einem Extragrundstück, das ein wenig entfernt vom Hauptgebäude war. Darin lagerte er dieses und jenes, und wenn er davon etwas holte, musste er dorthin fahren und dabei etwa hundert Meter lang einen öffentlichen Weg nutzen. Auf dem ging oder fuhr sonst nie jemand, was seinen Grund darin hatte, dass gleich am Beginn dieses Weges ein alter Griesgram wohnte, der aus irgendwelchen Gründen nicht wollte, dass der Weg von anderen benützt würde als von ihm. Er wollte ihn ganz für sich allein, obwohl dieses Stück halb zugewachsener Straße doch öffentlicher Grund war. Tauchte ein Fremder dort auf, stand der alte Mann manchmal vor ihm, mit einem Gewehr in der Hand, was den meisten reichte, um sofort die Flucht zu ergreifen.

So hatten fast alle vergessen, dass es sich um einen Gemeindeweg handelte. Sie dachten, er gehöre dem Alten, der schon lange in Pension war. Vorher hatte er als Elektriker in einem Gefängnis auf dem Festland gearbeitet.

Eines Tages nun musste Ludwig aber mal wieder zu seinem Schuppen. Er setzte sich in seinen kleinen, uralten Panda und war gerade in den besagten Weg eingebogen, als der Griesgram vor ihm stand und direkt durch das offene Autofenster mit seinem Gewehr auf ihn zielte.

Ti ammazzo se continui, sagte er, ich bring dich um, wenn du weiterfährst.

Nur zu, sagte Ludwig ruhig lächelnd, du hast ja in *Poggioreale* gearbeitet und kennst dich schon aus, wenn du heute Nachmittag wieder in ein Gefängnis kommst.

Dico sul serio, ich mein's ernst, knurrte der Alte.

Anch'io, ich auch, sagte Ludwig lächelnd und fuhr ohne zu zögern am Griesgram vorbei, der seine Flinte senkte und fluchend, doch gebeugten Hauptes zu seinem Haus zurückkehrte. Kurz vor der Tür drehte er sich noch mal um, richtete sich auf und rief Ludwig empört hinterher: Außerdem war ich doch nicht in *Poggioreale*! Ich war noch nie in Neapel, ich bin doch nicht verrückt! Ich war auf der Insel Gorgona, das ist richtig schön da!

Das hörte Ludwig gerade noch so, aber er antwortete

nicht mehr, sondern lächelte nur. *Poggioreale* ist nämlich ein fürchterlicher Knast, einer der schlimmsten Italiens, und natürlich hatte er gewusst, dass der Alte dort nicht war.

Morgens, wenn wir eine Weile in der *ganz bestimmten Bar* zusammengesessen hatten, ging Ludwig quer über die Piazza zur Terrasse eines um diese Uhrzeit noch leer stehenden Restaurants, *in mein Büro*, wie er sagte, *um zu arbeiten.*

Einmal, als er das getan hatte, kam nach einer Dreiviertelstunde ein Neffe von ihm in der Bar vorbei, Gianluigi. Er ist Maurer und verbringt im Sommer seine Ferien hier, worunter allerdings in diesen Wochen zumindest teilweise zu verstehen war, dass er seinem Onkel bei der Renovierung seines Bades half.

Gianluigi hatte seinen Overall an und war staubbedeckt.

Ich habe gehört, du hilfst deinem Onkel, sagte ich.

Si, si, ma cosa significa aiuto?, sagte er und blickte resigniert hinüber zu Ludwig in dessen Restaurant-Büro, ja, ja, aber was heißt hier helfen? *Ovviamente faccio tutto*, natürlich mache ich alles. *Ludwig è napoletano con il lavoro*, Ludwig ist Neapolitaner, was die Arbeit angeht.

Ludwig war drei Mal verheiratet gewesen, zwei Mal mit deutschen Frauen, einmal mit einer Italienerin. Aus der Zeit mit ihr stammt auch seine italienische Verwandtschaft, der erwähnte Neffe Gianluigi zum Beispiel. Alle seine Ehen waren mit Söhnen und Töchtern gesegnet, und alle waren an dem gescheitert, was man fälschlicherweise sein Hobby hätte nennen können. In Wahrheit war es das Zentrum seiner Existenz, seine große Leidenschaft.

Ludwig war nämlich Käferforscher.

Das war nicht sein Beruf, da machte er etwas ganz anderes. Er hatte ein kleines Architekturbüro. Aber die Käfer waren das, was er liebte. Und wenn er beim Hinübergehen auf die Restaurantterrasse sagte, er werde *arbeiten*, dann bedeutete das: Er schrieb an einem Aufsatz über eine entlegene Käferart oder am Katalog seiner Sammlung, oder er korrespondierte mit Koleopterologen in aller Welt. Seinem Brotberuf, der Architektur, war er schon früher immer nur einige Monate im Jahr nachgegangen. Im Rest seiner Zeit war er unterwegs gewesen, um Käfer zu studieren, zu sammeln und mitzubringen. Seine Sammlung umfasste schließlich einige Tausend Käfer aus Südamerika, Afrika, Sibirien, dem Nahen Osten, alle selbst gejagt, präpariert, auf kleine Nadeln gespießt und in Sammlerkästen untergebracht.

Diese Käfer hatte er früher in den Wohnungen untergebracht, in denen er mit seiner jeweiligen Frau und den Kindern lebte. Sie – also die Käfer – wohnten stumm in Schlafzimmerschränken, Wohnzimmerkommoden und Flurregalen, bis eines Tages noch jede seiner Frauen Ludwig vor die Wahl gestellt hatte: *die Käfer oder ich.*

Worauf er stets lächelnd und in aller Ruhe dieselbe Antwort gegeben hatte. Sie hatte niemals gelautet: *du*. Sondern immer: *die Käfer*.

Schließlich, getrennt von allen Frauen, aber mit seinen Käfern vereint, brachte Ludwig seine Sammlung in das Haus im Dorf, reservierte dort das größte und schönste Zimmer für sie und brachte sie in speziellen, von ihm selbst gebauten Schränken mit großen Schubladen unter. Dieses Zimmer wurde nie an die Feriengäste mitvermietet. Es blieb, wenn Ludwig nicht auf der Insel war, verschlossen, was natürlich die Vermietbarkeit des Hauses deutlich einschränkte.

Andererseits war es herrlich gelegen, hatte einen hübschen Garten und eine Terrasse mit stupender Aussicht, sodass sich doch immer genügend Interessenten fanden. Sie rätselten vermutlich stets ganze Urlaube lang, was sich in dem geheimnisvoll-unzugänglichen Raum ihrer Ferienbehausung befinden mochte, aus dessen großem Fenster man einen herrlichen Blick auf die Bucht und den Sonnenuntergang gehabt hätte, wenn man es denn hätte betreten dürfen.

Den Gästen verriet Ludwig nichts über das Zimmer. Er habe Angst, sagte er mir einmal, die Leute würden sich vor den vielen toten Käfern gruseln. Also sage er lieber, er habe dort seine persönlichen Dinge, und die seien nun mal nicht zu vermieten. Damit würden sich die Menschen immer zufriedengeben.

War es nicht seltsam, dass einer wie er, der die ganze Welt gesehen hatte, ausgerechnet hier, am Ende der Insel, seinen Platz und den für seine Käfer gefunden hatte? Hätte man hier, wo es so viel Erz gegeben hatte und wo man an manchen Stränden die schillerndsten Gesteine sieht und die seltensten Mineralien in verlassenen Gruben entdecken kann, nicht eher jemanden vermutet, der sich für Magnetite und Pyrite, Limonite und Hämatite interessierte und nicht sein Leben lang Palmrüsslern und Spanischen Fliegen, Harlekinböcken und Goldlaufkäfern hinterhergejagt war?

Ja, das war es, und wenn ich ihm diese Frage stellte, sagte er nur lächelnd, solche Leute, die von Steinen fasziniert seien, gebe es hier sicher auch. Aber gerade die Tatsache, dass er die ganze Welt gesehen habe und sich nun hier befinde, zeige doch, warum er hier sei: Er habe es nirgends so schön gefunden wie an diesem Ort. Auch in Thailand befinde er sich letztlich nur aus ökonomischen Gründen und weil es dort natürlich auch hochinteressante Käfer gebe. Aber Käfer lebten ja sowieso überall, und er sammele sie auch gar nicht mehr, das sei heutzutage bei all den Naturschutzbestimmungen viel zu schwierig geworden.

Er brachte mir, als wir einmal auf seiner Terrasse saßen, ein vergilbtes Buch, *Der Käfersammler* hieß es und war mehr als hundert Jahre alt. Schau hier, sagte er, da schildert der Autor, wie man Wespenkäfer fängt, die in Wespennestern leben und dort die Wespenlarven fressen. Diese Tiere hat man früher kaum je zu Gesicht bekommen, weil sie so versteckt leben. Und dieser Verfasser schreibe hier nun, sagte Ludwig, setzte seine Brille auf und las mir vor: Man müsse sich das Eingangsloch eines Wespenbaus in einer Wiese gut merken, dann eines Abends einen in

Terpentinöl getränkten Wattebausch hineinstecken und den anzünden.

Der sich entwickelnde, scharfe Rauch dringt nach unten in das Wespennest und tötet die Insassen. Früh am nächsten Morgen, bevor die noch außen weilenden Wespen zu fliegen anfangen, gräbt man das Nest aus und sammelt die schönen Käfer, die sich darin befinden.

Das ist natürlich heute verboten, sagte Ludwig, die Wespen sind ja geschützt. Deshalb habe ich aufgehört zu jagen, ich bin auch zu alt dafür, meine Hüften und Knie machen das nicht mehr mit. Aber ich werde nie aufhören, mich mit meinen Käfern zu beschäftigen. Wusstest du, dass jede vierte Tierart auf der Welt ein Käfer ist? Von keiner Tiergruppe gibt es mehr Arten, nichts ist so vielfältig wie die Käfer. Und schau, wie schön sie manchmal sind, wie reich an Formen und Farben!

Er holte ein anderes Buch hervor, ein sehr altes, und wir verloren uns in der Betrachtung von *Rothalsigen Buntkäfern* mit dunkelroten Halsschilden und vier weißen, wie gehäkelte Deckchen anmutenden Flecken auf den glänzenden schwarzen Flügeldecken, von *Gemeinen Totengräbern* mit breiten orangefarbenen Bändern auf dem Rücken und ebenso gefärbten Härchen und von *Runzeligen Obstbaumsplintkäfern*, die, oberflächlich betrachtet, aussahen wie nierenförmige schwarze Kotstückchen irgendeines unbekannten kleinen wilden Pflanzenfressers. Dann gingen wir in sein Käferzimmer, er zog die Schubladen auf, und wir vertieften uns von Neuem in all das Schillernde und Bunte, in den Anblick der langen Fühler und harten Panzer, der kleinen krummen Beine und scharf gezackten Kiefer und all der bunt gefleckten oder schwarz glänzenden Rücken.

Es gab einmal, sagte Ludwig nach ein paar Stunden, in denen wir schließlich zwei Flaschen Wein getrunken hatten und uns langsam selbst wie große müde Käfer fühlten, in Sesseln fläzend wie nach einem langen Tag voller Krabbeln und Fliegen, es gab einmal, sagte er also, einen Mann namens John Burdon Sanderson Haldane (oder sagte er, ein wenig schon lallend, Burton Halderson Johnson Sander?), es gab den Mann also, sprach Ludwig angestrengt und sorgfältig seine vom Wein beschwerte Zunge führend.

Es war ihm wichtig, was er zu sagen hatte.

Haldane, sprach Ludwig, war ein Naturforscher, der sich mit allem Möglichen beschäftigt hatte, auch mit dem Weltall und den Sternen – und ihn, diesen Mann also fragte man am Ende seines Lebens, was er beim Studium der Natur gelernt habe.

Und weißt du, *weissdu*, was er antwortete?

No, sagte ich knapp.

Gott habe, so Ludwig, offenbar eine außerordentliche Zuneigung zu Käfern gehabt, sonst hätte er ja nicht so viele von ihnen gemacht. Und, fuhr Ludwig mit leichtem Zungenholpern fort, ein Freund Hal-, Hal-, Haldanes hat so was Ähnliches gesagt wie: wenn man dereinst dem Allmächtigen begegne, müsse man damit rechnen, dass er mehr einem Käfer ähnele als dem Erzbischof von Canterbury.

Und nun siehst du, *siessdu*, sagte Ludwig: Das ist es, was ich hier tue mit meinen nun schon einundneunzig Jahren, indem ich jeden Tag alle diese kleinen und großen, kugelrunden und länglichen, flugfähigen und nicht flugfähigen Tierchen betrachte, sie katalogisiere und ordne und mich manchmal auch einfach nur an ihnen freue und mich daran erinnere, wo ich sie mal gefunden habe, *das tue ich*: Ich bereite mich auf das Zusammentreffen mit meinem Schöpfer vor.

Du glaubst an einen Schöpfer?

Warum nicht?

Ich hatte dich eher für einen Buddhisten oder so etwas gehalten.

Nimm's nicht so genau, sagte er. Je älter ich werde, desto kindlicher werden meine Gedanken in dieser Richtung. Irgendjemand muss diese ganzen Ideen gehabt haben, und den stelle ich mir eben vor. Ich habe schon an alles Mögliche geglaubt, aber letzten Endes können wir doch gar nicht anders, als uns einen Schöpfer vorzustellen. So ist das eben.

Einige Tage später saßen wir wieder morgens in der *ganz bestimmten Bar*, als sich plötzlich ein verirrter Rosenkäfer auf den Tisch setzte.

Genau so einer wie der, den wir einmal bei dir auf dem *Ripidello* gesehen haben, ein *Blütenbesucher*, erinnerst du dich an diesen meinen Ausdruck?, sagte Ludwig. Er muss sich verirrt haben, denn was will er hier auf diesem blumenlosen Tisch?

Er musste selbst über seine seltsame Ausdrucksweise lachen.

Vielleicht will er in meine Sammlung kommen? Sich den anderen Käfern anschließen, freiwillig?

Er machte eine lange Pause.

Oder vielleicht soll *auch ich in seine Sammlung* kommen …?

Ich wollte etwas sagen, aber Ludwig stand einfach auf, nahm seinen Laptop und ging auf die andere Seite der Piazza, um zu schreiben.

Ein paar Tage später reiste ich ab. Und wiederum einige Wochen später schrieb mir Lorenzo, der Schreiner, eine Nachricht aus dem Dorf:

Ludwig e morto, Ludwig ist tot.

Er habe auf einer Bank in seinem Garten gesessen, ein Besucher habe ihn morgens dort gefunden, unter einem Olivenbaum. Er sei dort wohl, vielleicht schon am Abend zuvor, einfach sitzend eingeschlafen und dann gestorben. Und seltsam sei gewesen: Auf seinen Knien habe er einen dieser Kästen gehabt, in denen er seine Käfer aufbewahrte. Doch dieser Kasten sei zwar geschlossen, aber leer gewesen. Nur einige dieser Nadeln habe man darin noch gesehen, mit denen er die Käfer immer aufgespießt habe, Nadeln ohne Käfer.

MEIN ITALIENISCH ist nicht besonders gut, ich sagte das schon. Ich scheitere zum Beispiel immer noch am Konjunktiv, das ärgert mich, aber es hat seine Gründe, dazu gleich mehr.

Wenn man zum Beispiel zu einem Italiener sagen will: Ich hoffe, dass ihr wieder auf die Insel zurückkehren könnt, dann heißt das: *Spero che possiate tornare all'isola.*

Possiate ist der Konjunktiv, eine Möglichkeitsform.

Man weiß ja nicht, ob sie wirklich kommen.

Ich beherrsche das nicht und sage: *Spero che potete tornare all'isola*, eine simple Gegenwartsform, *voi potete*, ihr könnt.

Versteht jeder. Aber richtig ist es eben nicht, und wenn ich überhaupt etwas richtig mache im Italienischen, so verdanke ich es in der Regel Anna, der Lebensmittelhändlerin, die mir in all den Jahrzehnten nie einen Fehler durchgehen ließ.

Zum Beispiel hat Anna sehr gute eingelegte Oliven, zubereitet nach einem Rezept ihres Vaters, der auch schon Lebensmittelhändler war. Vor vielen Jahren, als mein Italienisch noch sehr viel schlechter war, konnte es passieren, dass ich sie um hundert Gramm Olivenbäume bat, *un etto di ulivi*, worauf sie mich lächelnd unterbrach und korrigierte: *un etto di ulive*, denn der Olivenbaum *l'ulivo* ist im

Italienischen männlich, seine Frucht aber *l'uliva*, weiblich. Es ist nur ein Buchstabe, der den Unterschied macht, und Anna hat mich noch immer auf diesen Unterschied aufmerksam gemacht, wenn ich ihn nicht sah. Sie macht mich überhaupt auf jeden kleinen Unterschied aufmerksam. Um nur ein beliebiges Beispiel zu nennen: Wenn ich von den Mücken erzähle, die einem manchmal die Abende auf dem *Ripidello* lästig machen, sage ich vielleicht *zánzare*, mit Betonung auf der ersten Silbe, so wie ich es schon seit Jahren immer falsch sage. Worauf mich Anna leise und sehr höflich unterbricht und *zanzáre* sagt, *zanzáre*, Axel, *zanzáre* …

Vor dreißig Jahren, als ich noch praktisch kein Italienisch konnte, unterhielten meine Frau und ich uns einmal auf der Straße mit einem Bekannten. Er fragte, ob wir heute Abend in der *ganz bestimmten Bar* einen Aperitif zusammen trinken würden, und ich wollte antworten:

Ma certo, certo. Aber sicher, sicher.

Aber ich sagte, weil ich sehr aufgeregt war: *Ma Sergio, Sergio.*

Seitdem heiße ich in der Familie gelegentlich *Sergio*, besonders dann, wenn ich mich mal sprachlich vergaloppiert habe. Also des Öfteren. Denn meine fehlenden Kenntnisse des Italienischen haben mich noch nie davon abgehalten, Italienisch zu sprechen.

Ich kann wenig Italienisch. Aber ich spreche es immerzu.

Ich liebe diese Sprache, ihren Klang, die Art, wie man

sie spricht, eigentlich ja fast singt, ihre Variationen in den Dialekten, besonders im Süditalienischen, in der Art, wie Riccardo spricht, mein Nachbar, der zwei Häuser weiter in einer Gasse wohnt: die Vokale einweichend wie Pfirsiche in süßem Wein, aus jedem p ein b und aus einem t ein d machend, wie im Fränkischen. Und aus jedem s ein sch und dabei von Satz zu Satz den Sprachfluss beschleunigend wie ein Ferrari-Fahrer sein Gefährt, sich in ein ungeheures Tempo hineinsteigernd, in dem am Schluss, wenn es über die Zielgerade geht, aus allen Wörtern ein einziges sehr langes, gesungenes, im Raum schwebendes Wort geworden ist.

Spero che possiate tornare …

Schbero che possiade dornare …

Da ich, wie erwähnt, nicht sehr gut Italienisch spreche, verstehe ich die Sprache auch nicht besonders gut. Allerdings habe ich eine Fähigkeit, die mich von anderen, die nicht sehr gut Italienisch sprechen, unterscheidet: Ich kann sehr gut so tun, als verstünde ich das Gesagte.

Ich nicke, ich lache mit, wenn der andere lacht, ich schüttele den Kopf, wenn er den Kopf schüttelt, ich flechte ein: *capisco bene*, ich verstehe gut. Im Sprachzentrum meines Hirns reime ich mir zusammen, was ich verstanden zu haben glaube. Oft ist es, wie gesagt, nicht das Richtige, und die Person, mit der ich mich unterhalten habe, gewinnt aufgrund dieser Falschinformationen in mir eine ganz eigene Existenz, die sich von ihrer wahren möglicherweise deutlich unterscheidet. So wird sie in mir zu einer quasi literarischen Figur, zu etwas Erfundenem, wie überhaupt das ganze Dorf *in mir* im Laufe der Jahrzehnte seine eigene Form gefunden hat, die sich vom tatsächlich existierenden Ort um einiges unterscheidet, da bin ich sicher.

Wahrscheinlich fährt man am besten, wenn man mir nichts glaubt, was ich vom Dorf erzähle, denn es könnte sein, dass ich einfach alles falsch verstanden habe, *tutto, tutto, tutto*.

Ich bin mir da fast sicher. *Sono certo. Sono Sergio.*

Es gibt das Dorf, und es gibt Sergios Dorf.

Meine mangelhaften Sprachkenntnisse haben allerdings auch damit zu tun, dass meine Frau sehr gut Italienisch spricht. Wenn wir zusammen etwas unternehmen, zum Beispiel in der *ganz bestimmten Bar* sitzen oder in einem Restaurant mit Freunden essen, oder wenn etwas mit einem Handwerker zu besprechen ist, dann bin ich, wenn Italienisch gesprochen wird, binnen Kurzem eine Randfigur. Ohnehin kennen sehr viele Leute im Dorf meine Frau, mich bei Weitem nicht so viele. Das führt dazu, dass ich in vielen Gesprächen sehr schnell nur noch ein Zuhörer bin, der sich etwas zusammenreimt und nachher um Erklärungen bitten muss.

Man redet dann schnell und in einem Vokabular, das ich nicht kenne. Wenn der Klempner da ist, benutzt er Klempnerwörter, die meiner Frau alle bekannt sind, mir aber nicht. Sind wir bei der Bank, ergießt sich ein Strom von fremden Bankbegriffen über mich, mit denen meine Frau umgeht wie mit allervertrautesten Wörtern. Haben wir eine Verabredung im Rathaus, werde ich mit Rathausvokabeln geduscht, die ich in der Regel alle zum ersten Mal höre, die aber offenbar zum Umgangswortschatz meiner Frau gehören.

Ich musste nie wirklich gut Italienisch lernen, weil meine Frau so gut Italienisch kann. Es ist eine Form der Regression, des kindlichen Rückzugs, die allerdings ihren Preis hat.

Man wird dann Sergio und bleibt Sergio.

Und Sergio muss schweigen, wenn die Großen reden.

Einmal, wir hatten ein Problem mit Borkenkäfern an einer Pinie, mussten sie fällen, das Holz wegschaffen und die Äste verbrennen, einmal also standen wir um diesen kranken Baum herum und erörterten die Sache mit Andrea, dem Mann für solche Arbeiten, oder sagen wir: Andrea erörterte die Angelegenheit mit meiner Frau.

Die Äste, wie gesagt, mussten verbrannt werden, und Andrea sagte, an meine Frau gewandt:

Sa fare un fuoco? Kann er Feuer machen?

Wer?, fragte sie.

Na er, sagte Andrea leise und nickte seitlich in meine Richtung.

Sarebbe meglio che lo facessi tu, sagte ich, ja, genau: *Ich sagte das.*

Es wäre besser, wenn du es machen würdest.

Madonna!, dieser Satz schoss aus meinem Mund heraus, einfach so, wie aus einem richtigen Italienermund. Ein Konditional und ein Konjunktiv flossen mir von den

Lippen, als wäre ich in Italien aufgewachsen. Ich weiß nicht, woher die Wörter plötzlich kamen, sie waren einfach da.

Wobei, wenn ich ehrlich bin: Ich weiß es doch. Ich hatte den Satz am Tag zuvor in einem Gespräch aufgeschnappt, in dessen Verlauf meine Frau zu Lorenzo, dem Schreiner, gesagt hatte, es wäre ihr lieber, wenn er unseren Fensterrahmen reparieren würde, nicht Bernardo, der andere Schreiner.

Sarebbe meglio che lo facessi tu, hatte sie gesagt.

Andrea wandte im weiteren Gespräch den Kopf ein wenig von meiner Frau ab und nun auch mir zu. Ich wurde Teil der Unterhaltung. Als wir voneinander schieden, sagte er:

Scusa, ho dimenticato il tuo nome.

Entschuldige bitte, ich habe deinen Namen vergessen ...

Er hatte sich nicht einmal meinen Namen gemerkt, so bedeutungslos war ich für ihn gewesen. Und nun, durch einen einzigen Satz, war aus Sergio ICH geworden.

Beinahe hätte ich *Sergio* geantwortet, ja, *si, mi chiamo Sergio*, ja, mein Name ist *Sergio*.

Axel, flüsterte ich stattdessen heiser.

Am selben Abend kramte ich meine Italienisch-Grammatik hervor und begann zu lernen.

HEUTE IST EIN TAG, an dem ich nichts tun will. Gar nichts.

Ich stelle mir einen Stuhl vor den Torre, direkt neben den Eingang, wo es heute früh noch schattig ist. Und tue nichts.

Ein Hund geht vorbei, mittelgroß und gelb und müde.

Ich bin kein guter Nichtstuer. Kaum sitze ich fünf Minuten da, denke ich: Du müsstest mal ein wenig die *Cantina* aufräumen, und wie wäre es, du würdest dir beim stillen Zeitungshändler eine Zeitung holen und sie lesen oder im Fischladen eine *Orata* fürs Abendessen besorgen?

Dann denke ich: Ich will aber nichts tun.

Also tue ich das alles nicht.

Aber es ist richtig anstrengend, nichts zu tun, finde ich.

Auf dem Tischchen im Wohnzimmer des Torre liegt immer griffbereit ein hübscher kleiner Sammelband mit Texten, *Lob des Nichtstuns* heißt das schmale Büchlein, dem einige Sätze von Gottfried Benn vorangestellt sind.

Untätigkeit, das war, wenn ich es so ausdrücken darf, in der Tat mein Ideal. Untätigkeit im allgemeinen Sinn: Kein Büro, kein pünktlicher Dienstbeginn, keine Bezugszeichen links oben auf den Akten. Keineswegs durch die Natur schweifen, ich war kein Rutengänger und Step-

penwolf, mehr ein Sichauslegen mit Wurm und Angel, etwas anbeissen lassen, Eindrücke, Träume – die große Vergeudung der Stunden.

So mache ich es jetzt. Ich lege mich aus. Lasse anbeißen, was immer zum Anbeißen vorbeikommt.

Vergeude ein paar Stunden.

Es ist seltsam, wie wir die Rastlosigkeit unseres Arbeitsalltags in die Ferien mitnehmen. Statt morgens ins Büro, die Klinik oder zum Bahnhof zu eilen, sind wir auf dem Golfplatz verabredet, beim Mountainbiken oder zur Bergwanderung, nachmittags ist dann *quality time* mit der Familie angesetzt – abends wartet die *entspannte Runde* im Restaurant. Die beruflichen Verabredungen haben wir durch private Termine ersetzt. Aber Termine sind es eben immer noch, ein strukturierter Tag, die sorgsame Bewirtschaftung der eigenen Lebenszeit.

Es ist nicht: Nichtstun.

Wer wirklich nichts tun will, der muss erst einmal verstehen, was das eigentlich ist: nichts. Denn erst, wenn man das weiß, kann man es tun, das Nichts.

Oder?

Ich denke an Loriot, den *Feierabend*.

Hermann ...

Ja ...

Was machst du da?

Nichts ...

Nichts? Wieso nichts?
Ich mache nichts ...
Gar nichts?
Nein ...

Wenn ich nichts tue, werde ich vielleicht Einblick bekommen in die Eigenheiten des Nichts, und ich werde verstehen, was Nichtstun eigentlich ist.

Überhaupt nichts?
Nein ... ich sitze *hier ...*
Du sitzt *da?*
Ja ...
Aber irgendwas machst *du doch?*
Nein ...

Manchmal, wenn ich auf dem Boot liege und mich auf dem Meer treiben lasse, vom Wasser in den Schlaf geschaukelt, manchmal also überkommt mich dort draußen eine ungeheure Ruhe. Ich überlasse mich den Wellenelementen wie ein Kind, schließe die Augen, und wenn ich sie später wieder öffne, bin ich, von Wellen und Wind weitergetrieben, nicht mehr da, wo ich eingeschlafen bin.

Ruhe. Nichts.

Aber um zu diesem Nichts zu gelangen, muss ich vorher zum Strand fahren, mich von Mauro zum Boot bringen lassen, das Boot klarmachen und aufs Meer fahren. Vor dem Nichtstun kommt eine Menge Tun.

Das will ich heute nicht. Heute stelle ich einfach nur meinen Stuhl vor die Tür und warte auf nichts. Also: auf *das Nichts*.

Der mittelgroße, gelbe und müde Hund kehrt zurück.

Es gibt etliche Hunde im Dorf.

Im Sommer explodiert ihre Zahl. Mit den Touristen kommen die Hunde: kleine Hunde, mittlere Hunde, große Hunde. Und gehst du morgens durch die Via Roma, früh, noch bevor die schöne Straßenfegerin kommt und der Straßenputzwagen sein Werk tut, dann achte darauf, wohin du deinen Fuß setzt, denn es könnte ...

Ach, egal.

Davon abgesehen, gibt es die echten Dorfhunde, also, die Hunde, die hier immer leben, eingeborene Hunde.

Zu ihnen gehört die Bulldogge des Wirtes der *Osteria degli artisti*; sie sieht ein wenig aus wie der Wirt selbst, rundlich, freundlich und komplett ungefährlich, nur eben mit vier Beinen statt zwei.

Auch gibt es den Labrador einer Ladenbesitzerin; stets liegt er an der engsten Stelle der Straße quer aufs Pflaster gebreitet, sodass der Strom der Fußgänger sich an ihm vorbeizwängen oder über ihn hinwegsteigen muss, was den Labrador nicht im Geringsten stört, im Gegenteil: Es gehört wohl zu seinen Aufgaben, den Verkehr hier zu verlangsamen, damit die Leute dem Geschäft der Labradorinhaberin mehr von ihrer Aufmerksamkeit schenken.

Schließlich möchte ich nicht den höchst seltsamen Hund der Familie Lorenzini unerwähnt lassen, der sehr klein ist und in ein seltsam zerrupftes gelbes Fell gekleidet. Er hat dunkle braune Augen, die wie bei einem Basedow-Kranken aus dem Kopf hervorzuquellen scheinen, und ist von einer so fürchterlichen, auch ihn selbst wohl quälenden Ängstlichkeit, dass er sich bei jedem Gang durchs Dorf von einem Versteck zum anderen vorarbeitet, er sucht die Tarnung durch Blumentöpfe, Mülleimer und Restaurantstühle. Einmal sah ich ihn sogar rückwärts durchs Dorf gehen, weil er offenbar immerzu eine Gefahr witterte, die hinter ihm lauern könnte.

Zu erwähnen wäre des Weiteren der Miniaturpudel von Serafino, dem Nachbarn, dessen Fell exakt so weiß ist wie die Haare von Serafino selbst. Ja, man hat das Gefühl, als sei das Tier quasi ein Teil von Serafinos Haarschopf. Der hat sich mit den Jahren in der Weise gelichtet, dass ein Rest sich zwar noch auf des Mannes imposantem Römerschädel befindet, alles Übrige aber anscheinend nun auf vier Beinen neben ihm hertrippelt, angeleint, damit es nicht ganz verschwindet.

Serafino führt seine verlorenen Haare Gassi.

Und nicht vergessen möchte ich diesen depressiven Schäferhund, der sich bisweilen durch die Straße schleppt, keine Ahnung, wohin er gehört. Er strahlt eine unendliche Müdigkeit und Gleichgültigkeit aus, ein Hund, der fertig ist mit dem Leben und nur einfach nicht weiß, wie er es beenden soll.

Immer wenn ich ihn sehe, denke ich: Kann man Depressionen bei Hunden nicht behandeln?

Manche Italiener lassen ihre Hunde bisweilen frei herumlaufen; das wäre in Deutschland kaum denkbar. Sie bestehen nicht darauf, dass die Tiere stets daheim sind, die Hunde haben ein Recht auf die *passeggiata*, wie die Menschen auch. So ist das mit dem depressiven Schäferhund.

Und so ist es auch mit einem sehr kleinen schwarzweißen Mischling, der Tag für Tag unterwegs ist. Man sieht ihn überall, ständig patrouilliert er durch den Ort, und zwar keineswegs nur im Zentrum. Manchmal schaut er auch an einem der Strände nach dem Rechten, ja, er legt für ein so kleines Tier ganz ungeheure Strecken zurück. Und obwohl ihn auf diese Weise natürlich jeder hier kennt (jedenfalls vom Sehen), hält er sich nie bei irgendjemand auf. Er betritt niemandes Laden oder Wohnung. Auch an der *ganz bestimmten Bar* trippelt er einfach vorbei, immer auf dem Weg, immer beschäftigt.

Aber womit?

Du kannst ihn ansprechen. Dann wird er dich interessiert mustern, aber er wird nicht zu dir kommen. Er wird nicht um etwas betteln. Er wird nichts haben wollen. Er wird nicht mit dem Schwanz wedeln. Er wird nur schauen und dann weitergehen, so wie die Leute des Dorfes Fremde angeschaut haben in den Zeiten, als es all die Restaurants und Bars und Klamottengeschäfte und Eisläden von heute noch nicht gab, sondern nur die Mine und die Leute von dort mit ihren abgearbeiteten Körpern: aufmerksam, aber stolz und niemals sich anbiedernd.

Vermutlich handelt es sich deshalb gar nicht um einen

Hund, eher um die Seele eines längst verstorbenen Dorfbewohners, von all den anderen Toten damit beauftragt, das Leben hier im Auge zu behalten und ihnen abends zu berichten, was so geschieht.

Die zwei ältesten Hunde, die ich hier kenne, sind Geronimo und Rocco, der eine fünfzehn, der andere zwölf. Beide liegen, wenn es nicht gerade in Strömen regnet, auf den Stufen vor den Häusern ihrer Besitzer, im Schatten, gleich neben dem Torre. Sie kennen sich ganz offenbar seit ihrer Geburt. Beide sind heute alte Herren. Geronimo ist einer der freundlichsten Hunde, die ich je gesehen habe. Sprichst du ihn an, erhebt er sich gemächlich, kommt schwanzwedelnd auf dich zu, lässt sich streicheln, um dann in aller Ruhe und schon ein wenig steifbeinig seinen Platz wieder einzunehmen.

Etwa vier bis fünf Mal am Tag aber geschieht etwas anderes. Dann steht Geronimo ein klein wenig rascher als gewöhnlich auf, und plötzlich scheint er wie verwandelt. Er spannt seine alten Muskeln, strafft sich, macht sich breit, sein Gang wird auch in der Sommerhitze leise federnd, und so bewegt er sich hinüber zu Rocco. Vor dem baut er sich auf, fletscht die Zähne (aber nur ein ganz bisschen), macht laut und vernehmlich Grrrrr und Arrrrr, immer wieder, tut zwei Schritte nach links, zwei nach rechts, dann wieder Grrrrr und Arrrrr, etwa fünf bis zehn Minuten lang, hin und her und Grrrrr und Arrrrr und her und hin und Arrrrr und Grrrrr.

Es klingt wie: *Attento!* und *Una parola e ti ucciderò*.

Pass bloß auf! Ein Wort und ich mach' dich fertig.

Und Rocco, der seine Augen in der Regel geschlossen hält, öffnet träge eines davon und sieht damit den alten Nachbarn mit einem langen, müden Blick an. Sein Gesichtsausdruck sagt:

Che stai facendo? Ne abbiamo ancora bisogno? Alla nostra età? Was soll das? Haben wir das noch nötig? In unserem Alter?

Dann geht Geronimo wieder, um sich vor sein Haus zu legen.

Dies geschieht, wie gesagt, vier oder fünf Mal am Tag. An jedem Tag, an dem ich hier bin und vermutlich auch an allen anderen. Ich weiß nicht warum. Es ist eine alte Sache zwischen den beiden.

Und ich weiß nichts von ihren Gründen und werde auch nie etwas von ihren Gründen wissen. Und es ist auch egal jetzt. Ich denke nicht darüber nach.

Ich will ja nichts tun.

Riccardo kommt vorbei. Er schaut angeekelt auf einen Fleck Hundeurin mitten auf der Via Roma, dann holt er sich auch einen Stuhl, setzt sich zu mir, und wir reden eine Weile über dies und das, und was wir heute vielleicht noch tun werden, wenn wir eine Weile nichts getan haben. Ich denke daran, dass ich früher oft am Strand war, mit den Kindern, und dass ich dann, wenn die Kinder irgendwo spielten, mit den Füßen im Wasser herumstand und andere Männer beobachtete, die auch mit den Füßen im Wasser herumstanden und dabei vielleicht die *Gazzetta dello*

Sport lasen oder sich mit anderen Männern unterhielten, die auch mit den Füßen im Wasser ...

Waren wir alle zusammen da dem Nichts nicht sehr nahe?

Aus dem Haus gegenüber tritt Sandro, stellt einen Stuhl heraus und setzt sich, sodass seine Glatze in der Sonne glänzt und die Astronauten in der Internationalen Raumstation ihre Reflexionen beobachten können und in ihrer ungeheuren schwerelosen Einsamkeit wissen: Aha, Sandro ist da unten und tut nichts.

Ich habe eine Frage, die meine Olivenbäume betrifft, und weil Sandro selbst auf dem Festland Hunderte von Olivenbäumen besitzt und ein Fachmann für solche Fragen ist, stelle ich die Frage und höre ihm zu, wie er sie ausführlich beantwortet. Auch Riccardo lauscht, aber vermutlich denkt er über das Abendessen nach, und ob Chiara, seine Frau, zum Beispiel den *Branzino*, falls es einen geben sollte, lieber auf den Grill legen wird oder in den Ofen.

Wir sitzen da und haben uns ausgelegt und lassen das Leben anbeißen.

Wollen wir heute Abend zusammen *Spaghetti alla bottarga* machen?, fragt Riccardo. Dann reden wir eine Weile über das Abendessen gestern und heute und vielleicht morgen, das ist eben so: Wenn Riccardo eine Weile nichts getan hat, muss er über das Essen reden, das geht nicht anders.

In meinem kleinen Buch gibt es einen Aufsatz von Hermann Hesse über *Die Kunst des Müßiggangs*. Hesse beginnt seine Überlegungen da, wo es um den unterschiedlichen Umgang mit der Zeit im Morgen- und im Abendland geht. Er vergleicht – was uns heute erst einmal ein bisschen fremd vorkommen mag, aber doch nach wie vor sehr erhellend ist – die verschiedenen Erzählweisen der Literatur hier und dort, in den Märchen vor allem. Er fragt, woher zum Beispiel die Freude an *Tausendundeiner Nacht* kommt, ein Buch, in dem die Geschichten ja in ganz anderer Weise erzählt werden als in *Grimms Märchen* – wenn man denn diese Freude empfindet und die orientalischen Geschichten nicht schon bald aus der Hand legt mit dem zutiefst abendländischen Gefühl: *Wann kommt der Erzähler denn mal zum Punkt?!!!*

Und das ist es eben: *Wir* warten auf den Punkt, den Reiz, den Fortschritt, das Weitergehen. *Wir* wollen, dass etwas passiert. *Wir* spüren, was jedem Drehbuchautor eingetrichtert wird: Treibe die Handlung voran! Alles, was du schreibst, muss dem Fortgang der Geschichte dienen. Es muss weitergehen, immer weiter.

Muss es das? Immer?

Der arabische Geschichtenerzähler, schreibt Hesse, *hat, wenn er am spannendsten Punkt seines Märchens steht, immer noch reichlich Zeit, ein königliches Purpurzelt, eine mit Edelsteinen behängte gestickte Satteldecke, die Tugenden eines Derwisches oder die Vollkommenheiten eines wahrhaft Weisen bis in alle Einzelheiten und Kleinigkeiten zu schildern. Ehe er seinen Prinzen oder seine Prinzessin ein Wort sagen lässt, beschreibt er uns Zug für Zug das Rot und den Linienschwung ihrer Lippen, den Glanz und die Form ihrer schönen weissen Zähne, den Reiz des kühn flammenden oder des schämig gesenkten Blickes und die Geste der gepflegten Hand, deren Weisse untadelhaft ist, und an welcher die opalisierenden, rosigen Fingernägel mit dem Glanze kleinodbesetzter Ringe wetteifern. Und der Zuhörer unterbricht ihn nicht, er kennt keine Ungeduld und moderne Lesergefrässigkeit, er hört die Eigenschaften eines greisen Einsiedlers mit demselben Eifer und Genusse schildern, wie die Liebesfreuden eines Jünglings oder den Selbstmord eines in Ungnade gefallenen Veziers. Wir haben beim Lesen beständig das sehnsüchtig neidische Gefühl: Diese Leute haben Zeit! Massen von Zeit!*

Diese Zeit haben wir nicht, kaum jemand von uns, vielleicht die Rentnerinnen und Pensionäre, aber denen sitzt ja heutzutage viel mehr als früher das Lebensende im Genick – *ich will meine Zeit nutzen* –, weshalb ihre Terminpläne bisweilen voller sind als die der jungen Leute.

Bei uns, im armen Abendland, haben wir die Zeit in kleine und kleinste Teile zerrissen, deren jeder noch den Wert einer Münze hat; dort aber fließt sie noch immer unzerstückt in stetig flutender Woge, dem Durst einer Welt genügend, unerschöpflich, wie das Salz des Meeres und das Licht der Gestirne.

Lassen wir es jetzt mal unerheblich sein, ob dieses Bild des Morgenlandes noch viel mit der Wirklichkeit zu tun hat. Zu Hesses Zeiten war es so, und die Sehnsucht vieler von uns nach einer solchen Welt ist unübersehbar, sonst wären ja nicht so viele Meditations-Apps auf Smartphones geladen und die Yoga-Zentren nicht so voll.

Ich aber habe jetzt meinen Stuhl in der Via Roma.

Auf dem sitze ich und denke, dass ich auch eine Bank oben auf dem *Ripidello* habe, auf der ich manchmal sitze und nichts tue.

Nichts?

Und du kramst nicht deinen Grasschneider aus der Baracke und kürzt die Halme unter dem Elektrozaun?

Nein.

Und du beginnst nicht, Unkraut aus dem Kies der Terrasse zu zupfen?

Nein.

Und du widerstehst auch der Verlockung, *die Zeit zu nutzen*, um nach dem Stand des Wassers in der Zisterne zu sehen?

Ja.

Muss ich. Denn ich will nichts tun. Also tue ich nichts.

Ich sitze auf der Bank und sehe Dinge, die ich noch nie gesehen habe.

Ich sehe, dass Ameisen die ungenutzte Wäscheleine, die Friedrich noch vor vielen Jahren zwischen zwei Bäumen gespannt hat, als Hängebrücke nutzen. In endloser Kolonne marschieren sie in einer Richtung darauf entlang, zwei Meter über dem Erdboden, tapfer und ohne Angst vor dem Absturz. Was soll einer Ameise auch geschehen, wenn sie zwei Meter tief fällt? Können sich Ameisen Beine brechen? Haben sie ein Genick, das zerknacken könnte? Wie gehen sie zurück? Gehen sie überhaupt zurück?

Irgendwo am Boden vermutlich. Ich muss das klären. Wenn ich einmal wieder aufstehe, werde ich nachsehen.

Ich sehe eine Gottesanbeterin in der Hecke neben mir, grün, so grün, dass man sehr genau hinsehen muss, um sie zu erkennen. Schwankend, zitternd steht ihr langer Körper auf dünnen Beinen, die vorderen Extremitäten abwartend erhoben, auch sie tut nichts, wartet anscheinend. Worauf? Sie schaut mich an, und sie schaut auch wieder weg, und da ist er wieder, dieser Blick, wie der des kleinen Hundes unten im Dorf, aufmerksam, wach, sich dann aber wieder etwas anderem zuwendend. Der Blick der alten Leute des Dorfes.

Ich sehe einen grün schillernden Käfer auf einer Olivenblüte. Er scheint geradezu aus lackiertem Blech gebaut zu sein. Ich kenne ihn (oder jedenfalls seine Art). Einmal war ich mit Ludwig hier oben, wir saßen auf der Bank, der Käfer erschien, und natürlich fragte ich Ludwig, was das für einer sei – worauf er erwiderte, er kenne zwar nicht alle Käfer, aber diesen schon, es sei ein Rosenkäfer, *ein Blütenbesucher*, er lecke an Flüssigkeiten und ernähre sich so, von dem Nektar der Blüten, auch dem Saft, der aus zerfallenden Früchten trete. Keineswegs alle Rosenkäfer seien so schillernd grün, zum Beispiel gebe es den *Stolperkäfer*, der einfach nur dunkel geschuppt sei, den *Zottigen Rosenkäfer*, der geradezu eine Art Fell habe aus blonden, nach oben abstehenden Haaren, oder den *Goliathkäfer* in Afrika, der zehn Zentimeter lang werden könne und von dem es eine Art gebe, die schwarz und weiß gemustert sei und ihn immer an manche Masken des Todes in Hofmannsthals *Jedermann* in Salzburg erinnert habe.

Ich sehe eine Spinne am Rand ihres Netzes auf Fliegen lauern, höre das leise Tappern von Gecko-Füßen im Blech der Dachrinne, studiere die Landkarte der dünnen gelben Moose auf den Steinen der Trockenmauer neben mir, sehe auf dem Lavendel eine Biene, zu deren Verhalten mir komischerweise nur das Wort *eifrig* einfällt. Rieche den Rosmarin.

Daran denke ich, wie ich so auf meinem Stuhl in der Via Roma sitze: an das Nichts auf dem *Ripidello*.

Riccardo ist wieder gegangen, weil er etwas auf dem Rathaus zu erledigen hat. Sandro hat begonnen, einen dicken Roman zu lesen.

Ich höre ein wischendes Geräusch. Irgendwo in einer der Gassen muss sich die schöne Straßenfegerin nähern. Ich versuche, sie anhand der Intensität des Wisch-Sounds zu orten. Ist sie noch im *Vicolo Lungo*? Oder schon in der Gasse vor der Kirche?

Selbstvergessen.

Ich habe das Wort bei Hesse gelesen.

Er habe, schrieb er, sich stundenlang mit scheinbar geringen Gegenständen zu beschäftigen gelernt, den Gesetzen des Mückenflugs, der Rhythmik der Sonnenstäubchen, der Melodik der Lichtwellen, woraus ein Erstaunen über die Vielheit des Geschehens entsprungen sei *und ein beruhigendes, völliges Vergessen meiner selbst, womit die Basis eines heilsamen, niemals langweiligen* far niente *gewonnen war.*

Es wird bald Mittag. Es wird heiß. Ein Touristenpaar aus der Schweiz geht schweren Schrittes an mir vorbei. Er fotografiert in die Gasse hinein, dann schleppen sich die beiden weiter. Über Geronimos Rücken kreist eine Fliege, mühsam erhebt er seinen Schwanz und lässt ihn nach ihr schlagen. Die Luft steht.

Dann geschieht, für einen langen Augenblick, tatsächlich: nichts.

SEIT EINIGER ZEIT haben wir einen Schuhschrank im Torre. Das ist ein großer Luxus für uns, denn jahrzehntelang hatten wir keinen, obwohl wir eine ganze Reihe von Schuhen besitzen, die bis dahin immer im Treppenhaus herumlagen und störten. Es war einfach kein Platz für einen Schuhschrank, bis wir diesen Platz eines Tages zufällig entdeckten.

Ich schicke voraus: Der Torre ist ein einfaches Haus.

Er hat keine Heizung, bloß einen Holzofen. Er hat nur ein kleines, enges Bad mit einer bescheidenen Dusche und einem winzigen Fenster. Jeder Weg führt über steile Treppen, die nicht alle ein Geländer haben und manchmal an den Seiten offen sind, so dass man besser vorsichtig ist, wenn man sie erklettert. Als die Kinder klein waren, spannten wir Netze neben diesen Treppen und versperrten den Zugang zu ihnen mit Gittern, denn einmal – vor einem halben Jahrhundert allerdings – war ein Kind, das zu Besuch war, eine solche Treppe hinabgestürzt und hatte sich einen Milzriss zugezogen. Innere Blutungen waren die Folge, mit Mühe und Not schaffte man das Kind ins Krankenhaus und rettete dort sein Leben.

An manchen Stellen gibt es niedrige Durchgänge und tief hängende Balken.

Der Dottor Bianchi, der eines Tages zu uns kam, um

mir eine Spritze zu geben, weil ich plötzlich von unerklärlichen Gesichtsschwellungen befallen war (eine allergische Reaktion auf den Blütenstaub, von dem die Tomaten bedeckt gewesen waren, die ich probiert hatte, ohne sie ausreichend zu waschen, möglicherweise aber auch eine Körperabwehr gegen die vielleicht nicht mehr ganz taufrischen Muscheln in den *Spaghetti alle vongole*, die es zum Abendessen in einem Lokal in der Hauptstadt gegeben hatte), der Dottor Bianchi also hatte sich zunächst beim Betreten des Hauses den Kopf gestoßen. Daraufhin bildete sich auf seiner Stirn eine erhebliche Beule. Danach war er mit dem Hinterkopf gegen einen Balken geknallt, als er sich nach der Spritzenverabreichung wieder aufrichtete, denn das Sofa, auf dem ich lag, stand unter einer Wandschräge. Schließlich betäubte ihn am Durchgang zum Bad ein weiterer Holzträger, gegen den er mit dem Scheitel stieß. So heftig war er getroffen, dass er sich einen Moment setzen musste. Danach rann ein schmales Blutrinnsal durch seinen weißen Haarschopf. Doch beteuerte er, es sei nichts, es sei gar nichts, rein überhaupt wirklich nichts.

Wir sahen ihm aus dem Fenster besorgt nach, wie er die Via Roma entlang heimwärts torkelte, als hätte ihn der Torre mit Faustschlägen bearbeitet.

Der Torre ist ein uraltes Haus.

Manchmal denken wir darüber nach, wie alt er genau sein mag, aber wir wissen einfach nichts darüber. Sicher sind es mehr als fünfhundert Jahre. Oder tausend?

Oder war er immer schon da?

Vielleicht könnte man, würde man sich in die lokalen Archive vertiefen, mehr über diese Geschichte erfahren, mehr über das Alter des Torre. Aber an welchem der fröhlichen Frühlingstage, in welcher der heißen Sommerwochen, in welchem brillant klaren Herbstmonat sollte man das tun: in ein Archiv steigen?

Und im Winter, warum nicht im Winter, *Signore*?

Ach, im Winter war ich noch nie hier, das wird noch kommen, wenn ich älter sein werde, und wenn ich Zeit habe, mehr Zeit. Und wenn es einmal ein nicht zu kalter Winter ist, denn, wie gesagt, der Torre hat nur einen Holzofen, der das Wohnzimmer wärmt.

Vielleicht, eines Tages ...

Bis dahin leben wir mit den Vorstellungen, die wir uns über die Geschichte unseres alten Hauses machen. So ist der Torre für uns zu einem märchenhaften Gebäude geworden, das nur *einerseits* das Dach über unseren Köpfen ist, *andererseits* ein rätselhaftes Steinwesen, das es sehr lange vor uns gab und noch lange nach uns geben wird.

Er ist, wie gesagt, das Dach über unseren Köpfen. Aber viel wichtiger ist: Wir sind die Köpfe unter seinem Dach.

Es beginnt schon damit, dass niemand, der das Haus von außen betrachtet, eigentlich genau sehen kann, wo es endet und wo es aufhört. Das ist bei vielen der alten Häuser des Dorfes so. Es ist, als seien sie gemeinsam aus dem Felsen herausgewachsen, das eine höher, das andere weniger hoch, und als sei der alte Kern des Ortes eine bewohnbare Erweiterung des Hügels, hervorgewuchert aus dem Stein des Bodens, eine Variation der Insellandschaft.

Der Torre hat meterdicke Wände, die an keiner Stelle exakt gerade sind, sondern immer leicht uneben, als hätten sie sich im Lauf der Jahrhunderte gewissermaßen in Falten gelegt. Als mein Schwiegervater das Haus vor langer Zeit renovierte, entdeckte er in diesen Mauern an einigen Stellen Nischen, die durch dünne Wände verschlossen waren. Er öffnete sie. Sie waren so tief, dass man Schränke und Regale hineinbauen konnte.

In all den noch ungeöffneten Wänden aber muss es zwischen jahrtausendealten Steinen große und kleine Zwischenräume geben: Röhren, Kamine, Abluftschächte, aus denen immer wieder ein fahles Gelb nach außen dringt. Man kann die Wände noch so oft weißeln, immer wieder sickert irgendwann dieses uralte Gelb wieder hervor.

Da müssen Zwergengänge sein, von denen wir nichts wissen und nie etwas wissen werden.

Sie bergen unlösbare Rätsel.

Warum, zum Beispiel, drang jahrelang ein muffiger, süßsaurer Gullygeruch in unser Wohnzimmer?

An manchen Tagen konnte man es kaum aushalten, an anderen roch man nichts.

Wieso?

Wir fanden heraus, dass bestimmte Wetterlagen den Gestank begünstigten. Der heiße, feuchte *Scirocco* ließ den Mief nicht entweichen, sondern drückte ihn uns wie ein heißes Kissen aufs Gesicht. Aber woher, woher, woher kam das alles? Wir krochen in den offenen Kamin, den wir damals noch hatten, schnüffelnd, schnobernd, witternd. Hatte der Nachbar ein altes poröses Kaminrohr in der Wand zur Entlüftung seines renovierten Bades genutzt? Er schwor Stein und Bein: *no, no, no*. Sickerte der Geruch aus der Kanalisation nach oben, durch die schwammartigen Strukturen der alten Mauern? Wir rochen an den Wänden herum wie neugierige Hunde, Quadratzentimeter für Quadratzentimeter abschnubbelnd.

Bist du da drin, Geruch?

Schließlich mauerten wir den Kamin zu und ersetzten ihn durch den erwähnten geschlossenen, eisernen und sehr schönen Holzofen.

Seitdem riecht man nichts mehr.

Aber besser man redet nicht drüber, still sein, fein still sein. Es könnte sein, dass der Geruch noch irgendwo lauert, wie das Ungeheuer von Loch Ness, das bisweilen gesichtet wird, dann wieder lange Zeit nicht. Dass also der Geruch sich in die Tiefen des Torre zurückgezogen hat, um dort auf seine Stunde zu warten, auf den Moment, in dem er leise schwebend wieder aus den Ritzen und Ecken herausziehen wird in den Raum und hinein in unsere Nasen.

Wenn man die zweite Treppe hinaufsteigt (sie führt von der Küche ins Wohnzimmer und zum Bad), dann geht man auf eine Wand zu, an der sich jedes Jahr aufs Neue weiße Blasen in der Wandfarbe wellen, quasi vom Putz pellen und lösen, ein Vorgang, der durch Feuchtigkeit verursacht wird. Wartet man ein Weilchen, so fallen diese Blasen zu Boden wie Schorf, der sich von der Haut löst und zerbröselt. Auf dem Boden liegen dann Haufen von weißen Partikeln, die wir seufzend zusammenfegen.

Das geht schon sehr lange so.

Immer wieder mal bestellen wir Maurer, die sich der Sache annehmen sollen. Diese Männer stehen dann vor der Wand. Sie pochen an ihr herum und kratzen an der dünnen, sich schälenden Farbe. Sie betrachten die Wand von der anderen Seite, das heißt: Sie steigen in unsere Dusche, denn die Wand trennt das Treppenhaus vom Bad. Sie klettern eine weitere Treppe hinauf, um das Problem von oben zu analysieren, also von der Schlafempore aus beziehungsweise der Dachterrasse. Sie entdecken den Hohlraum unter dieser Terrasse, öffnen die Holzklappe, mit der er verschlossen ist, und kriechen hinein, wie sich Höhlenforscher in kleine Nebengelasse der Haupthöhlen hineinwinden, um sie auszuleuchten. Sie gehen die Treppe hinunter in die Küche, um von unten aus Kenntnis von der Sachlage zu nehmen, müssen dann aber feststellen, dass unterhalb unserer Treppe sich schon nicht mehr unser Haus befindet, sondern ein Teil des Nachbargebäudes.

Dann sagen diese Männer irgendetwas wie:

Ecco la soluzione! Das ist die Lösung.

Secondo me è molto chiaro. Meiner Meinung nach ist es ganz klar.

Sarà solo un piccolo lavoro. Das wird lediglich eine kleine Arbeit sein.

Ein Weilchen danach beginnen sie mit der Arbeit, jeder auf seine Weise.

Einer trug mal die oberste Schicht des Putzes ab und ersetzte sie mit einem Spezialputz, der, wie er erklärte, quasi feuchtigkeitsvernichtend wirke. Jeder Wassertropfen, der mit diesem Wundermittel in Berührung komme, zersetze sich in seine Bestandteile und vermähle sich mit der Umgebungsluft.

Ein anderer grub sich mit schwerem Gerät tief in die Wand. Er brachte ihr eine klaffende Wunde bei, in deren Tiefe man jene Kupferrohre sah, durch die das Wasser vom Boiler zur Dusche fließt. Die Rohre wirkten komplett trocken, nirgends war ein Tröpfchen zu sehen. Unser Mann mischte Zement aus großen Säcken an, verschloss das Loch wieder und versprach, wir würden nie wieder auch nur ein Quäntchen Feuchtigkeit in der Wand haben.

Ein Dritter wiederum bohrte mit einem langen Spezialbohrer tiefe Löcher in die Wand, in die er eine Art grauen Quark spritzte. Danach verkorkte er die Löcher mit weißen Stopfen, pinselte drüber, *finito*.

Manchmal dauerte es ein halbes Jahr, bis die Farbe wieder zu Boden rieselte, manchmal ein ganzes. Volle zwei Winter lang ließen wir mal einen elektrischen Luftentfeuchter im Haus laufen, in der irren Hoffnung, er werde die dauernde Nässe aus dem Gemäuer saugen, sie gleichsam herausmelken. Alle paar Tage musste Alice im Winter den Wasserbehälter des Automaten leeren, wofür wir sie natürlich bezahlten, ebenso wie wir für den Strom zu zahlen hatten, den der Apparat für seine sinnlose Tätigkeit verbrauchte.

Wir haben uns schließlich mit alledem abgefunden.

Es ist, als sei unser Haus ein Lebewesen aus der Vorzeit, das eine Krankheit hat, die wir nicht kennen und nicht heilen können, die aber auch nicht weiter schlimm ist. Eine gutartige Angelegenheit, eine Wandflechte vielleicht oder etwas wie eine Hautschuppensache beim Menschen, lokal behandelbar und in Grenzen zu bannen, wenn man ansonsten gesund lebt und gut gepflegt wird. Und das ist ja gewährleistet.

Nun muss ich aber noch die Geschichte vom *Deposito* erzählen, die gleichzeitig auch die Geschichte des Schuhschranks ist.

Das *Deposito* war ein hellblauer, fünfhundert Liter fassender Kunststofftank, mit dem wir jahrzehntelang die Wasserversorgung unseres Hauses sicherstellten. Viele italienische Häuser haben so einen Wasserspeicher, oft auf dem Dach, um den Wasserdruck zu verbessern, vor allem aber: um immer Wasser zu haben. Auf dem *Ripidello* haben wir auch einen, nur viel größer.

Jahrzehntelang wurde das Wasser im Sommer, vor allem im August, bisweilen knapp. Nichts floss mehr aus dem Hahn, weil sich zu viele Feriengäste auf der Insel aufhielten und die Wasserversorgung dem vielen Duschen, Waschen und Pflanzengießen nicht gewachsen war. Manchmal kamen wir dann mit mehreren Kindern sandverklebt und meerwassergesalzen heim und stellten fest, dass die Dusche trocken war, weil nichts mehr ins *Deposito* nachgelaufen war. Die Leitungen waren leer.

In solchen Wochen kündigte die Gemeinde damals eine Sonderversorgung mithilfe von Tankwagen an: zehn Uhr morgens. Dann geschah es, dass man bis drei Uhr nachmittags auf das Wasserauto wartete, manchmal harrte man sogar vergeblich, ein ganzer schöner Strandtag hatte sich dann einfach aufgelöst und war ersetzt worden durch einen Wartetag im Haus.

Wenn der Tankwagen dann aber vor der Tür stand, brauchte man für diese Extraration Wasser natürlich ein *Deposito*. Das hatten wir ja auch. Ein ungeheuer dicker Mann wuchtete einen Feuerwehrschlauch hinein und pumpte zweihundert Liter Wasser in den Behälter, ein Vorrat, den wir uns dann gut einteilten, bis das Wasser wieder lief.

Unser *Deposito* stand in einem Mauerloch neben der Küche, verborgen hinter einer Tür. Weil sich die Dusche eine Etage höher befindet, baute der Klempner an dieser Plastikzisterne eine Pumpe ein, die unten laut sirrend arbeitete, wenn oben irgendjemand duschte oder auch nur die Toilettenspülung betätigte. Aus mir bis heute unerklärlichen Gründen begann das Gerät aber irgendwann auch nachts alle zwei Stunden zu pumpen, vielleicht, weil irgendwo ein Leck in einer Leitung war (hinter der Wand im Treppenhaus vielleicht?) oder weil oben aus irgendeinem anderen Grund der Wasserdruck nachließ.

Ich habe keine Ahnung. Ich hatte nie eine solche.

Wie oft bin ich nachts wach geworden, weil die Pumpe

kreischte?! Also stellten wir ihr vor dem Schlafengehen den Strom ab, um Ruhe zu haben. Das Gerät machte ja ein so lautes Geräusch, dass es schon die Nachbarn aus dem Schlaf gescheucht hatte.

Aber wie oft habe ich dann abends oben unter dem Dach im Bett gelegen und meine Frau gefragt, ob eigentlich die Pumpe abgestellt sei. Ich erhob mich, kletterte zwei Etagen runter, kontrollierte den Stecker, und kletterte dann wieder hinauf.

Irgendwann vor langer Zeit wurde die Insel dann an ein Wasserversorgungsrohr vom Festland angeschlossen, und das Wasser war nie mehr knapp.

Auf geheimnisvolle Weise nistete in unseren Hirnen aber weiter der Gedanke, wir benötigten ein *Deposito* plus Pumpe, ja, wir bräuchten einen Vorrat für Krisenzeiten und eben auch dieses Gerät, das Wasser immer wieder aufwärts pumpte, um in unserem ja nun mal sowieso ziemlich hohen und auch noch ausgesprochen hoch gelegenen Haus den Wasserdruck aufrechtzuerhalten. Jahrelang stellten wir abends die Pumpe ab, und wenn wir es vergaßen, wachten wir nachts auf oder eine Nachbarin beschwerte sich morgens.

Bis dann eines Tages Giorgio, der Klempner, ein nüchterner und wortkarger Norditaliener aus Brescia, bei uns zu tun hatte. Er reparierte die Geschirrspülmaschine in der Küche.

Warum habt ihr dieses *Deposito*?, fragte er. Und warum diese komische Pumpe?

Weil, weil, weil ..., antworteten wir und redeten von Krisenzeiten und vom Wasserdruck.

Giorgio stellte die Pumpe aus, begab sich nach oben und drehte den Hahn am Waschbecken auf, aus dem sofort das Wasser mit Höchstgeschwindigkeit herausschoss.

Stumm sah er uns an.

Wenn wir das gewusst hätten!, sagten wir.

Jetzt wisst ihr es.

Kannst du die Pumpe abbauen?

Wortlos schraubte er die Pumpe los. Ich trug sie in die *Cantina.*

Und das *Deposito*?, fragten wir.

Wasser kommt in einem riesigen Rohr vom Festland, sagte Giorgio. Seit ungefähr fünfzehn Jahren war es nicht mehr knapp.

Mai. Nie.

Im folgenden Winter baute Eliseo, der Maurer, das *Deposito* aus. In der riesigen Nische, in der sich unser Wasserbehälter befunden hatte, befestigte Lorenzo, der Schreiner, einige Regalbretter und machte eine Tür davor.

Seitdem haben wir einen Schuhschrank.

Und wir haben immer Wasser, immer. Und Wasserdruck, auch immer.

Der Torre ist ein uraltes Haus. Wir sind nicht hier, um Ferien zu machen. Wir sind hier, um nachts einem plötzlichen, neuen und steten Tropfgeräusch nachzulauschen und dann ein Leck im Dach aufzuspüren, das es abzudichten gilt. Wir sind hier, um Alice, unsere Haushilfe, zu bezahlen, damit sie während unserer Abwesenheit regelmäßig lüftet, damit so die Mauern trocken bleiben, soweit es geht. Wir sind hier, um dieses uralte Haus mit unserem Leben zu füllen, mit Lachen, Kindergeschrei und Musik, mit Kochen und Essen und auch mit Seufzen ...

Warum fahren wir nicht in ein Hotel?, sagte eines Tages meine Frau. Warum liegen wir nicht an einem Pool? Warum lassen wir uns das Essen nicht servieren? Warum machen wir das alles?

Weil es der Torre ist, sagte ich.

LORENZO, DER SCHREINER, ist wahrscheinlich der einzige Mensch, der von seinem Bett aus ein Wildschwein erschossen hat.

Er wohnt in einem Haus einige Hundert Meter von unserem Grundstück auf dem *Ripidello* entfernt. Man muss dieselbe Straße hinaufgehen, aber dann vorher rechts abbiegen und etwas um den Hügel herum, da ist es. Auch hinter seinem Garten beginnt die Macchia. Dort und in den Steineichenwäldern, die wiederum dahinter beginnen, wohnen die Wildschweine.

Es sind viele.

Einmal ist Lorenzo einem von ihnen auf dem Heimweg begegnet. Er war nach dem Abendessen noch in der *ganz bestimmten Bar* gewesen, hatte einen *digestivo* getrunken und war dann zu Fuß nach Hause gegangen. Plötzlich stand das Tier vor ihm, schnaufend und sehr intensiv nach Maggi riechend. (Wobei Lorenzo, als er mir die Geschichte erzählte, Maggi nicht erwähnte, er kennt es nicht, kein Italiener kennt es. Maggi kenne nur ich, der Deutsche, und ich sage: Alle Wildschweine riechen nach Maggi, das kann ich nach einigen Erfahrungen sowohl mit Wildschweinen als auch mit Maggi sagen.)

Er kehrte auf der Stelle um. Das sei das Beste, das man tun könne, wenn man einem Wildschwein begegne, sagt er: einfach weggehen. Er trank noch einen Schnaps in der *ganz bestimmten Bar.* Nach zwanzig Minuten machte er sich, gestärkt und ermutigt, wieder auf den Weg. Als er seinem Haus näher kam, waren es plötzlich zwei Wildschweine, die ihn anschauten aus kleinen, kugelrunden, misstrauischen Äuglein.

Onestamente, sto dicendo la verità, sagt er. Ehrlich, ich sage die Wahrheit.

Er ging zurück in die Bar. Aber er habe natürlich nicht noch einen Schnaps trinken können, sagt er, so viel vertrage er nicht.

Was ist los mit dir, fragte Carlo, der jeden Abend Dienst hat in der *ganz bestimmten Bar.* Wo warst du eben gerade? Warum kommst du schon wieder?

Ich habe bei dir einen *digestivo* getrunken, sagte Lorenzo, dann habe ich ein Wildschwein gesehen. Dann habe ich noch eine Grappa getrunken und zwei Wildschweine gesehen. Jetzt weiß ich nicht mehr, was ich machen soll.

Du könntest versuchen, System in die Sache zu bringen, sagte Carlo. Wenn du jetzt noch einen Schnaps trinkst und dann drei siehst, würde ich in Zukunft nach dem Essen nur Kaffee nehmen.

Er habe aber dann doch lieber seine Schwester angerufen, sagt Lorenzo. Die lebt seit ihrer Scheidung mit ihren Kindern im anderen Haus auf seinem Grundstück, und er selbst hat sich ja schon vor zehn Jahren von seiner Frau getrennt. Die Schwester kam mit dem Auto und holte ihn ab, sicherheitshalber. Er hätte den Wildschweinen aus dem

Autofenster freundlich winken können, wie viele auch immer es gewesen wären.

Aber es waren keine mehr da.

Wenn sie aber da sind ...

Also: Mit Wildschweinen ist nicht zu spaßen, das weiß jeder hier. In den Wäldern ist einer aus dem Dorf mal von einem angefallen worden, er hatte nach Pilzen gesucht, die Wildschweine auch. Aber hinterher suchten nur noch die Wildschweine. Er lag im Hospital in der Hauptstadt und ließ seine Wunden nähen.

Andererseits schmecken sie gut, die Wildschweine.

Pappardelle al ragù di cinghiale. Bandnudeln mit Wildschweinragout.

Oder *cinghiale al dolceforte*, also ein süßsaures *ragù* mit Rotweinessig, Kakao, dunkler Schokolade, Rosinen, Orangeat und Pinienkernen, das Fleisch mariniert.

Oder ein *ragù bianco* mit Weißwein, Pilzen und Rosmarin.

Lorenzo verdreht die Augen. Seine Schwester sei die beste Köchin, die er kenne. Und Carlo, der Abenddienstmann in der *ganz bestimmten Bar*, der zu allem immer einen interessanten Gedanken beizusteuern hat, habe ihm übrigens, sagt Lorenzo, neulich seine Wildschweinefleisch-Theorie erklärt, aber das jetzt nur nebenbei. Er könne, so habe Carlo erzählt, nach Wildschweinbraten immer schlecht schlafen, warum auch immer. Trotzdem esse er alle drei Monate Wildschwein, denn, so eben seine Theorie, dem Körper müsse man alle Stoffe immer wieder zuführen, damit er sie kenne und wiedererkenne. Also esse er einmal pro Vierteljahr Wildschwein, schlafe schlecht und pausiere dann, was diese Speise angehe. Und der Körper sei wieder gut informiert.

Um aber nun auf die lebenden Wildschweine zurückzukommen: Eines Tages hätten die, sagt Lorenzo, den Zaun beschädigt, der sein Grundstück umgebe. Sie hätten alles zerwühlt, es habe schrecklich ausgesehen, der ganze Garten ruiniert. Er habe den Zaun repariert, aber dann einen Plan gefasst.

Er habe nämlich eines Nachts den Zaun an einer ganz bestimmten Stelle wieder geöffnet und dann ein Strecke von Maiskörnern gelegt, die fünf Meter vor seinem Schlafzimmer endete. Dort habe er noch mal eine ganze Dose Mais geleert. Dann habe er das Schlafzimmerfenster geöffnet und sich schlafen gelegt.

Die Tiere anzulocken sei natürlich nicht erlaubt, sagt Lorenzo. Aber wer wisse schon, dass er das getan habe. Erschießen dürfe man sie, wenn man eine Jagderlaubnis habe und sie schon mal das Grundstück überfallen hätten. Das müsse man sich nicht gefallen lassen, von niemandem, auch nicht von Wildschweinen. Alles sei also rechtmäßig gewesen, jedenfalls so halbwegs.

Drei Nächte lang geschah nichts. In der vierten kamen sie.

Lorenzo hatte sein Fenster geöffnet. Weil Wildschweine ziemlich viel Lärm machen und, wie gesagt, einen durchdringenden Geruch haben, wachte er auch sofort auf. Er schnappte sich das Gewehr, das er auf der anderen Seite des Doppelbetts platziert hatte, dort, wo früher seine Frau lag. (Ja, man kann sagen: Er hatte seine Frau durch diese Flinte ersetzt.)

Und er kniete sich auf die Matratze.

Es war nur eins, eine Wildsau, eine Bache, ganz allein.

Ein Schuss reichte.

Die Tiefkühltruhe sei dann voll gewesen, nachdem er alles schön zerlegt und portioniert habe.

Aber woher weißt du, wie man so ein Tier zerteilt?

Internet!, sagt Lorenzo und strahlt wie die Sonne selbst. Da kannst du das genau sehen. Ich habe es mir selbst beigebracht, mit dem Internet.

Mit dem Internet?

Si, si, du gehst auf *Youtube*, da zeigen sie dir, wie man das macht. Du musst es einfach nachmachen, so schwer ist es nicht.

Als ich einmal in den Wäldern der Halbinsel mit dem Fahrrad unterwegs war, bin ich einer ganzen Rotte begegnet. Sie überquerte hundert Meter vor mir den Weg, auf dem ich unterwegs war, ohne mich zu beachten. Erst zwei Kilometer weiter holte mich der Schreck nachträglich ein. Es waren sicher zwanzig Tiere gewesen, die Hälfte davon Frischlinge. Und jeder weiß, was eine Wildschweinmutter tut, wenn sie ihren Nachwuchs bedroht wähnt ...

Glücklicherweise scheine ich nicht besonders bedrohlich auf Wildschweine zu wirken. Ich habe ja auch nichts gegen sie, jedenfalls grundsätzlich und theoretisch.

Manchmal habe ich ein schlechtes Gewissen, wenn ich oben auf dem *Ripidello* sitze und in die Macchia und den Wald schaue. Eigentlich ist es doch ihr Gebiet hier, denke ich, wir haben es ihnen genommen, und nun wollen sie es zurück. Ist das nicht ihr gutes Recht? Das hier war Macchia, und es war Wald, Wildschweinland. Friedrich hat es kultiviert, jetzt sind wir da. Andererseits war es vor einem halben Jahrhundert auch schon kultiviert, bevor es von den Menschen verlassen wurde, das Gestrüpp es überwucherte und die Wildschweine es übernahmen.

Es ging immer hin und her zwischen den Wildschweinen und den Menschen, und gerade erleben wir vielleicht ein neues Kapitel dieser sehr alten Geschichte, denn es regnet in manchen Jahren sehr viel weniger als früher. Die Tiere im Wald hinter dem *Ripidello* finden dort weniger Wasser. Die großen Regenfälle, die es immer am Ende des Sommers gab, Anfang September vor allem, bleiben manchmal einfach aus. Und dann haben die Wildschweine Durst, sie machen sich auf in die Gärten der Menschen, um dort nach Wurzeln, Knollen und allem zu suchen, was Wasser enthält.

Ich bin nun plötzlich Teil dieser Geschichte, in der mal die Wildschweine die Oberhand hatten, mal die Menschen. So lebten sie miteinander. Vor Jahrtausenden muss es einen Moment gegeben haben, in dem einige Wildschweine sich dachten, dass sie vielleicht nicht nur in Konkurrenz zu den Menschen leben, sondern auch bei den Menschen bleiben könnten, um zum Beispiel deren Abfälle zu fressen. Und in dem es einigen Menschen einfiel, dass es womöglich keine schlechte Idee sein könnte, die wilden Schweine zu dulden, um sie eines Tages, wenn sie nichts Böses ahnten und schon gar nicht mehr so richtig wild waren, zu massakrieren und ihr Fleisch zu braten oder zu kochen.

Damit begann das Unglück, das der Schweine jedenfalls.

Aber den Wildschweinen dort hinten geht es nicht soooo schlecht, glaube ich, jedenfalls solange sie nicht auf Lorenzos Tricks hereinfallen.

Unser ganzes Grundstück ist von einem Elektrozaun umgeben, der die Wildschweine abhalten soll. Zwei Drähte hat der Zaun. Der eine ist ganz flach über dem Boden, denn die Wildschweine sind mit ihren Nasen oft am Boden. Diese Nasen sind feucht, und wenn sie damit gegen den elektrisch geladenen Draht stoßen, bekommen sie einen Schlag aus diesem unteren Draht und ziehen weiter. Trägt ein Wildschwein die Nase ausnahmsweise etwas höher, berührt es damit den oberen Draht, bekommt einen Schlag – und: siehe oben.

Soweit die Theorie.

In der Praxis kann es zum Beispiel passieren, dass die Aprikosen der vier Bäume auf unserem Grundstück reif sind, zu Boden fallen und dort vor sich hin gären, weil wir sie nicht gepflückt haben und nun auch nicht aufheben, denn wir sind in Deutschland. Die Aprikosen halten sich nicht an unsere Ferienzeiten, sie werden reif, wenn es ihnen passt, und wir haben vergessen, dem Nachbarn zu sagen, er solle sie sich nehmen.

Dieses zerfallende Obst ist für die Wildschweine ungefähr so verlockend, als würde man vor einen Alkoholiker eine Flasche duftender Grappa auf den Tisch stellen und den Korken ziehen. Wenn die Schweine Aprikosen riechen, stürmen sie das Gelände. Sie rennen den Zaun einfach nieder. Eventuelle Stromschläge auf ihrer Haut nehmen sie ohnehin kaum wahr, nur ihre Nasen sind empfindlich, und wenn doch, so empfinden sie die Elektrizität vermutlich nur als zusätzliches, ihre Sehnsucht verschärfendes Prickeln, bevor sie sich die überreifen Früchte hineinziehen.

Aber das ist nur ein krasses Beispiel dafür, was Wildschweinen alles einfällt, wenn sie unser Grundstück besuchen wollen. Manchmal schaffen es auch kleine Exemplare, unter dem Draht hindurchzukrabbeln. Andere steigen offenbar auf den Rücken eines großen Wildschweins und springen dann über die Drähte. Auch kann es passieren, dass wir das Gras unter dem Zaun nicht gut genug gemäht haben. Dann wächst es an die Drähte heran und vermindert die Stromstärke. Außerdem ist es möglich, nach einem Gewitter zum Beispiel, dass der Strom einfach ausfällt.

Unten an der Ecke unseres Olivengartens, dort, wo einige große Pinien stehen, haben es kleine Schweine geschafft, unter dem Zaun hindurchzukommen. Dadurch hat sich der Draht gelockert, was wiederum auch den Größeren das Eindringen möglich gemacht hat. Die Folge: eine komplett zerwühlte Wiese, zwei eingestürzte Mauern.

Ich repariere den Zaun und schleppe zusätzlich den Stamm eines Aprikosenbaumes herbei, der im letzten Winter Opfer eines Gewittersturms geworden ist. Wir haben ihn zersägt, und das größte Stück stopfe ich nun unter den Zaun, befestige es dort mit Steinen und hoffe, dies werde den Wildschweinen ausreichend Widerstand bieten.

Dann fällt mir noch etwas ein.

Friedrich hat mir eine ganze Flasche eines Vergrämungsmittels dagelassen. Er hatte es in den ersten Jahren seiner Zeit hier oben gekauft, als der Zaun noch nicht fertig war: ein Mittel, das er auf Lappen träufelte, die er dann auf einem Zaunpfosten befestigte.

Den Geruch mögen sie nicht, sagte er.

Das verstehe ich, sagte ich.

Er hat die Flasche im kleinen Schuppen aufbewahrt. Schon im fest verschlossenen Zustand erzeugt das Mittel dort einen kaum zu ertragenden Gestank nach Schweißfüßen. Ich habe so etwas zuletzt gerochen, als ich Soldat war. Dort hatten wir auf unserer Stube einen Kameraden, der sich tatsächlich nie wusch, auch nie die Socken wechselte und deshalb nach zwei Wochen ...

Wie gesagt, so wie dieser Mann *vor dem Duschen* roch die Flasche, *als sie verschlossen war.*

Ich nehme sie und lese auf dem Etikett das Wort *3-Methylbuttersäure*. Es handele sich, lese ich weiter, um ein Mittel, mit dem man vor dem Mähen Rehkitze aus Wiesen vertreibe und sie so vor dem Tod bewahre. Man träufele es auf Lappen und hänge diese im Abstand von zehn bis zwanzig Metern in etwa einem halben Meter Höhe auf.

So wirke es auch gegen Wildschweine, hatte Friedrich gesagt. Aber ich müsse (und seine Stimme hatte einen dringlichen Ton angenommen, als er das sagte) bei der Benutzung unbedingt zwei Gummihandschuhe übereinander anziehen, sonst bekäme ich den Geruch kaum jemals wieder von den Händen.

Ich nehme drei, hole einige alte Lumpen und öffne die Flasche.

Auf der Stelle riecht es nach Soldatenfüßen. Ich nehme die Lumpen und lasse vorsichtig auf jeden von ihnen einige Tropfen fallen. Danach verschließe ich sorgfältig die Flasche und nagele die Lumpen unten an der Stelle, an der die Wildschweine den Zaun beschädigt haben, auf einige Pfosten.

Das gesamte Areal riecht plötzlich, als habe hier eine Kompanie von Grenadieren nach wochenlangem Fußmarsch ihr Lager aufgeschlagen, sich bis zur Halskrause betrunken und anschließend gemeinsam erbrochen. Ich habe das Gefühl, die gesamte Gegend sei auf der Stelle unbewohnbar geworden, so schlimm ist es.

Wenigstens ist nun unser Grundstück gegen Wildschweine gesichert, das ist klar. Kein Tier der Welt wäre imstande, diese Intensität von Gestank auszuhalten.

Ich fliehe ins Dorf und schleiche mich durch Seitengassen zu unserem Haus. Die wenigen Menschen, die mir begegnen, weichen mir weiträumig aus. Ich spüre ihre Blicke an mir haften. Zu Hause ziehe ich mich aus, packe meine Klamotten in einen Müllsack, verschließe ihn sorgfältig, dusche eine halbe Stunde lang, creme und salbe mich mit den kostbarsten Duft-Essenzen, die im Bad aufzutreiben sind.

Danach trage ich den Müllsack in die *Cantina*. Zunächst denke ich noch, ich könne die Sachen vielleicht waschen, aber vermutlich ist das sinnlos. Ich werde sie zum Wertstoffhof bringen müssen.

Als ich nach Hause zurückkehre, ist meine Frau da.

Sie schnüffelt.

Was ist passiert?, fragt sie. Du riechst seltsam, streng irgendwie.

Drei Tage später erst gehe ich wieder zum *Ripidello* hoch. Der Geruch ist verflogen. Die Wildschweine haben den Baumstamm zur Seite geschoben und eine weitere Mauer zerstört.

AM TAG nachdem wir den Fiat von Corrado gekauft haben, beschließen wir, mit unserem neuen, sehr alten Auto zum Strand zu fahren, an eine etwas abgelegene Stelle. Man fährt eine steile Straße hinunter in eine Bucht, muss einmal rechts an einem Weg abbiegen und dann parken. Von dort sind es zu Fuß noch hundert Meter eine Treppe hinunter zu einem höchstens fünfzig Meter breiten Sandstück zwischen Felsen.

Wir stellen den Wagen ab und verbringen den Nachmittag am Wasser, liegen in der Sonne, baden und schnorcheln an den Felsen.

Am Abend brechen wir auf. Wir legen unsere Sachen auf die Rückbank des Autos, setzen uns und fahren los. Ich muss wenden, dann geht es steil bergauf. Der Wagen kriecht plötzlich wie ein sterbender Käfer, so langsam.

Ist das normal?, fragt meine Frau.

Kann ich mir nicht vorstellen, sage ich. Das kann nicht normal sein.

Der Wagen bleibt stehen.

Ich rufe diesen Corrado an, sagt meine Frau, er hat uns beschissen.

Lass uns erst herausfinden, was los ist, sage ich.

Ich ziehe mein Handy heraus und rufe Mauro an, den Strandwächter.

Ob er einen guten Mechaniker für einen alten *Cinquecento* kenne.

Ruf Ennio an, sagt er, er wohnt oberhalb der Bucht direkt an der Kommunalstraße, ein alter Typ, schon in Pension. *Ma lui è molto bravo*. Er ist sehr gut.

Ich tue, wie mir geheißen.

Ennio ist sofort am Apparat.

Ich bin gleich da, sagt er.

Wir setzen uns auf die Felsen am Wegrand und warten. Es ist ganz still, nur ein paar Möwen schreien ab und zu, und unten hört man das Meer. In diese Ruhe hinein ertönt nach einer Weile ein leises Brummen, wie das eines schweren, fliegenden Käfers, bevor er in Ludwigs Sammlung geriet. Es wird immer lauter, und nach einer Weile sehen wir einen quietschgelben alten *Cinquecento* die Straße herunterkommen. Er hält direkt vor uns.

Ein alter Mann sitzt drin, ziemlich beleibt und zwei Meter groß, ein Riese. Er steigt aus, wobei: Aussteigen trifft es nicht ganz. Er schiebt und schält sich aus dem winzigen Auto wie ein Küken aus einem Ei. Als er draußen ist, kommt es mir vor, als sei er größer als der Wagen, und als sei nicht er im Auto, sondern das Auto in ihm hierhergekommen.

Er hält uns eine riesige ölverschmierte Hand hin.

So' Ennio, ich bin Ennio. Er lacht freundlich aus einem langen grauen Bart heraus, sodass man sehen kann, dass er vorne keinen einzigen Zahn mehr besitzt.

Salvaci!, sagt meine Frau. Rette uns!

Ennio öffnet die Haube über dem Motorraum. Er quetscht sich hinters Lenkrad, zündet, lässt den Motor laufen, steigt wieder aus und betrachtet den laufenden Motor. Mir fällt auf, dass aus seinem mächtigen Leib ein Brummen dringt, das irgendwie dem Motorgeräusch zu antworten scheint, es schwillt auf und ab und auf und ab. Er setzt sich wieder auf den Fahrersitz, gibt Gas, stoppt, gibt erneut Gas, und jedes Mal, wenn der Motor aufheult, scheint auch dieses Enniobrummen lauter und wieder leiser zu werden, als trete der Körper des Mechanikers in einen Dialog mit der Maschine, ein bisschen wie man das bei Menschen beobachten kann, die gut mit Pferden umgehen können und sie mit leisen Geräuschen zu beruhigen verstehen.

Da kann ich hier nichts machen, sagt er, ich muss ihn in meine Werkstatt holen. Er gibt einige schnelle Sätze der Erklärung für das Geschehene ab, Sätze, die weder meine Frau noch ich verstehen, weil wir beide keine große Ahnung von Automotoren haben, schon gar nicht von alten italienischen Automotoren. Dann blickt er wieder in den Motorraum und schleudert eine Kaskade von Verwünschungen hinein, die anscheinend all jenen gelten, die irgendwann einmal an diesem Motor und seinem Zubehör herumgeschraubt haben: den Trotteln und Schwachköpfen, den Debilen und Scheißgesichtern, den faulen Säcken und Idioten, Nichtsnutzen, Blödmännern, Volldeppen, den *cazzoni, cretini, deficienti, facce di merda, fannulloni, stronzi, inutili, scemi* – es ist ein Fluss von Flüchen, der in den Wagen hineinströmt wie Benzin in einen Tank, eine Art Malediktionsdiesel, und für einen Moment habe ich das Gefühl, der Motor werde gleich, gespeist von dieser Verwünschungsenergie, wieder seinen Betrieb aufnehmen.

Das tut er aber doch nicht.

Soll ich nicht Corrado anrufen, dass er seine verdammte Schrottschüssel hier abholen soll?, fragt meine Frau.

Ich denke an den Mann und seine Geschichte, an seine Liebe zu seiner Frau und an die Geschichte dieses Autos. Ich denke auch daran, dass es nun *unser* Auto ist und wir damit Teil der Geschichte sind, und dass ich Teil dieser Geschichte bleiben will. Das Auto gehört jetzt zu uns und wir zu ihm. Wir müssen ihm helfen, dem alten kleinen Wagen, das gehört zu dieser Geschichte.

Nein, sage ich. Ich weiß ja auch, dass meine Frau das nicht wirklich tun wollte. Sie mochte den leise murmelnden Corrado so gerne wie ich.

Ich kann den Wagen morgen hier abholen, sagt Ennio, dann bringe ich ihn in Ordnung. Eine große Sache ist es nicht. Wenn ihr wollt, nehme ich euch mit nach oben. Wir können bei mir noch etwas trinken. Ich zeige euch meine Werkstatt.

Wir steigen in sein gelbes Auto. Langsam fahren wir den Berg hinauf, dann kurz die Kommunalstraße entlang. Ennio wohnt in einem hübschen Haus direkt an der Straße, hinter einer hohen Hecke und vielen Büschen, zudem auf einem zum Meer hin abschüssigen Grundstück, sodass man das Gebäude von der Straße aus kaum sieht. Als wir durch das Tor fahren, trottet uns ein riesiger, mit langem braunen Fell behängter Hund entgegen, der aussieht, als würde er einen Fiat 500 samt Insassen leicht mit einem Happs verschlucken können und als hätte er so etwas auch schon öfter getan. Er verzichtet in diesem Fall aber auf die Automahlzeit, sicher nur, weil Ennio mit uns im Wagen sitzt. Auf einen kurzen Befehl hin verzieht er sich auf einen schattigen Platz neben einer Oleanderhecke.

Ennios Frau kommt aus dem Haus, zierlich fast und nur halb so groß wie er. Sie begrüßt uns auf der Terrasse so herzlich, wie es nur vorstellbar ist, stellt Oliven und Käse auf einen Tisch, auf dem eine groß geblümte Decke liegt, öffnet eine Flasche Spumante. Wir setzen uns, trinken und befinden uns alsbald in heiterer Verfassung, sprechen über unsere Familien und darüber, dass Ennio, der schon über siebzig Jahre alt ist, früher eine große Werkstatt in der Inselhauptstadt hatte, zusammen mit einem Partner, der ihn anscheinend am Schluss übers Ohr gehauen hat, irgendwas mit Sozialabgaben. Ich verstehe es nicht, außer dass unser Mann eine Menge Geld verloren hat, mit der Folge, dass er nun nicht eben wohlhabend ist, nicht so jedenfalls, wie er sich das mal vorgestellt hatte.

Außerdem hört er schlecht. Ihm sei vor zehn Jahren einmal ein Stück von einem *Spaghetto* in die eustachische Röhre gerutscht und von da in den Gehörgang, behauptet seine Frau. Der *Spaghetto* blockiere nun den Weg für manche Töne, vor allem bei feuchtem Wetter, wenn das Stück Pasta nämlich Wasser aus der Luft aufnehme und dicker werde.

Es war eine wirklich gute Pasta, sagt sie, *al bronzo* gemacht, die saugt jeden *Sugo* besser auf, weil die Oberfläche rau ist. Aber in diesem Fall ist es natürlich ein Nachteil, also: Wenn du so was in der eustachischen Röhre hast oder eben im Gehörgang, dann ist es ein Nachteil.

Gott sei Dank war es keine dickere Pasta, ruft Ennio lachend, ein *Bucatino* zum Beispiel. Ich lache auch herzlich, vor allem, weil ich noch nie eine so interessante medizinische Schwerhörigkeits-Theorie gehört habe. Sie hätte von Carlo sein können, dem Abenddiensthabenden in der *ganz bestimmten Bar*, so schön war sie.

Mir fällt ein, dass der heilige Eustachius in der katholischen Kirche zu den Vierzehn Nothelfern gezählt wird, die man als Schutzpatrone im Gebet anruft, und dass man ihn bei Trauerfällen anruft, ganz allgemein aber auch in schwierigen Lagen. Ist es nicht erstaunlich, dass ein Bestandteil des menschlichen Ohres nach einem solchen Heiligen benannt, ist?, denke ich. Die Frage hört nicht auf, mich zu beschäftigen. Abends entdecke ich dann, dass der Name der Röhre auf den italienischen Anatomen Bartolomeo Eustachi zurückgeht, im 16. Jahrhundert einer der Leibärzte des Papstes. Er gilt als Entdecker der Röhre.

Und noch viel später kommt mir der Gedanke, dass diese ganze Geschichte mal wieder mit meinem miserablen Italienisch zu tun haben könnte, dass ich also was missverstanden habe und sich daraus diese ganze irre Sache entwickelt hat, die in Wahrheit mit einiger Sicherheit ganz anders war und sehr banal.

Ob wir nun mal seine Werkstatt sehen wollten, fragt Ennio.

Wir müssen dazu die Straße überqueren. Die Werkstatt liegt direkt gegenüber auf einem kleinen Grundstück, verborgen hinter einem hohen Eisentor, das auf zwei Schienen läuft. Auf der Straße ist viel Verkehr. Der Hund begleitet uns.

Ennio schließt das Tor auf. Wir gehen zu einer Art Werkshalle, vor der Autoteile herumliegen, wahrscheinlich Reste der vom Hund verzehrten Pkws. Dazwischen steht das Gerippe eines alten Fiat 500, der ohne Räder auf vier Holzblöcken aufgebockt ist. Vor der Halle wiederum steht ein hübscher alter und knallroter *Cinquecento*, in dessen Lack schemenhaft dasselbe Blumenmuster zu sehen ist, das wir schon vom Tisch auf der Terrasse kennen.

Ich deute fragend darauf.

Er habe, sagt Ennio, den Wagen vor einer Weile frisch lackiert. Plötzlich seien dunkle Wolken am Himmel zu sehen gewesen. Ein Gewitter habe sich rasch genähert, und er habe – in der Annahme, der Lack sei schon trocken – hastig und, wie sich dann herausgestellt habe, *voreilig* eine geblümte Tischdecke über den Wagen geworfen. Das Klappverdeck sei nämlich noch nicht eingebaut gewesen, der Wagen also ungeschützt gewesen gegen den Regen. Aber dann sei die Sonne wiederaufgetaucht, er habe nicht mehr an die Decke gedacht, und so habe die Sonne das Blumenmuster in den Lack gepaust.

Er öffnet die Tür der Halle. Sie ist praktisch leer. Wir

durchqueren sie. Ennio öffnet ein kleines Tor zu einem ebenfalls kleinen Raum mit Wänden aus Wellblech, vor denen Regale mit Werkzeug und Ersatzteilen stehen. In der Mitte sehen wir ein Motorrad, knallrot mit einem langen flachen, schwarzen Sitz für zwei, die Reifen auch schwarz, der Tank eiförmig, die ganze Maschine lang gestreckt, die Chromteile und der Motor glänzend wie geputztes Silber.

Ennio strahlt, als habe er uns soeben ein bisher unbekanntes Altarbild von Leonardo da Vinci enthüllt. Vermutlich hat es für ihn auch eine ähnliche Bedeutung.

Una MotoBi, sagt er. Ich habe sie restauriert, ganz allein. Alle Teile habe ich nach und nach irgendwo aufgetrieben, alles original, ich habe drei Jahre immer wieder dran gearbeitet.

Wie alt ist sie?, frage ich.

Von 1952. Ein Zweitakter, luftgekühlt.

Es folgen einige Begriffe, die in meinem italienischen Vokabelschatz nicht vorhanden sind. Später lerne ich beim Lesen und Nachschlagen, dass die *MotoBi 125* wirklich etwas für Connaisseure ist, ein in Deutschland kaum bekanntes Gefährt, gebaut von Giuseppe Benelli. Die Benellis waren sechs Brüder, die in einem Familienunternehmen in Pesaro in der Nähe von Rimini Motorräder bauten, in der *Garage Benelli*. 1950 aber machte Giuseppe Benelli seine eigene Firma auf. Zusammen mit seinem Sohn Luigi baute er dieses Motorrad und dann noch andere, bis er sich 1962 wieder mit seinen Brüdern zusammentat.

Ennio öffnet eine weitere Tür, hinter der sich ein wiederum etwas größerer Raum befindet, in dem ebenfalls ein Motorrad steht, allerdings bedeckt von einer leichten Kunststoffplane, Ennio hebt sie hoch und zieht sie beiseite. Was zum Vorschein kommt, erkenne selbst ich, ein kompletter Laie, was Motorräder angeht.

Eine *Horex Regina*.

Das ist noch mal eine Steigerung zur *MotoBi*, jedenfalls finde ich das, als Deutscher (*l'altro Pietro* würde das sicher anders sehen): ein chromglänzendes, einsitziges Gefährt aus den Fünfzigerjahren, dem freilich genau dieser eine Sitz noch fehlt und offensichtlich auch noch einiges andere. In jedem Fall aber ist das Ding eine Legende schon an sich und auch deswegen, weil viele Deutsche einer bestimmten Generation die *Horex* aus den *Werner*-Comics kennen, in denen der Titelheld eine umgebaute *Horex Regina* mit einer langen, flachen Vorderradgabel fährt und auch sonst gegen alle möglichen polizeilichen Bestimmungen verstößt.

Sie sei noch nicht ganz fertig, sagt Ennio, es fehlten ihm noch einige Teile, wie man sehe, die müsse er besorgen, das sei sehr zeitaufwendig. Wie sich herausstellt, kennt Ennio das Internet allenfalls vom Hörensagen. Er besorgt alle Ersatzteile persönlich, indem er dorthin fährt, wo es sie gibt.

Es gibt noch eine weitere Tür. Ich zeige darauf.

E cosa c'è dietro? Und was ist dahinter?

Te lo mostrerò la prossima volta. Das zeige ich dir beim nächsten Mal.

Wir gehen. Was für ein ungeheures Geheimnis mag Ennio hinter der letzten Tür verbergen?, denke ich und grübele über gewaltige Motorräder nach, mächtige Gefährte, einzigartige Zweiräder, nie gesehene Antiquitäten oder Zukunftsvisionen, keine Ahnung.

Ich habe es nie erfahren. Die letzte Tür öffnete Ennio niemals für mich. Ich warte jedenfalls bis heute, und vielleicht wird diese Pforte, und was sich dahinter befinden mag, für immer zu den Geheimnissen des Dorfes gehören, von denen wir schon gehört haben.

Seit jenem Tag unten am Meer, an dem Ennio uns abholte, vergeht kein Aufenthalt im Dorf, ohne dass wir den Mann sehen. Er überzeugte uns, dass man erstens das Motor- und Getriebeleben unseres kleinen Autos komplett renovieren müsse, dass zweitens nur er das so gut könne, dass wir nie wieder ein Problem mit dem Wagen hätten, und dass er uns drittens dafür einen so guten Preis machen könne wie niemand sonst auf der Insel, ja, überhaupt auf der ganzen Welt.

Ob er mal eine Ziffer nennen könne, fragt meine Frau.

Der Betrag, den Ennio verlangt, ist ungefähr so hoch wie der, den wir Corrado für den Kauf des Wagens in die Hand gedrückt haben.

Dafür müsst ihr euch nie wieder um das Auto kümmern. Es wird fahren wie neu, sagt Ennio.

Aber Ennio!, sagt meine Frau. So viel können wir nicht bezahlen, unmöglich.

Und was wäre möglich?

Meine Frau nennt eine Zahl.

Dann kann ich nicht alles so perfekt machen, wie es notwendig wäre. Dann werden einige sehr schöne Dinge fehlen. Sehr, sehr schöne Dinge werden fehlen.

Dann fehlen sie eben, sagt meine Frau. Es fehlt einem immer irgendwas im Leben. Hauptsache, das Auto fährt.

Am Ende habe ich das Gefühl, dass wir mit der Renovierung des Autos etwas Gutes für den Lauf der Welt getan haben werden. Wir werden Ennios finanzielle Lage ändern und gleichzeitig das Leben des kleinen Fiat verbessern, der eine innere Erneuerung so gut gebrauchen kann. Und wir haben endlich ein kleines Auto für unsere Garage, können hineinfahren und heraus und rund ums Dorf und an den Strand auch.

Draußen vor der Werkstatt hält ein Bus. Den nehmen wir und lassen das Auto bei Ennio. Es dauert eine halbe Stunde, bis wir wieder im Dorf sind, und die ganze Fahrtzeit ist da dieses seltsame Empfinden: Wollten wir nicht eigentlich ein Auto haben, das uns das Leben hier ein wenig leichter machen würde? Nun aber erleichtern wir dem Auto seine Existenz.

Es ist wie mit dem Torre.

Das Auto sollte für uns da sein. Stattdessen sind wir nun für das Auto da.

ABENDS SITZEN WIR OFT auf dem Dach des Torre. Wir essen und trinken und schauen in die Ferne, bis die Sonne hinter den Bergen oder den Wolken untergeht.

Von hier aus kann man in allen Richtungen das Meer sehen. Man sieht das Festland, man sieht die Hauptstadt, auch sieht man den höchsten Berg der Insel. In der Ferne erkennt man manchmal Korsika, manchmal auch nicht, das hängt vom Wetter ab. Bisweilen sind dort, wo Korsika ist, nur Wolken, und man hält die Wolken dann für ein undeutlich zu sehendes Korsika. Dann wieder sieht man Korsika, hält es aber für eine lange, seltsame Wolke.

So gehen, von hier oben aus betrachtet, Wolken und Welt ineinander über und werden ununterscheidbar.

Le nuvole, die Wolken, heißt ein berühmtes Lied von Fabrizio De André, die meisten Italiener kennen es. Er singt es nicht selbst, die Zeilen werden abwechselnd von einer alten und einer jungen Frau vorgetragen. Auch sie singen es nicht. Sie sprechen den Text zur Musik.

Vanno
Vengono
Ritornano
E magari si fermano tanti giorni
Che non vedi più il sole e le stelle

E ti sembra di non conoscere più
Il posto dovè stai

Sie gehen
Sie kommen
Sie kehren zurück
Und sie halten sogar für viele Tage an
Sodass du die Sonne nicht mehr siehst und die Sterne
Und es kommt dir vor, als ob du den Ort nicht mehr kennst,
An dem du dich befindest

Platt wie ein Teller liegt eine Insel namens Pianosa vor Korsika. Dort war früher ein Gefängnis, oder besser: Pianosa selbst war ein Gefängnis, die ganze Insel ein Knast. Es sei aussichtslos gewesen, von dort fliehen zu wollen, sagt man, zu stark seien die Strömungen an den Ufern, sie trieben die Ausbrecher immer wieder ans Ufer.

Einmal waren wir dort und saßen am Strand, hinter uns, wenige Meter hinter dem Sand, die Gefängniszellen, in denen Mafiosi saßen, in der Mussolini-Zeit aber auch berühmte politische Gefangene, der spätere Staatspräsident Sandro Pertini zum Beispiel. Sie alle blickten durch Gitterstäbe auf den Strand und aufs Meer.

Aus der Ferne kann man Pianosa von unserem Haus aus an manchen Tagen ganz deutlich sehen. Dann wieder ist die Insel nur zu ahnen. Sie liegt wie ein Strich auf dem Meer, eine dünne Landlinie. Man sieht sie nur, wenn man weiß, dass sie da ist. Aber wenn man noch nie von Pianosa gehört hat, dann weiß man nicht einmal, dass sie da ist, wenn man sie sieht. So wie sie da liegt, als etwas undeutlich Flaches und Glattes auf Meereshöhe, könnte es auch einfach eine Sinnestäuschung sein, eine Art Fata Morgana über dem Wasser.

Wenn man sich über die Mauer der Terrasse auf unserem Dach beugt, sieht man im Sommer unten die Händler an ihren Marktständen und die Touristen, die davorstehen. Man hört das Straßengemurmel wie einen auf- und abschwellenden Bach. Im Frühjahr und im Herbst aber ist es dort unten oft ganz leer. Manchmal hallen nur die Schritte eines Einzelnen zwischen den Häusern wider, oder das Motorgeräusch des wendenden Müllautos dringt nach oben.

Ganz hinten liegt, wie ein Vulkan geformt (was es aber nicht ist und nie war), Montecristo im Meer.

Hier oben im Torre habe ich vor Jahrzehnten zum ersten Mal den *Grafen von Monte Christo* gelesen. Vorher, als ich vom Buch nur den Titel kannte, hatte ich immer gedacht, die Insel sei eine Erfindung von Alexandre Dumas. Als mir dann meine Frau, die damals noch nicht meine Frau war, den Horizont erklärte und ich so erfuhr, das dort hinten sei Montecristo, in diesem Moment damals also hatte ich das Gefühl, Dumas' Erfindung sei Wirklichkeit geworden – *und nicht*: Dumas habe seine Roman-Insel der Wirklichkeit entnommen: das sich selbst überlassene Eiland, von Myrtensträuchern bedeckt und von wilden Ziegen bewohnt, auf dem sich jene versteckte Grotte befindet, in der Edmond Dantès einen unermesslich großen Schatz findet. Dieser Schatz macht aus ihm den geheimnisvollen Grafen von Monte Christo und ermöglicht ihm die Rache an jenen, die ihn Jahre zuvor in die Kerker des *Château d'If* auf einer Insel im Meer vor Marseille brachten. Dort, in den Tiefen des Knastes, erfuhr er von der Existenz jenes Schatzes, den er später fand, nach seiner Flucht.

Wer war je dort, auf der Insel? Ich kenne niemanden.

Es gibt auch niemanden, der dort lebt, keinen Menschen, nur wilde Ziegen eben. Ab und zu schaut, glaube ich, ein Wildhüter nach dem Rechten.

Seitdem bin ich jedenfalls der Ansicht, Montecristo sei irgendwo zwischen Realität und Fiktion gelegen. Übrigens ist es, wenn man hier oben auf dem Dach sitzt und nach Süden schaut, auch so: Mal liegt diese seltsame Insel weiter links, mal weiter rechts, mal weiter vorne, mal ganz hinten, mal ist sie gar nicht zu sehen. Montecristo ist, so glaube ich auch, die einzige Insel, die im Meer schwimmt und sich bewegt. Sie sucht sich den Ort, der ihr am besten passt, und das ist an jedem Tag ein anderer.

Ich schwöre: Es gibt Tage, an denen sie auch komplett verschwunden ist, im Meer oder hinter den Wolken oder auf eine andere, nicht zu klärende Art.

Certe volte sono bianche
E corrono
E prendono la forma dell'airone
O della pecora

O di qualche altra bestia
Ma questo lo vedono meglio i bambini
Che giocano a corrergli dietro per tanti metri

Manchmal sind sie weiß
Und sie eilen dahin
Und nehmen die Form eines Reihers an
Oder eines Schafs
Oder irgendeines anderen Tieres
Aber das sehen die Kinder besser,
Die spielen, dass sie ihnen lange hinterherlaufen

Über uns jagen die Schwalben, wenn es noch hell ist.

Wenn es dunkel geworden ist, huschen die Fledermäuse dahin.

Ganz unten im Torre hängt ein Gedicht von Paolo an der Wand.

Paolo saß früher jeden Abend am anderen Ende der Via Roma an einem Tischchen vor einer Tasse Espresso, den er aber nicht trank.

Stattdessen malte er mit dem Kaffeelöffel Bilder. Er tauchte diesen Löffel in den Espresso und zog ihn dann über einen Papierbogen, malte Linien, Flächen wie bei einem Aquarell, hellbraun, mittelbraun, dunkelbraun. In allen möglichen Kaffeeschattierungen zeichnete er so löffelnd Häuser, Gassen, Balkone, Dachlandschaften, Straßenfronten auf seine Papierbögen, Bilder, die er dann an die Passanten verkaufte.

Tag für Tag verwandelte er seinen Kaffee in sein Dorf, und das Dorf wurde zu Kaffee.

Während er das tat, kommentierte er mit seiner krähend-krächzend-heiseren, von Tausenden von *Nazionali* aufgerauten und ziemlich lauten Stimme das Geschehen um sich herum. Er grüßte seine Bekannten, er scherzte mit seinen Freunden, er verspottete Passanten, die ihn nicht immer hörten oder verstanden. Es waren immer sehr kluge Kommentare, hintersinnige Scherze. Paolo war ein geistreicher Mann, und alle mochten ihn, glaube ich.

Und er schrieb Gedichte wie jenes, das unten an der Wand hängt.

Alle volte vale la pena
alzare lo sguardo al cielo
per vedere
un volo di rondini
nel rosso di sera

Manchmal lohnt die Mühe
den Blick zum Himmel zu heben
um ihn zu sehen
einen Schwalbenflug
im Abendrot

Eigentlich war Paolo Angestellter in einer Behörde, ich weiß nicht, in welcher, ja, ich weiß nicht mal, ob er wirklich in einer Behörde gearbeitet hat, es ist halt wie mit so vielem hier: Ich weiß es nicht wirklich genau. Es ist auch nicht wichtig. Was heißt übrigens schon dieses *eigentlich*? War er nicht *eigentlich* das, was er hier Abend für Abend tat: der malende Paolo an seinem Tischlein mit der Espressotasse?

Immer (wirklich immer) wenn wir – das ist nun schon lange her – mit unserer jüngsten Tochter an ihm vorbeigingen, rief Paolo, der meine Frau schon kannte, als sie noch ein kleines Kind war, und sie immer mit dem Ruf *Ciao, bellissima!* gegrüßt hatte, sehr laut:

Sei più bella della Mamma!

Du bist schöner als deine Mutter!

Dort, wo Paolo meistens saß, biegt die Via Roma in die Piazza ein. An dieser Ecke, etwas über den Köpfen der Passanten, hängte er an der Hauswand immer eines seiner Gedichte auf, auch sie alle stets sorgfältig auf große Papierbögen kalligrafiert, in einer unverkennbaren Paoloschrift. Niemand machte je Aufhebens davon, die Leute sprachen gar nicht darüber, aber ich habe oft gesehen, wie jemand vor einem der Gedichte stand und es aufmerksam las, Menschen, von denen man das vielleicht nicht gedacht hätte, der Müllfahrer, der Dorfpolizist mit seiner dicken Brille, die schöne Straßenkehrerin.

Es war einfach das Selbstverständlichste von der Welt, dass an dieser grau verwitterten Wand Gedichte hingen, so normal wie ein Straßenschild.

Manchmal stellte ich mir vor, dass einer der Dorfbewohner von einer Reise in eine fremde Stadt zurückkehrte. Als man ihn fragte, wie es dort gewesen sei, erzählte er dies und jenes, und am Schluss, als er schon fertig war mit seinem Bericht, fügte er noch einen Satz an.

Eine merkwürdige Sache fällt mir gerade noch ein, es ist mir zuerst gar nicht so aufgefallen, aber ...

Und was ist das?

Es hingen dort nirgendwo Gedichte an einer Wand.

Eines Tages fragte Paolo, ob er mir etwas zeigen dürfe. Er führte mich durch die Gassen zu einer abgelegenen *Cantina*, schloss die Tür auf, und was ich sah, waren Bilder, Bilder, Bilder, große und kleine, bunte und nicht so bunte. Sie waren nicht kunstvoll gemalt, ich erinnere mich auch kaum noch an eines von ihnen, ja, eigentlich erinnere ich mich nur noch daran, dass es so viele waren. Und dass sie so bunt waren, nicht nur in Kaffeebraun gemalt, sondern in grellen Farben, leuchtend, ja, stechend – eingesperrt in diesem Keller.

Ich weiß noch, dass ich Paolo fragte, ob er sie verkaufen wolle oder jedenfalls eines davon. Und ich erinnere mich ebenfalls, dass ich fast fürchtete, er würde das bejahen und nun vielleicht erwarten, dass ich eines der Bilder kaufte, die mir allesamt nicht so sehr gefielen, leider, ganz anders als die mit dem Espressolöffel aquarellierten Szenen aus der Via Roma, die ich überaus schön finde und geradezu liebe.

Aber er sagte: *No.* Verkaufen tue er nur die kleinen Kaffeebilder. Diese hier nicht.

Warum malst du sie dann?

Paolo sah mich lange an, als sei ich ein wenig begriffsstutzig und langsam im Verstand. Dann sagte er leise:

Mi piace farlo. Mi rende felice.

Ich tue das gerne. Es macht mich glücklich.

Wir gingen zurück zu seinem kleinen Tisch am Rand der Via Roma. Paolo nahm eines seiner Bilder. Es zeigte den Torre. Er schrieb langsam und sorgfältig dieses Gedicht unten an den Rand des Bildes und schenkte es mir.

Deshalb hängt es nun im Torre.

Im Jahr darauf starb Paolo. Er hatte, sagt man, zu viele *Nazionali* geraucht.

Aber es gibt etwas sehr Seltsames.

Es hängen nämlich immer noch neue Gedichte an der Ecke, kurze, lange, meistens aber eben kürzere. Es hört einfach nicht auf, bis heute. Die Gedichte werden alle paar Wochen erneuert. Nie habe ich gesehen, dass jemand das tat. Aber es veränderte sich nichts im Stil. Sie waren und sind bis heute alle in einer unverwechselbar knappen Paolo-Art verfasst.

Jedenfalls behaupte ich das.

Vielleicht stimmt es auch gar nicht. Vielleicht hängen dort keine Gedichte mehr. Vielleicht erzähle ich das nur, weil ich möchte, dass es so wäre.

Gedichte kommen. Gedichte gehen. Gedichte kehren zurück.

Vanno. Vengono. Ritornano.

Eines Tages, wir waren schon zwei Wochen lang im Dorf, hob ich den Blick an dieser Ecke und schaute, ob es ein neues Gedicht gebe.

Und ich las:

Alle volte vale la pena
Dare un'occhiata dietro una porta
per vedere
cosa rende felice una persona.

Manchmal lohnt die Mühe
einen Blick hinter eine Tür zu werfen
um zu sehen
was einen Menschen glücklich macht.

Das Grundstück oben auf dem *Ripidello* ist ringsum von Trockenmauern umgeben. Alle seine Terrassen den Hügel hinunter werden von solchen Mauern begrenzt und gestützt. Friedrich hatte sie in wochenlanger Arbeit gebaut, das heißt: Sie waren großenteils schon da, aber in Jahrzehnten zusammengestürzt unter der Macchia, wo die Wildschweine in den Räumen zwischen den aufeinandergeschichteten Steinen nach Schnecken und Schlangen suchten. Sorgsam hat Friedrich sie wieder aufgebaut, große Steine neben kleinen, umfangreichere Zwischenräume gefüllt von Kleinmaterial.

Diese Art von Bauwerk ist eine großartige Erfindung, weil die Steine nicht mit Zement verklebt sind und deshalb auch größere Wassermengen einfach durchfließen lassen, wenn die Arbeit richtig getan wurde. Denn die Mauer muss natürlich stabil sein.

Aber es hat, wie ich ja schon erzählt habe, immer Tage gegeben, an denen die Wildschweine den Zaun, der das Grundstück begrenzt, überwunden haben. Dann haben sie die Mauern durchschnobert, Steine ganz unten gelockert und viele der Bauwerke zerstört. Von diesem Zeitpunkt an war eine solche Mauer dann keine Mauer mehr, jede ein kleines Kunstwerk für sich. Sondern nur noch ein ordinärer Steinhaufen.

Ich würde das gerne reparieren, aber ich kann es nicht. Ich habe so etwas noch nie gemacht. Also frage ich im Dorf herum, wer die Arbeit übernehmen kann.

Beppe kann das, sagen die Leute, Beppe ist der Beste. Ruf Beppe an, sagen sie.

Beppe kenne ich natürlich. Beppe ist Sarde. Die Sarden lernen das Trockenmauerbauen schon als Kinder, glaube ich. Ganz Sardinien ist durchzogen von solchen Mauern. Außerdem ist Beppe Maurer, und manchmal hilft er uns, wenn im Torre etwas zu tun ist. Er dichtet Löcher im Dach ab, fliest die Terrasse neu, schließt einen neuen Ofen an. Solche Sachen.

Beppe kann alles. Außerdem ist er einer der nettesten und lustigsten Menschen im Dorf.

Aber er geht nicht ans Telefon.

Montags nicht, dienstags nicht, mittwochs nicht, überhaupt nie. Es war schon immer ein Problem mit Beppe, dass er ungern ans Telefon geht. Mal hebt er ab, mal nicht, genau weiß man das nie. Seine Telefonnutzung ist irgendwie willkürlich.

Aber jetzt? Geht er gar nicht mehr ran.

Am Samstag treffe ich ihn aber zufällig in der *ganz bestimmten Bar*. Er habe gerade Urlaub, sagt er, jeden Tag sei er fischen mit seinem Boot. Ob ich ihn in einer Woche noch mal anrufen könne?

Das kann ich natürlich.

Aber er geht wieder nicht ran. Montags nicht, dienstags nicht, mittwochs nicht, überhaupt nie.

Mir fällt ein, dass ich die Nummer von Clemente habe, seinem Bruder. Dort geht auch gleich einer ran.

Aber es ist nicht Clemente.

Es ist Beppe.

O, ciao, ciao, come stai?, tutto bene? Ja, sein Handy sei kaputt, deshalb habe er das von Clemente geliehen, der habe derweil das von seinem jüngsten Sohn, der habe zwei. Ja, heute Abend könne er vorbeikommen.

Ob ihm 18 Uhr recht sei, frage ich.

Ja, ja, sehr recht, alles klar.

Er kommt auch vorbei. Beppe ist immer pünktlich, wenn man es einmal geschafft hat, mit ihm eine Verabredung zu treffen.

Wir gehen über das Grundstück, schauen die eingestürzten Mauern an. Natürlich, sagt Beppe, das könne man machen, das *müsse* man machen. Unglücklicherweise habe er im Moment unfassbar viel zu tun, nach dem Urlaub, *sono incasinato*, ich bin gestresst, *sono incasinatissimo*, ich bin supergestresst, er habe nahezu den Überblick verloren. Aber ohnehin kenne er den perfekten Mann für diese Arbeit. Gavino, ein Sarde, der sei unglaublich auf diesem Gebiet, ein Künstler, geradezu ein Michelangelo der Trockenmauern.

Okay, super, sagst du mir seine Nummer?

Das geht nicht, er hat kein Handy, sagt Beppe. Aber ich treffe ihn immer wieder mal, dann rede ich mit ihm und sage dir Bescheid.

Wann?

Bald, bald. Mach dir keine Gedanken. *Mi racommando*, ich kümmere mich.

Aber ich höre nichts.

Eine Woche später sehe ich Beppe wieder in der *ganz bestimmten Bar*. Ja, er habe Gavino getroffen, gerade eben, was für ein Zufall, hier gleich um die Ecke, fast wäre er jetzt noch da gewesen. Sonntagabend könne er aber mit ihm auf dem *Ripidello* vorbeikommen, *va bene*?

Natürlich. Wer würde einen Termin mit dem Besten aller Trockenmauerbauer ausschlagen?! Ich lechze danach, diesen Bellini des Steineschichtens kennenzulernen. Oder nein, *Michelangelo* war es, ha!, *Michelangelo* hatte Beppe gesagt.

Am Sonntagabend ist es tatsächlich so weit.

Gavino biegt um die Ecke, Beppe neben ihm. Beide sind kleine Männer, Beppe ein unglaublich zäher, kräftiger mit Stoppelschnitt und großen Ohren, Gavino etwas jünger, der Haarschopf pechschwarz, die Augen wie Kohlen, im Mund kein einziger Zahn mehr. Seine Kleidung mit armselig zu beschreiben wäre fast eine Beschönigung. Er trägt ein zerrissenes T-Shirt, eine zerlumpte schmutzige Jeans und Sneakers, die von Zementpickeln übersät sind. Er lacht viel, streunt sofort nervös über die Wiese, hin und her, wie aufgedreht, und als er die Mauern sieht, beginnt er, so viel und so schnell zu reden, dass ich nichts mehr verstehe. Aber ich kapiere trotzdem: Auch er teilt die Ansicht, es gebe nur wenige Menschen, die einer Arbeit wie dieser so hervorragend gewachsen seien wie er. Mit Sorgfalt müsse man die Mauern neu errichten. Die alten seien ja außerordentlich gut gemacht. Da müsse ein Mann seines Schlags am Werk gewesen sein.

Ja, ein Deutscher, sage ich, Friedrich der Name.

Die Kohlenaugen glühen auf wie Koks im Ofen. Ich müsse dem Mann seine Komplimente ausrichten!, sagt Gavino, das sei wirklich bemerkenswert. Er schüttelt ungläubig den Kopf.

Ein Deutscher?

Er wird platzen vor Stolz, wenn ich ihm deine Grüße und dein Lob ausrichte, sage ich.

Was einerseits die reine Wahrheit ist. Andererseits wird Friedrich, wie ich weiß, sich diesen Stolz nicht anmerken lassen. Sein Selbstbewusstsein ist mindestens so groß wie das von Gavino, und er hat als Ingenieur gewaltige Bauten miterrichtet, in Dubai, Thailand und Hongkong. Diese Trockenmäuerchen sind sein Alterswerk.

Wann kannst du anfangen, Gavino?

In zwei Wochen vielleicht.

Da bin ich aber nicht mehr hier. Ich muss nach Deutschland.

Das macht nichts, ich komme irgendwann. Ich werde zunächst diese Mauer hier reparieren.

Er zeigt auf die Mauer mit dem größten Schaden. Von ihr ist nichts geblieben als ein Haufen verschiedenster Steine.

Und was wird das kosten?

Das besprechen wir hinterher, wenn wir sehen, ob du zufrieden bist oder nicht.

Aber ich komme erst in zwei Monaten wieder.

Das macht nichts.

Kannst du nicht eine Andeutung machen? In welche Richtung geht das finanziell?

Nein, nein, ich mache diese Mauer hier. Wenn du nicht zufrieden bist, dann zahlst du nichts, und ich bin weg, für immer. Und wenn es dir gefällt, dann einigen wir uns. Und ich mache den Rest, wenn du willst, die anderen Mauern. So mache ich es immer.

Es hat keinen Sinn, darüber zu diskutieren, merke ich. Mit einem Mann dieses Formats und dieser Erfahrung verhandelt man nicht. Man lässt ihn sein Werk errichten und verrichten. *E basta.*

Wir verabschieden uns herzlich.

Wie kann ich dich erreichen? Kann ich dich irgendwie anrufen?, frage ich.

Wir werden uns schon finden!, ruft er.

Aber wir haben uns nie wiedergesehen.

Mit dem Müll im Dorf war es jahrzehntelang so: Rings um den Ort herum standen Container mit beweglichen Klappen, die meist offen waren, aufgerissenen Mäulern ähnlich. In die aufgesperrten Schlünde dieser Behälter warf man, wenn man gerade sowieso zum Auto ging oder sonst irgendwohin, seine Mülltüten. Manchmal quollen die Container über. Manchmal lag der Müll um sie herum auf dem Boden. Überhaupt sind Müllcontainer selten ein schöner Anblick, schon gar nicht, wenn sie um ein Dorf herum verteilt sind, das schön sein will, schön für die Touristen.

Eines Tages beschloss die Gemeinde, es müsse nun endlich hier eine Ordnung haben und überhaupt auch eine Mülltrennung geben. Die Abfälle müssten von jenen, die diese Abfälle produzierten, vorsortiert (wie man das aus Deutschland ja kennt, jedenfalls als Deutscher) und dann entsprechend abgeliefert werden.

Die Müllcontainer verschwanden.

An ihre Stelle trat eine tägliche Müllabholung.

Rund ums Dorf herum postierte sich zu gewissen, per Aushang an Mauern und Anschlagstafeln bekannt gegebenen Uhrzeiten ein Müllauto, das den Trennmüll aufnahm, in getrennten Behältern, wie sich versteht.

Man hatte also die Möglichkeit, zum Beispiel dienstags

von 10.30 Uhr bis elf Uhr seinen Müll an der Ecke *Via della Liberazione/Vicolo Lungo* abzugeben, dann am selben Tag von elf bis 11.30 Uhr an der breiten Treppe zum Rathaus hinunter und so weiter. Der Müll bekam seine festen Uhrzeiten im Tagesablauf, und wer zu diesen Uhrzeiten nicht kommen konnte, sie verschlief oder sonst irgendwie verpasste, der hatte Pech gehabt. Er musste halt seinen Müll noch ein wenig aufbewahren, was schon ein Problem sein konnte, wenn es am Abend zuvor zwei schöne Fische zum Abendessen gegeben hatte und Kopf, Schwanz und Gräten nun im Müllbeutel zwei Tage lang bei 35 Grad im Schatten ihrem Abtransport entgegenfaulten.

Aber man arrangierte sich. Man nahm den Müll vom Nachbarn mit, wenn der keine Zeit hatte. Man traf sich am Müllauto, ja, es war eine Zeit lang so, wie es vor fünfhundert Jahren beim Wasserholen am Brunnen gewesen sein musste: Bei Abgabe der *rifiuti* blieb man noch ein wenig stehen und tauschte sich über die neuesten Nachrichten aus, das Leben im Dorf betreffend.

Die Gemeindebehörden in ihrer nie erlöschenden Schaffenskraft hatten aber bald neue Pläne.

Nun sollten die Menschen nicht mehr zum Müllauto kommen, sondern das Müllauto zu den Menschen. Es wurde proklamiert, man könne sich am Wertstoffhof jeweils verschiedenfarbige Tüten abholen, in anderen werde der Müll nicht akzeptiert: blaue für Plastik und Aluminium, weiße für Glas, durchsichtige für *Indifferenziato*, also das Untrennbare, den Restmüll. Ferner braune Papiertüten für

Papier und Kartons sowie aus einem verrottenden Spezialplastik (das irgendwie seltsam nach billigem Trüffelimitat riecht) gefertigte Säcke für den Biomüll.

Es wurden Pläne ausgegeben mit Tabellen: Montags ist Biomülltag, dienstags Plastiktag, mittwochs wieder der Tag der Bananenschalen, Fischgräten und Restspaghetti, donnerstags Papiertag, freitags noch mal Plastiktag, der Samstag war dann wieder dem Biomüll geweiht, aber auch dem Glas, der Sonntag dem Untrennbaren. Es wurden Uhrzeiten bekannt gegeben, zu denen man den Müll in den passenden Säcken vor die Tür zu stellen hatte, ein *Orario di esposizione*, zwischen sechs und acht Uhr morgens nämlich, nicht früher, weil dann die Katzen, Hunde und Möwen die Tüten zerreißen würden, um darin nach Essbarem zu suchen.

Für den Urlauber hat diese ganze Planung den seltsamen Nebeneffekt, dass er am Ende seiner Ferien manchmal einfach nicht weiß, wohin mit dem Abfall. Reist jemand zum Beispiel am Freitag ab, hat er den Biomüll zweier Tage im Haus. Der würde aber erst am Samstag wieder abgeholt, wenn man schon nicht mehr da ist. Außerdem hat der Wegfahrende das Glas und den *Indifferenziato* einer ganzen Woche in der Bude.

Manchmal laden wir in unserer Ratlosigkeit diesen Müll dann zum Reisegepäck in den Kofferraum, um ihn an irgendeiner Autobahnraststätte zu entsorgen. Man kann das dann aber in der Vorfreude auf daheim schon mal vergessen, weshalb wir nicht selten zu Hause einige Säckchen Dorfmüll als Souvenir dabeihaben.

Doch was heißt schon Urlaub?! Seit der neuen Müllregelung ist es mit dem Ausschlafen in den Ferien jedenfalls vorbei. Denn wer den Müll erst um halb zehn auf die Straße stellt, der hat den Müllwagen verpasst und kann sein Zeug gleich wieder hereinholen.

Unser Leben hier ist nun dem Mülldienst geweiht.

Riccardo, der Nachbar aus der Gasse um die Ecke, der, wie gesagt, früher Archäologieprofessor an der Universität in Neapel war, aber nun pensioniert ist und jeden Sommer im Dorf verbringt, hat sich den Wecker auf sechs Uhr gestellt, um die Abfälle rauszutun, danach legt er sich noch mal hin. Neulich, sagt er, sei er um vier Uhr nachts hochgeschreckt, weil er Angst gehabt habe, den Wecker nicht gestellt zu haben. Da habe er den Müll gleich rausgetan, damit er nicht um sechs schon wieder aufstehen müsse.

Wobei man sich zumindest am Glastag das Ausschlafen ohnehin schenken kann, denn wenn vor deiner Tür sämtliche Glasflaschen der Nachbarschaft mit schwungvollen Würfen in den Behälter des *furgone* der Müllabfuhr entsorgt werden, muss man schon taub sein, um danach noch weiterschlummern zu können.

Wichtig ist, dass man immer genug Mülltüten hat.

Weißt du, wann man genau diese Tüten beim Wertstoffhof abholen kann?, frage ich eines Morgens Riccardo.

Komm, ich fahre dich hin!, sagt er, hilfsbereit wie immer. Wir schwingen uns auf sein *Motorino*, das Riccardo mit so beherzter Fahrt zum *Centro di Raccolta Comunale* steuert, dass ich dort leicht schwankend vom Rücksitz steige und dem Himmel danke, dass ich heil und gesund angekommen bin.

Auf dem Wertstoffhof stehen große Behälter mit den verschiedensten Arten von Müll neben einem Bürocontainer mit offener Tür.

Niemand drin. Niemand draußen.

Die ganze Anlage scheint verwaist.

Wir sehen durch die offene Tür die Tüten im Büro liegen, säuberlich gestapelt, die verschiedenen Arten nebeneinanderliegend. Also nehmen wir uns einfach, was wir brauchen. Als wir den kleinen Raum wieder verlassen, taucht zwischen zwei der haushohen Container ein Müllarbeiter auf.

Was macht ihr da?!, ruft er.

Wir haben uns ein paar Mülltüten genommen, antwortet Riccardo.

Was fällt euch ein!? Ihr könnt die doch nicht einfach nehmen!

Was sollen wir denn machen, wenn keiner da ist?!

Ich habe hier noch was anderes zu tun, als Mülltüten zu verteilen!

Und wir haben auch noch was anderes zu erledigen, als Mülltüten abzuholen!

Jeder kriegt nur eine bestimmte Menge, und das muss hier eingetragen werden, ruft der Müllmann.

Er ist inzwischen beim Bürocontainer angelangt, hat ihn betreten und pocht mit den Handknöcheln auf eine Liste auf dem Schreibtisch.

Wenn hier jeder kommt und sich was nimmt, dann haben wir bald keine mehr und verlieren total die Kontrolle! Ihr könnt hier nicht im Büro rumwühlen wie die Diebe! Das könnt ihr nicht machen!

Diebe ...

Das war's. Riccardo rastet aus.

Ich kenne ihn bisher nur als den feinen, kultivierten Archäologen aus Neapel, der mich ganze Abende lang mit Geschichten aus der Antike unterhalten und belehrt hat, der sich über das miserable Italienisch des Außenministers lustig macht, der vor Kurzem noch Limonade im Stadion verkauft habe, und der, wenn er über Politik spricht, sagt, diese müsse doch eine noble Angelegenheit sein, nicht ein solcher Charaktersumpf wie heutzutage.

Nun sehe ich Riccardo als Mann des Südens und des brennenden Temperaments.

Diebe!? Ich glaub', ich träume! Hast du *Diebe* zu uns gesagt, du Idiot?!

Du nennst mich Idiot, du Blödmann? Gib die Tüten her und verschwinde.

Das sind meine Tüten. Ich zahle Steuern und Müllgebühren und dein Gehalt, und die Tüten gehören mir, du Arsch.

Riccardo zittert vor Wut. Ich habe ihn so noch nie gesehen. Er könnte wahrscheinlich aus dem Stand einen sehr unterhaltsamen Vortrag über die Müllentsorgung in Rom zur Zeit des Kaisers Augustus halten. Aber jetzt ist ihm nicht danach. Jetzt wirft er seine Tüten auf den Boden und baut sich vor dem Müllmann auf. Die beiden stehen sich Stirn an Stirn wie wütende Stiere gegenüber.

Du Scheißhaufen!

Du Vollidiot!

Ich schiebe meinen rechten Arm zwischen die beiden, um sie voneinander zu trennen.

Hört auf!, rufe ich, Schluss jetzt! *Basta!*

Riccardo tritt den Rückzug an. Er setzt sich auf die Bank vor dem Container, immer noch zitternd. Er weint fast vor Wut.

Mein lieber Herr, Sie müssen bitte entschuldigen!, sage ich zum Wertstoffhofvorsteher und spreche plötzlich fließend Italienisch. Es ist das reine Sprachwunder, ich rede in Zungen, die italienischen Sätze fließen aus meinem Mund, als sei mein bisheriges Leben ein einziger langer, andauernder, erfolgreicher, von wiederholten Auszeichnungen immer wieder neu gekrönter Italienisch-Kurs gewesen.

È tutto un malinteso!, rufe ich, *sono tedesco e non sapevo come funzionasse tutto qui in Italia. Il mio amico voleva aiutarmi, ma i suoi nervi sono molto tesi in questo momento, la sua nipotina più giovane si è ammalata e* ... Das ist alles ein Missverständnis! Ich bin Deutscher und wusste nicht, wie das hier läuft in Italien. Mein Freund wollte mir helfen, aber er ist gerade nervlich sehr angespannt, seine jüngste Enkelin ist krank geworden und ...

Der Mann beruhigt sich auf der Stelle. Er setzt sich vor das Buch mit den Adressen der Mülltütenabholer, fragt mich nach Namen und Adresse und trägt alles sorgfältig ein.

Und der da draußen?

Ich nenne auch Riccardos Daten. Auch sie schreibt er auf diese Liste, die mit einiger Sicherheit nie wieder jemand anschauen wird.

Ich bin Ihnen überaus dankbar, sage ich. Man ist als Deutscher das ja alles nicht gewohnt hier. Wir haben nicht so ein gutes, außerordentlich durchdachtes System, wie es hier im Dorf existiert. Ich muss erst damit zurechtkommen als Ausländer. Vielen Dank noch mal!

L'altro Pietro wäre stolz auf mich.

Si figuri!, sagt der Müllhofchef. Macht nichts.

Ich gehe zur Tür. Er folgt mir. Riccardo sitzt draußen vor der Bank, seine Knie vibrieren, er starrt auf den Boden. Ich bin bereit, mich notfalls wieder zwischen die beiden zu werfen.

Arrivederci!, sagt der Müllmann, *e buona guarigione per la nipotina*. Und gute Genesung für die Enkelin.

Riccardo schaut verwirrt auf. Ich nehme ihn am Arm, so gehen wir zum *Motorino*.

Was meinte der Trottel mit Enkelin?, fragt er.

Keine Ahnung, ich hab' das nicht verstanden, dafür hat mein Italienisch mal wieder nicht gereicht in der Aufregung, du weißt doch, wie schlecht es ist.

Ich mache eine Pause, dann sage ich: Du darfst dich nicht so aufregen, Riccardo, man kriegt es ja mit der Angst zu tun, dass du einen Herzinfarkt bekommst.

Beh!, sagt er, das ist gesund für mich. *Mi rivitalizza*, es vitalisiert mich.

Wir steigen auf und fahren noch viel schneller zurück, als wir gekommen sind, in der Hälfte der Zeit, so ungeheuer vitalisiert ist Riccardo.

OBEN AUF DEM RIPIDELLO haben wir keinen Wasseranschluss. Das Grundstück liegt zu weit draußen in der Landschaft, alles wäre zu kompliziert. Es lohnt sich nicht, eine Wasserleitung bis hierher zu legen, die vielen Wege zur Wasseragentur, die endlosen Telefonate, die Versuche, irgendwo Marcello aufzulauern, damit wir überhaupt eine Genehmigung bekommen ...

Marcello arbeitet in der Hauptstadt für die Wasseragentur. Jeder, der einen Wasseranschluss benötigt, muss zu ihm. Er ist es, der den Daumen hebt oder senkt, wenn es um Wasser geht. Marcello ist der Gott des Wassers.

Johannes, der ein Freund von mir ist und im Dorf eine Wohnung hat, reiste eines Tages mit seiner Frau und den drei Kindern an, um drei Wochen Ferien hier zu verbringen.

Aber in seiner Wohnung gab es kein Wasser. Die Leitungen waren trocken wie die Sahara, aus den Hähnen kam kein Tropfen.

Johannes fuhr in die Hauptstadt zu Marcello.

Ihr habt nicht bezahlt, sagte der.

Natürlich haben wir bezahlt.

Habt ihr nicht.

Aber doch!

Hier steht aber, dass ihr nicht bezahlt habt.

Marcello wedelte mit dem Zeigefinger vor dem Bildschirm seines Computers herum.

So ging es eine Weile hin und her. Irgendwann stellte sich heraus, dass irgendeine Nummer sich geändert hatte. Das war irgendwo wiederum nicht richtig verzeichnet worden, sodass ...

Ach, egal.

Johannes hat mir die Geschichte schon fünf Mal erzählt, aber ich vergesse die Details immer wieder. Es sind zu viele.

Jedenfalls war das Geld nicht angekommen. Johannes ging auf der Stelle zur Bank und bezahlte. Dann marschierte er wieder zu Marcello und erzählte ihm, dass er alles mit dringender Eilüberweisung erledigt habe.

Wann bekomme ich nun Wasser?, fragte er.

In drei Wochen etwa, sagte Marcello.

Dann ist mein Urlaub zu Ende.

Das tut mir echt leid, aber ich kann da nichts machen.

Aber wie soll ich drei Wochen ohne Wasser Urlaub machen?!

Das tut mir, wie gesagt, echt wahnsinnig leid, ich weiß es auch nicht.

Aber kannst du mir nicht helfen?

Ich würde ja. Aber was soll ich tun?

Hast du eigentlich Kinder?, fragte Johannes.

Das Gesicht des Wassergottes leuchtete auf. Ja, zwei Mädchen, warum?

Kannst du dir vorstellen, du sollst mit deinen zwei

Mädchen in einer Wohnung die Ferien verbringen, bei dieser Hitze? Und du kommst vom Strand, sie haben im Meer gebadet und sind voller Sand und freuen sich auf die Pizza am Abend, aber sie können nicht ins Restaurant gehen, weil sie so schmutzig sind ... Kannst du dir vorstellen, wie das ist?

Marcello schaute stumm in seinen Computer. Dann wandte er sich wieder Johannes zu.

Na gut, sagte er, in drei Tagen hast du Wasser.

Danke, sagte Johannes, wirklich danke, danke, danke, dass du das so beschleunigen konntest.

Er fuhr aus der Hauptstadt zurück ins Dorf, ein Weg von einer halben Stunde.

Als er in seiner Wohnung ankam, lief das Wasser schon.

Wir aber haben, wie gesagt, oben auf dem *Ripidello* keinen Wasseranschluss. Deshalb besitzen wir einen großen blauen Tank für 5000 Liter.

Und wir haben Arturo.

Arturo hat ein kleines Geschäft für Sportartikel in einer Seitengasse der Via della Liberazione, da steht er bisweilen bis Mitternacht vor dem Laden. Morgens um sechs sieht man ihn schon wieder mit seinem *furgone*, der einen Wassertank hintendrauf hat, in die Fußgängerzone brausen, denn Arturo ist auch Besitzer eines Fuhrunternehmens, das Wasser liefert, Wasser transportiert, mit Wasser handelt. Zwei Jobs, das ist im Sommer normal im Dorf. Die Arbeit geht vom Morgen bis in die Nacht, es machen viele so.

Aber Arturo ist noch mal was Besonderes.

Ein runder Kopf mit schwarzen, zu einem Dutt gebundenen Haaren auf einem kompakten, muskulösen Körper, über dem sich ein T-Shirt spannt. Darauf liest man seinen Namen, sonst nichts.

Arturo, der Wassermann.

Morgens um sechs und auch sonst recht oft hat man das Gefühl, er müsse alle seine Kraft darauf verwenden, die Augenlider oben zu halten, so müde scheint er. Aber dann scheint, während man ihn so betrachtet, etwas in ihm zu explodieren, ja, es ist, als habe er mit einem Hebel eine Rakete in seinem Inneren gezündet, die Arturo-Lebensrakete. Und die Lider schießen nach oben wie Fensterrollos, der Körper spannt sich, Arturo zieht weiter seine Bahn durchs Leben.

Er stellt den Wagen in der Via Roma ab, schnappt sich einen Wasserschlauch, setzt eine wummernde Pumpe in Gang und spritzt mit ernstem Blick und hohem Druck das Pflaster frei von Hundeurin, Zigarettenkippen und Speiseeisresten, den Resten der Nacht, nun zu einer Brühe vereint Richtung Gully strömend.

Arturoooo!, schreie ich.

Er hört es nicht. Das Pumpenwummern, seine Versunkenheit ins Spritzen und Spülen, Müdigkeitstrance nach Monaten voller Sportartikel- und Wasserhandel. Er hört es nicht.

Oooooou, Arturoooooo!

Jetzt stellt er seine Pumpe ab. Sechs o's, dann noch mal sechs, laut gerufen, am Ende leicht abgesenkt in das u hineinrollend wie kleine runde Reifen in einen Eimer, das hilft.

Wir brauchen Wasser, sage ich, oben auf dem *Ripidello.*

Okay, sagt er, heute Nachmittag?

Ich nicke. Und er will schon wieder seine Pumpe in Gang setzen ...

Aber noch was, sage ich. Kannst du vorher den Tank sauber machen?

Si, si, claro.

Wieder die Hand am Pumpenhebel.

Richtig sauber?, frage ich hastig, bevor er wieder loslegt (denn Arturo hat es immer eilig), ich meine: von innen? Mit dem Schrubber und so? Und Reinigungsmittel? Bringst du das mit?

Si, si, natürlich.

Und wird das dann auch wieder rausgespült? Sodass nichts im Tank bleibt?

Er schaut mich mitleidig an.

Siiiiii, sagt er, mit sechs i. Dann folgen meine drei italienischen Lieblingssätze.

Faccio io. Ci penso io. Mi raccommando.

Ich mach das schon. Lass mich nur machen. Überlass es mir.

Und die Pumpe läuft wieder.

Am Nachmittag repariere ich oben auf dem *Ripidello* den Zaun; ein Isolator hat sich gelöst, der Draht, durch den der Strom fließt, hängt durch, und der Pfahl muss sowieso mal erneuert werden. Arturos Lastwagen hört man kilometerweit, scheppernd, klappernd, ratternd rast er den Hügel hoch. In der Macchia steigt eine Staubwolke auf, es hat seit vier Monaten nicht geregnet. Auch heute haben wir 35 Grad.

Dann sieht man ihn hinter den Zypressen.

Dann ist er da.

Arturo klettert aus dem Fahrerhäuschen und steigt auf den Betonsockel neben dem zweieinhalb Meter hohen Tank, lehnt sich zu dessen Öffnung, schraubt den Deckel auf, legt ihn daneben. Nachdenklich schaut er in das Loch.

Hast du eine Leiter?, sagt er.

Soll ich sie holen?, frage ich eilfertig. Sie ist im Schuppen, eine normale Stehleiter.

Nachher, sagt er.

Er klettert aufs *Deposito*, steckt die Füße in die Öffnung, hält sich mit seinen umfangreichen Armen an deren Rand fest und lässt seinen Körper langsam hineingleiten, wie ein Matrose in ein U-Boot schlüpft. Dann steht er da unten drin, mit den Schuhen in einem Rest von Wasser. Ich schaue durch die Öffnung und blicke auf seinen schwarzen Haarbalg. An den Innenwänden des Tanks sehe ich eine grüngraue Schicht, die weggeputzt werden muss.

Gibst du mir mal den Schrubber?, ruft er. Ist außen am Laster.

Ich klettere vom *Deposito* herunter, hole den Schrubber, klettere wieder hoch und reiche ihn ins Loch. Arturo beginnt zu schrubben, eine scheußliche Arbeit, denn da unten ist wenig Luft und viel Hitze, viel weniger und viel mehr noch als hier draußen. Ein leerer Wassertank in der prallen Sonne, muss ich noch mehr sagen? Arturo schuftet, schrubbt und schwitzt, das Grüngrau verschwindet vom Blau des Tanks. Das dauert eine Viertelstunde.

Dann sagt er (und hohl klingt seine Stimme aus dem Tank heraus): Holst du mal deine Leiter, bitte?

Ich laufe zum Schuppen. Die Leiter steht in der Ecke, ich klettere aufs *Deposito,* ziehe sie mühsam hinterher und will sie Arturo hinunterreichen, damit er rausklettern kann.

Aber die Leiter ist zu breit. Oben ist sie schmal genug. Aber unten, an den Füßen, ist sie zu breit.

Sie passt nicht durch das Loch, da können wir zerren, wackeln und rütteln, so viel wir wollen.

Hast du was anderes?, fragt Arturo und blickt aus müden Augen nach oben zu mir wie ein Höhlenforscher, der seit sehr langer Zeit vergeblich auf Rettung wartet.

Ich also wieder zum Schuppen: Da ist ein alter gelber Eimer, den nehme ich und reiche ihn Arturo. Er stellt ihn auf den Boden, steigt drauf und versucht, sich mit den Armen nach oben zu ziehen. Denn so hoch ist der Eimer nicht, dass man aus dem Loch gucken könnte, wenn man draufsteht. Arturo ist ja auch nicht groß, doch er hat Oberarme wie ein Gewichtheber. Aber er schafft es nicht.

Ich klettere auf den Tank, knie mich neben das Loch, packe Arturo unter den Armen, mit denen er am Lochrand hängt, ziehe und zerre, aber es ist unmöglich, Arturo für mich zu schwer.

Langsam lässt er sich wieder in den Tank rutschen.

Was hast du noch?, fragt er, nun wieder auf dem Boden des Tanks und der Tatsachen stehend, die bedeuten: Die Sache ist schwieriger, als wir dachten.

Ich hole einen zweiten Eimer. Arturo stellt ihn auf den bereits vorhandenen, steigt drauf, aber sie zerbrechen beide unter Arturos Gewicht. Gott sei Dank hält er sich im Moment ihres Zersplitterns gerade am Rand des Loches fest und kann sich langsam wieder herunterlassen in das bisschen Restsauerstoff, das unten noch geblieben ist.

Merda! Was für eine Scheiße!

Lebst du noch?

Non morirò così in fretta. So schnell sterbe ich nicht.

Er reicht mir die zerborstenen Eimerteile nach oben. Ich werfe sie vom Tank aus auf den Boden.

Was nun?, frage ich.

Soll man Arturo einen Schwimmreifen geben und Wasser in den Tank lassen, bis der Mann quasi oben durch die Öffnung herausgespült wird? Soll er für den Rest seines Lebens drin wohnen bleiben, und ich bringe ihm drei Mal am Tag sein Essen? Könnte man unten in den Tank ein Loch sägen und ihn so zerstören, dafür aber wenigstens Arturo befreien? Wie wäre es, einen Kran zu holen, der unseren Mann heraushebt oder gleich den ganzen Tank hochhievt und dreht und Arturo herausschüttelt wie eine im Glas gefangene Wespe?

Oben im Häuschen habe ich noch einen Stuhl, sage ich, probieren wir es mit ihm! Das dauert aber ein bisschen.

Lass dir Zeit!

Ich habe jetzt echt allmählich Angst. Die Luft da unten im Tank ist jämmerlich bei dieser Hitze. Und was mache ich, wenn ich Arturo da nicht herausbekomme? Wenn ich jetzt oben in der Hütte nichts finde, das ihm helfen würde? Wenn ich wieder zurückkehre, und er liegt da ohnmächtig am Boden des Tanks? Soll ich dann reinsteigen und ihn wiederbeleben? Das kann ich doch gar nicht.

Soll ich am besten jetzt schon Hilfe rufen? Oder mache ich mich lächerlich damit im ganzen Dorf? Stell dir vor: Er hat die Rettung geholt wegen Arturo im Wassertank, dabei hätte er doch nur ...

Verrückterweise denke ich gleichzeitig: So könnte ein Kriminalroman beginnen. Auf einem einsamen Grundstück in den Hügeln steigt jemand in einen Wassertank, um ihn zu putzen, und dann kommt er nicht mehr heraus, und keiner hört seine Rufe. Oder jemand, mit dem der Mann im Tank nicht gerechnet hat, ist plötzlich da und schraubt den Verschluss oben zu. Kein Chance. Niemand hört den Mann da drinnen. Und weil er keinem erzählt hat, dass er hierher fahren wird, sucht man ihn auch ganz woanders. Und als man ihn findet, ist es zu spät, viel zu spät. Die Luft im Tank reichte nicht lange. Die Hitze tat ein Übriges.

Wer ist der Mörder, der das *Deposito* geschlossen hat? Seine Frau? Seine Geliebte? Ein Nachbar?

Und ich denke, während ich schnaufend den Hügel aufwärts zum Häuschen haste: Bin ich charakterlich so deformiert von meinem Beruf, dass ich bei allem, also wirklich bei allem, was ich erlebe, sofort an die Weiterentwicklung, Verwertung, Nutzung denke? Dass aus dem Scheußlichsten sofort eine Geschichte wird in meinem verderbten Schriftstellerschädel?

Oben steht dieser runde Drehstuhl, eigentlich für einen Schreibtisch gedacht. Den kann man rauf- und runterschrauben, und wenn man ihn bis an den höchsten Punkt dreht, müsste das reichen. Ich schnappe ihn mir und renne wieder runter, um Arturo zu retten, nicht ganz sicher, ob der verdammte Stuhl überhaupt durch das Loch passt.

Als ich unten vor dem Tank stehe, sehe ich eine kleine Rauchsäule aus dem Tankloch aufsteigen. Was ist denn jetzt los?! Hat er sich selbst verbrannt und versucht, das *Deposito* wenigstens als Aschewölkchen zu verlassen? Löst er sich gerade in Luft auf? Ist es weißer Rauch wie im Vatikan, wenn ein Papst gewählt wurde? Hat Arturo das Problem schon gelöst und signalisiert es mir so?

Ich klettere wieder auf den Betonsockel und schaue in den Tank.

Arturo ist weg.

Ich kriege die Panik. Was für eine Scheiße hier, Mann?!

Arturoooo?! Oooooou!

Es hallt dumpf von den Tankwänden wider.

Sono qui, höre ich leise. Hier bin ich.

Er hockt in einem Winkel des Tanks ganz hinten, dort, wo es eine kleine Erhebung gibt, auf der er sitzen kann. Und raucht eine Zigarette.

Ich bugsiere den Schreibtischstuhl durch das Loch. Er geht gerade so hindurch. Arturo stellt ihn auf den Boden und klettert drauf. Seine Schultern schauen jetzt aus der Öffnung. Und er stemmt sich mit der Kraft seiner Riesenarturoarme heraus.

Ecco!, sagt er.

Geschafft!, sage ich.

Er sieht aus, als hätte er mit seinen Klamotten eine Stunde in der Sauna gesessen (und so ähnlich war es ja auch), alles klatschnass, die Schuhe sowieso, mit denen stand er ja in der Restpfütze unten im Tank. Aber in der Sonnenhitze trocknet das gleich wieder. Und in seinem Inneren hat er wieder die Arturo-Lebensrakete gezündet. Er steigt vom Tank, als wäre nichts gewesen, lässt sich von mir eine Gartenharke reichen, klettert wieder hoch, um mit der Harke den Stuhl aus den Tiefen des Tanks zu angeln. Ich nehme ihn entgegen. Arturo hüpft wieder auf den Boden, hievt einen Riesenschlauch vom Tankwagen, schließt ihn an, lässt ihn ins Loch sinken, öffnet ein Ventil unten am Tank, erlaubt so, dem Wasser durch den Schlauch hineinzuschießen, und spült alles durch, damit der Dreck aus der Zisterne verschwindet.

Dann schließt er das Ventil und füllt das *Deposito*.

Ich hatte Angst um dich, sage ich.

Beh!, sagt er, winkt ab und zuckt mit den Achseln, als bestünde sein Alltag aus nichts anderem als dem Eingeschlossensein in Wassertanks und dem stets folgenden Befreitwerden daraus. Als der Tank voll ist, räumt er seinen

Schlauch wieder auf, macht alles dicht, klettert wieder auf den Laster und braust davon.

Verschwindet hinter den Zypressen.

Hinterlässt eine Staubwolke.

Scheppernd, klappernd, ratternd hört man ihn hügelab rasen.

ICH LIEBE ES, oben im Torre zu schlafen. Man liegt auf einer Empore direkt unter dem Dach, die Türen zur Terrasse sind weit geöffnet, das Fenster auf der anderen Seite auch. Durch das eine Fenster sieht man morgens die Sonne aufgehen, von der Terrasse aus betrachtet man abends ihren Untergang. Auch jetzt im Sommer weht ein leiser Luftzug über dich hinweg, wenn du dort liegst. Er vertreibt die Hitze.

Den Lärm vertreibt er nicht.

Aber es gibt viele Arten von Lärm. Lärm und Lärm, das ist nicht dasselbe. Ich kenne Lärm, der mich nicht im Geringsten stört, im Gegenteil. Wie ein weißes Rauschen, ein *rumore bianco*, legt er sich über alles andere, ein die Gefahren der Welt erstickender Teppich, der meinem Gemüt Ruhe verleiht.

Aus dem Fenster sehe ich in zweihundert Metern Entfernung die Piazza, auf der im Sommer bisweilen erst um 24 Uhr ein Konzert beginnt, und wenn ich Konzert sage, dann meine ich nicht ein Streichquartett von Verdi, obwohl es solche Konzerte auf der Insel auch gibt, sehr schöne Konzerte sogar an den wunderbarsten Orten, in römischen Ruinen, in alten Kirchen, im Theater der Hauptstadt.

Nein, ich spreche vielleicht von einem Rockkonzert,

das den Felsen des Dorfes erschüttert wie eine Kette von Sprengungen.

Morgens um sieben, wenn ich mich auf den Weg zur Piazza mache, um einen Kaffee zu trinken, wird Chiara, die Nachbarin von gegenüber, mich mit rot geränderten Augen aus ihrem Fenster anschauen und ächzen:

Madonna, che chiasso infernale stanotte! Was für ein Mordskrach heute Nacht!

Aber, Chiara, mich hat es nicht gestört. Ich habe geschlafen.

Wie konntest du schlafen? Es war, als hätten sie Bomben neben meinem Bett gezündet.

Auch der Markt unter meiner Terrasse stört mich nicht, der Sound der Passanten und Händler, der Kinder und Hunde, das Geklapper der Stände, die mitten in der Nacht abgebaut werden, der Gesang der Frau, die kleine kitschige Töpferwaren verkauft, das alles ist wie ein Schlaflied für mich, die Nachricht, dass das Leben weitergeht, während ich von ihm pausiere. Es beruhigt mich, beruchrrrt mich, beruchrrrt michrrr ..., beruuuuu ...

Anders ist es, wenn der Nachbar nachts um vier Opern hört.

Gegenüber unserem Haus gibt es eine Wohnung, in der viele Jahrzehnte lang eine sehr kleine, anfangs noch nicht so alte, jedoch dann – wie es, wenn es gut geht, unser aller Schicksal ist – immer älter werdende und schließlich uralte Frau wohnte. Sie maß nur ungefähr einen Meter fünfzig. Jeder im Dorf kannte sie als *la piccinina*, die ganz Kleine.

Sie war die Tochter des Bergwerksdirektors, der seine kleine Tochter Zeit seines Lebens nicht aus den Augen ließ und offenbar verhinderte, dass sie jemals einen Mann heiraten konnte. Nie sei einer gut genug gewesen für sie, klagte sie einmal meiner Frau ihr Leid, nie habe einer den Maßstäben des Vaters genügt.

Als *la piccinina* starb, zog ein älterer Mann in die Wohnung ein, ein einsilbiger, aber sehr freundlicher Mann, der früher als Rechtsanwalt in der Inselhauptstadt gearbeitet hatte. Ich mag ihn, obwohl ich ihn kaum kenne. Allein schon deswegen mag ich ihn, weil man, wenn man durch die offenen Fenster in seine Wohnung schaut, Regale voller Bücher sieht, Bücherstapel auf dem Boden, auf dem Tisch, überall. Ein belesener alter Herr, ein kultivierter Mensch, der viel Musik hört.

Opern vor allem, ich erwähnte es.

Auch nachts um vier, sehr laut, denn er hört wohl nicht gut.

Aber meine Ohren sind noch ganz in Ordnung!

Mitten in der Nacht dringt Anna Moffos Stimme an mein Ohr und tief dort hinein, Verdi, *I Lombardi alla prima crociata*, Die Lombarden auf dem ersten Kreuzzug.

Sogno ei fu? ... ma d'improvviso
Qual virtude in cor mi sta?
Non fu sogno! ... in fondo all'alma
Suona ancor l'amata voce ...

(Oder war es Cecilia Bartoli, die da sang? Ich kenne mich nicht so aus mit Opern, ehrlich gesagt, schon gar nicht, wenn ich sie nachts höre und sie mich aus dem Schlaf reißen ...)

Es war ein Traum! ... Aber ...
welche Kraft ist plötzlich in meinem Herzen? ...
Es war kein Traum! Tief in der Seele
klingt noch die geliebte Stimme.

Nein, es war kein Traum. Tief in meiner Seele klang die Stimme.

Ich schrecke hoch und stürze auf die Terrasse.

Silenzio!, rufe ich, *per favore!*

Anna Moffo (oder, wie gesagt, Cecilia Bartoli) verstummt auf der Stelle. Der alte Herr erscheint am Fenster.

Scusi!, ruft er und ringt die Hände, *scusi!, non riesco a dormire*, ich kann nicht schlafen.

Néanch'io, ich auch nicht, antworte ich, habe ihm aber schon verziehen und verziehe mich meinerseits wieder ins Bett. Wie soll man einem Schlaflosen gram sein, der Verdi hört?!

Doch natürlich ist eine Arie ein Geräusch, sie erhebt sich plötzlich aus der Stille der Nacht. Das ist etwas anderes als ein gleichmäßiger *buzz*, der dich in den Schlaf schaukelt. Ich hasse es, das mit dem Husten meines Nachbarn vergleichen zu müssen, aber es ist so: Auch dieser Husten zerreißt die vorhandene Ruhe, und ich weiß, das ist Claudio, ein römischer Dozent der Philosophie, der an einer tödlichen Lungenkrankheit leidet und dennoch nachts manchmal am offenen Fenster sitzt, *Nazionali* raucht und sich dazu die Seele aus dem Leib bellt. Ich bleibe still liegen, denn niemals würde ich mir erlauben, ihn zu stören. Claudio siecht unter dem Nachthimmel hustend und rauchend vor sich hin, und ich versuche, den verlorenen Schlaf wiederzufinden.

Ich bleibe auch liegen, als wieder einmal eines der Gewitter tobt, die gewöhnlich im September den Sommer beenden, Gewitter, wie sie sonst nur die Bewohner von Alpentälern kennen, wo der Donner von einem Berg zum anderen rollt wie eine gigantische steinerne Kugel. Hier nun zuckt ein Sortiment allerhellster, irr flackernder Blitze draußen über dem Meer, und wenn es donnert, dann ist es, als schlage Jupiter persönlich seine Keile ins Fundament des Torre und in den Fels, auf dem das Dorf ruht, in das Metall, das in seinem Inneren noch ruht, das nie aus dem Bergwerk gekratzt wurde und für immer dort bleiben wird, als Blitz-Ziel.

Alles zittert unter der plötzlichen und unerklärlichen Wut des Göttervaters. Meine Frau und ich fassen uns an den Händen und warten auf das Ende.

Des Gewitters, meine ich.

DER FIAT HAT EINEN GANZEN WINTER in Ennios Werkstatt verbracht. Als wir ihn im Frühjahr abholen, sieht er von außen aus wie vorher, nur mit einem neuen Verdeck. Als wir aber die Motorhaube öffnen, ist alles darunter wie neu. Die ganzen Osterferien lang schnurren wir mit ihm ums Dorf herum, in die Garage hinein und wieder hinaus und so weiter und so weiter.

Dann fahren wir heim nach Deutschland.

Als wir im Sommer desselben Jahres zurückkehren, denke ich nach drei Tagen im Dorf, es wäre Zeit für eine kleine Fiatfahrt. Also gehe ich zur *Cantina*, setze mich ins Auto, stecke den Zündschlüssel ins Schloss und drehe ihn.

Nichts. Schweigen. Totenstille.

Es macht nicht mal Klack oder so etwas.

Ich steige aus und öffne die Motorhaube. Dann fällt mir ein, dass die Batterie vorne ist, also öffne ich das, was beim Fiat 500 Kofferraumhaube genannt wird, obwohl in den Raum darunter kein Koffer passt. Jedenfalls kein großer.

Ich öffne also das Köfferchenräumchenhäubchen, schlage das Gummimättchen beiseite, unter dem sich die Batterie (die ist normal groß) befindet, und betrachte sie.

Aber davon wird es auch nicht besser.

Die Batterie hatte sich offenbar seit Ostern entleert.

Ich schwinge mich auf die Vespa und fahre zur Tankstelle. Dort kaufe ich ein Batterieladegerät, fahre zurück, verkabele die Batterie mit dem Ladegerät, schließe es an den Strom an und warte auf den nächsten Tag.

Morgens entferne ich dann wieder die beiden Ladekabel von der Batterie, setze mich ins Auto, stecke den Zündschlüssel ins Schloss und drehe ihn.

Nichts. Schweigen. Totenstille.

Es macht nicht mal Klack oder so etwas.

Also rufe ich Ennio an.

Arrivo, sagt er, ich komme.

Eine Viertelstunde später biegt er mit seinem *Motorino* um die Ecke, setzt den Helm ab und steigt schnaufend herunter. Er schaut sich die Batterie an, wirft einen Blick in den Motorraum, der ja auch eher ein Motörchenräumchen ist, und fragt, ob ich etwa die Batterie ans Ladegerät angeschlossen hätte, ohne die Kabel zu entfernen, welche die Batterie mit dem Auto verbinden.

Ich nicke.

Cazzo, sagt er, Scheiße, das darfst du nicht! Und fängt an, irgendwelche Kabel zu untersuchen und an diesem und jenem Apparateteil herumzuschrauben. Aus seinem Körper dringt dabei wieder das tiefe Brummen, das nur vom Schnaufen seiner Atemzüge unterbrochen wird. Je öfter ich Ennio begegne, desto mehr denke ich, dass in seinem Inneren eine ähnliche technische Anlage vor sich hin arbeitet wie in meinem kleinen Auto.

Oder ist es so, dass er im Laufe seines Lebens all die Geräusche seiner Werkstatt in sich aufgenommen und gespeichert hat? Dass sein Leib wie ein Archiv von Zylinderbrummen und dem Summen von Benzinpumpen ist, vom Schleifen kaputter Anlasser, dem Quietschen alter Keilriemen, dem Klackern von Hydrostößeln, dem Röhren löchriger Auspuffe, dem Klingeln loser Katalysatorenhitzeschutzbleche, dem Rumpeln verschlissener Scheibenwischerblätter, dem Rollen von Reifen, dem Knarzen trockengefallener Bowdenzüge, dem Gaszischen in den Haarrissen von Auspuffkrümmern, dem Bölken defekter Radlager? Ja, dass in Jahrzehnten des Schraubens und Drehens, des Hämmerns und Feilens, des Werkelns und Wurkelns an Fortbewegungsmaschinen aller Art aus seinem Enniobauch jedes nur denkbare Maschinengeräusch jederzeit abrufbar ist? Sodass Ennio, wenn er an unserem Fiat arbeitet, quasi ohne weiteres Nachdenken die Autosprache spricht: jenen nur durch jahrzehntelange Werkstatttätigkeit erlernbaren Dialekt, der ihn mit jedem Pkw und jedem Motorrad sofort in einen für Außenstehende nicht verständlichen Dialog treten lässt.

Jetzt geht Ennio zu seinem *Motorino* und entnimmt dem Koffer hinter dem Sitz ein Ladegerät.

Das ist etwas anderes als der Kack, den du da hast!, sagt er und versetzt meinem funkelnagelneuen Ladegerät einen Tritt mit dem Fuß, sodass es zwei Meter über den Boden dahinschrappert. Damit dauert es ja Tage, bis die Batterie aufgeladen ist. Mit dem hier brauchst du bloß ein paar Stunden.

Er schließt alles an.

Warte bis heute Abend!, sagt er. Dann bringst du es mir wieder. Und wenn du die Batterie mal wieder aufladen musst, vergiss nie, die anderen Kabel abzumachen, sonst machst du alles kaputt, und ich muss wiederkommen. Am besten, du löst die Kabel auch, bevor ihr wieder nach Deutschland fahrt, und befestigst sie erst, wenn du zurückgekehrt bist. Dann entlädt sich die Batterie nicht über die Monate.

Was bin ich dir schuldig?

Gib mir fünfzig. Das ist ein Witz, wenn man bedenkt, was ich hier alles tue, aber egal. Für einen Freund mache ich es günstig.

Ein Freund, denke ich, er nennt mich einen Freund, ist das nicht schön? Ich habe einen Freund, der alte *Cinquecenti* reparieren kann und großartige antike Motorräder restauriert. Und: Der Wahnsinn!, denke ich auch, fünfzig Euro, eine Stange Geld. Aber was wäre ich ohne Ennio? Ich wäre geliefert ohne ihn, also gebe ich ihm das Geld, wir sagen *ciao*, und Ennio brummt davon, während ich überlege, ob das Geräusch, das ich höre, eher vom *Motorino* kommt oder von Ennio selbst.

Als ich dann im Herbst abreise, folge ich vorher Ennios Rat, löse die Kabel von der Batterie und lege die Anschlüsse daneben.

Im Frühjahr darauf öffne ich vor der ersten Fahrt die Motorhaube und schließe die Kabel wieder an, wobei: Ich habe gerade weder einen Schraubenschlüssel für die Muttern am Batteriekabel zur Hand noch eine Kombizange.

Also lege ich die Kabelanschlüsse nur locker um die Pole der Batterie herum und nehme mir vor, sie bei nächster Gelegenheit festzuschrauben.

Dann geschieht Folgendes.

Ich gehe für einige Stunden auf den *Ripidello*, um dort Gras zu rechen, reche also hier und reche dort das alte Gras, das Luca, der Klempner, der mir mit den Oliven hilft, im Frühjahr abgemäht hat. Es liegt immer noch herum. Ich harke es zusammen, werfe es in eine Schubkarre und fahre es zu den Olivenbäumen. Dort ordne ich es sorgsam auf dem Boden um die Stämme herum an. Es schützt den Boden vor Austrocknung und wird langsam, langsam von den kleinen Lebewesen im Boden verarbeitet und verbessert so den Boden.

È come concime, hat Luca gesagt, es ist wie Dünger. Und was Luca sagt, ist für mich Gesetz. Er ist mit Olivenbäumen aufgewachsen, er hat selbst eine Plantage, er weiß, was man machen muss.

Aber jetzt klingelt das Telefon.

Meine Frau.

Sie ist mit dem Fiat unterwegs. Unten am Strand ist ein Reifen kaputtgegangen, der Wagen steht mit Plattfuß am Straßenrand, Gott sei Dank nicht an der großen Straße, sondern bloß in der kleinen Verbindung zum Strand hin.

Was für eine Scheiße das sei!, ruft sie, sie werde Ennio anrufen, der solle kommen.

Nein! Bitte nicht schon wieder Ennio, antworte ich. Ich komme, warte auf mich!

Ich habe nicht die geringste Lust, vor Ennio noch mal als Trottel dazustehen, der keinen Reifen wechseln kann und dann auch noch fünfzig Euro dafür zu bezahlen. Oder hundert. Als Student hatte ich einen 2 CV, eine *Ente,* drei von denen hatte ich sogar hintereinander, auch nach dem Studium noch eine. Diese Autos hatten sehr hohe und schmale Reifen, die bisweilen schon platzten, wenn man über eine hohe Bordsteinkante fuhr, um zu parken. Ich habe ständig Reifen gewechselt.

Ich schwinge mich auf die Vespa und fahre zum Strand.

Es ist der Reifen hinten links. Wenn man sich das Gummi genau anschaut, sieht man, dass der Reifen wahrscheinlich so betagt ist wie das Auto selbst, also fast fünfzig Jahre. Er ist rissig wie alte Elefantenhaut. Es ist ein Wunder, dass der Reifen es bis hierher geschafft hat. Es handelt sich um den ältesten noch in Gebrauch befindlichen Reifen der Welt. Die zweit-, dritt- und viertältesten befinden sich an den anderen Rädern des Autos.

Okay, sage ich, wir wechseln ihn.

Und das kannst du?, fragt meine Frau.

Klar, sage ich und denke: O Gott, lass es mich bitte können!

Wir öffnen die Haube über dem schubladengroßen Gehäuse, das bei diesem Auto Kofferraum heißt, suchen das Reserverad, einen Schraubenschlüssel und den Wagenheber und finden auch alles. Das Zeug sieht aus, als sei es zum letzten Mal bei Hannibals Überquerung der Alpen während des Zweiten Punischen Krieges 218 vor Christus benutzt worden. Aber es müsste funktionieren. Bloß habe ich keine Ahnung, wo man den Wagenheber ansetzt. Er sieht aus wie eine schlichte vierkantige Metallstange. Da ist keine Metallplatte, die man unter den Wagen setzen könnte, um ihn zu heben.

Lass uns Mauro fragen!, sagt meine Frau.

Mauro, Mauro, Mauro, grummele ich, gehe noch viermal um den Wagen, lege mich drunter, aber ich finde nichts für den Wagenheber. Mauro ist immer noch besser als Ennio, denke ich, mir bleibt keine Wahl, also trotte ich runter zum Strand und frage Mauro, wo man bei einem alten *Cinquecento* den Wagenheber ansetzt.

Überraschenderweise freut sich Mauro über die Frage. Er weiß nämlich die Antwort sofort, und fast nichts liebt Mauro mehr, als Fragen gestellt zu bekommen, deren Antwort er weiß. Das gilt wahrscheinlich für alle Menschen. Aber für niemanden mehr als für Mauro.

Nur eines hat er noch lieber: Wenn *ich* ihm eine solche Frage stelle.

Neben dem Radkasten ist unten am Chassis so ein viereckiges Loch, sagt er. Und da passt der Eisenstift am Wagenheber genau hinein. Und dann kurbelst du und dein Auto wird sich heben.

Ich gehe wieder zurück zu meiner Frau.

Sollen wir nicht doch Ennio rufen?, sagt sie.

Auf keinen Fall, sage ich, finde die Öffnung für den Wagenheber, befestige ihn am Auto, kurbele und hebe den

Fiat an. Meine Frau hat schon den Schraubenschlüssel in der Hand, setzt ihn auf die erste Mutter.

Aber die dreht sich nicht. In fünfzig Jahren hat sie sich im Gewinde festgefressen.

Lass mich mal!, sage ich und versuche den Schraubenschlüssel zu drehen.

Nichts.

Jeder von uns beiden zerrt noch etwas herum, ohne Erfolg.

Ob vielleicht Mauro …?, fragt meine Frau.

Kommt nicht infrage, sage ich.

Cazzo!, ruft sie und steigt mit einem Fuß auf den Schlüssel.

Und plötzlich dreht der sich.

Geht doch ganz leicht, sagt sie. Wusstest du, dass meine Eltern auch so einen hatten? Ich glaube, wir sind damit sogar hierher gefahren. Aber ich bin nicht ganz sicher. Vielleicht habe ich es auch nur geträumt.

Die nächste Mutter geht genauso schwer, die übernehme ich mit heftigen Fußtritten, die dritte auch.

Ich will auch noch mal, sagt sie und tritt die vierte los.

Dann befestigen wir das Reserverad, legen das alte Rad mit dem defekten Reifen ins Köfferchenräumchen, dazu das Werkzeug, schließen ihn und umarmen uns.

Das haben wir jetzt ganz allein geschafft!, sagt meine Frau.

Habe ich doch gesagt, antworte ich.

Ohne Ennio, sagt sie.

Nur wir beide, sagt sie und umarmt mich.

Aber jetzt brauchen wir neue Reifen. Mit diesen alten haben wir das Problem morgen wieder, dann aber ohne Ersatzrad.

Was willst du tun?

Ich rufe Ennio an, sage ich seufzend.

Komm vorbei!, sagt der. Ich habe zufällig gerade vier Reifen für jemand anders da, die kriegst du erst mal. Ich bestelle dann neue für den anderen Typen.

Wir fahren zu Ennios Werkstatt.

Die Einfahrt gegenüber von seinem kleinen Wohnhaus geht von der Straße aus leicht bergauf. Man rumpelt dabei über zwei in den Boden eingelassene Eisenschienen, auf denen sich das Tor schließt. Als ich darüberfahre, geht plötzlich der Motor aus und springt nicht mehr an. Ich ziehe die Handbremse. Meine Frau steigt aus, um Ennio zu holen. Ich löse die Handbremse und schwinge mich heraus, weil ich den Wagen die kleine Steigung hinaufschieben will. Aber der Wagen rollt zurück zur Straße, also springe ich wieder hinein. Aber noch bevor ich die Handbremse anziehen kann, stoppt der Wagen abrupt. In derselben Sekunde höre ich hinter mir ein gewaltiges Hupen, dann ein Rauschen, dann ist wieder Ruhe. Hinter mir war ein riesiger Sattelschlepper vorbeigefahren, nur Zentimeter am straßenwärts rollenden Fiat vorbei, in dem ich saß. Eine Sekunde später – und er hätte mich erwischt und...

Jedenfalls wäre die Geschichte des alten *Cinquecento*

damit zu Ende gewesen. Meine auch. Wir hätten gemeinsam das Schlusskapitel geschrieben.

Aber warum hat der Wagen eigentlich so abrupt gestoppt?

Ich schaue auf und sehe Ennio, den gewaltigen, riesigen Ennio, der gebückt vor dem Auto steht und es an der vorderen Stoßstange festhält, ganz allein, mit hochrotem Kopf, nein, doch nicht allein! Denn neben ihm steht sein Hund, der sein Gebiss um diese Stoßstange herumgeschlagen hat. Auch er sieht etwas angestrengt aus und dreht die Augen immer wieder zu seinem Herrn, darin die Frage: Wann darf ich loslassen und das Auto einfach fressen?

Metti il freno a mano, cazzo di merda!, ruft Ennio mit puterrotem Schädel. Zieh die Handbremse an, verdammte Scheiße!

Das tue ich, öffne danach die Wagentür und falle direkt in Ennios Arme, die mich mindestens eine Minute lang umschließen wie Schraubstöcke.

C'è mancato poco, amico mio, sagt er. Das war knapp, mein Freund.

Grazie, murmele ich, *grazie mille, tu sei un vero amico,* du bist ein wahrer Freund, und falle von Ennios Armen direkt in die meiner Frau.

Ennio hat inzwischen das Motörchenräumchenhäubchen geöffnet.

Perché il motore si è fermato?, frage ich. Warum ist denn der Motor ausgegangen?

Er zeigt auf eines der Batteriekabel, die ich nicht festgeschraubt hatte. Es hatte sich beim Ruckeln über die beiden Eisenschienen vom Pluspol gelöst und lag nun daneben.

Non ti si può lasciare solo per cinque minuti con questa macchina, scemo!, sagt Ennio. Man kann dich mit dem Auto nicht mal fünf Minuten allein lassen, Dummkopf.

Taddeo lernen wir am Strand kennen, aber nicht, weil er dort in der Sonne liegen würde oder beim Windsurfen wäre. Das würde er nie tun, glaube ich. Wir haben einen Termin mit ihm dort, weil wir am Strand sind, und er kommt halt von der Arbeit dorthin, so ist das.

Taddeo ist Schmied und geht ein wenig gebückt, ein dicklicher und leicht gebeugter Mann, der mit nuschelnder Stimme spricht, sodass ich sein Italienisch noch schlechter verstehe als das aller anderen. Seine Stimme ist weich, überhaupt hat der ganze Mensch etwas Nachgiebiges, leicht Verformbares an sich. Etwas Teddybärenhaftes, das in eigenartigem Gegensatz zur Härte des Materials steht, mit dem umzugehen sein Beruf ist.

Ein weicher Mann, der dickes Eisen biegt, das ist Taddeo.

Wir sitzen in der Strandbar in weißen, langsam mit ihren Beinen im Sand versinkenden Plastikstühlen und trinken Bier. Taddeo hat am Telefon gesagt, er werde um vier vorbeikommen, vielleicht hatte er auch fünf gesagt. Jedenfalls kommt er um sechs.

Wie es ihm gehe, fragen wir, und er macht dieses seltsame, oft von einem Achselzucken begleitete *Eh-eh-eh*-Geräusch, das viele Italiener machen, wenn sie nicht genau wissen, was sie sagen wollen, aber trotzdem glauben, wenigstens ein Geräusch machen zu müssen, weil sie vielleicht die Stille nicht ertragen.

Eh-eh-eh, diciamo bene, sagt er, also: Sagen wir, es geht mir gut.

Dann besprechen wir unsere Pläne.

Es geht um einen Anbau an unser Häuschen auf dem *Ripidello*, ein kleines Holzgebäude, für das wir Stahlfenster und -türen benötigen. Taddeo kann so was bauen, er ist uns dafür empfohlen worden, von Lorenzo, dem Schreiner.

Ein paar Tage später kommt Taddeo oben auf dem Grundstück vorbei, wo Lorenzo schon wartet. Wir reden, betrachten Zeichnungen, fertigen Skizzen an, reden weiter. Wir verstehen uns gut, und irgendwann redet Lorenzo Taddeo mit *Paffuto* an, *Pummelchen*. Seitdem wissen wir, dass die beiden zusammen zur Schule gegangen sind, und kennen Taddeos Spitznamen, der extrem gut zu ihm passt. Nie im Leben habe ich einen Menschen getroffen, der so sehr wie Taddeo wie einer aussieht, der *Paffuto* genannt wird, ja, ich stelle mir vor, dass *Paffuto* zuerst in der Welt war, dass aber niemand auf der ganzen Welt so hieß, der Spitzname war also quasi herrenlos. Bis Taddeo geboren und eingeschult wurde und dann in den Namen *Paffuto* hineinschlüpfte wie in einen perfekt sitzenden Anzug.

Natürlich nennen wir ihn nie so. Er bleibt für uns Taddeo. Ein Spitzname gehört immer dem Menschen, der ihn trägt, und jenen, die ihn zum ersten Mal so genannt haben. Er gehört in eine bestimmte Zeit, in diesem Fall in die gemeinsame Schulzeit von Lorenzo und Taddeo. Es wäre uns anmaßend erschienen, uns da einzumischen.

Wir mögen Taddeo recht gern.

Er schickt uns einen Kostenvoranschlag für seine Fenster und Türen, sie sind nicht teuer. Er bittet um eine Anzahlung. Die überweise ich ihm, obwohl er sie lieber bar gehabt hätte, wie ich dann merke. Aber da ist es zu spät. Ich habe schon überwiesen.

Eines Morgens treffen wir Taddeo im Hafen der Hauptstadt, dort, wo die Fischer ihren Fang direkt aus den Booten heraus verkaufen. Er ist direkt vor uns an einem Boot gewesen und hat einen schönen großen *Branzino* gekauft. Wir wollen auch so einen, aber Taddeo hat den letzten bekommen.

Da, nehmt ihn!, sagt er und hält uns die Tüte mit dem Fisch hin.

Natürlich lehnen wir ab. Aber meine Frau schaut sehr traurig, denn sie hatte sich so auf einen *Branzino* gefreut.

Er hält uns seine Tüte mit dem Fisch hin.

Bitte nehmt ihn!, ruft er. Ich kann auch ein Stück *pesce spada* essen oder so was!

Aber natürlich lehnen wir weiter ab.

Seitdem mögen wir ihn noch mehr.

Es wird Herbst, und wir reisen ab. Im Winter hören wir nichts von Taddeo. Im Frühjahr danach bricht die Corona-Epidemie aus. Taddeo schreibt, er sei nach Umbrien zu seiner Mama gefahren, um ihr zu helfen.

Und wann kehrst du zurück?, fragen wir.

Das wisse er nicht, die Mama sei krank, antwortet er.

Corona?, fragen wir.

Nein, nein, etwas anderes, aber er müsse halt bei ihr sein.

Als wir ihn das nächste Mal erreichen, herrscht der *Lockdown*. Taddeo schreibt, er sei immer noch bei der Mama, aber jetzt natürlich erst einmal eingesperrt.

Wir erkundigen uns, eher so nebenbei, wo er eigentlich genau sei, da in Umbrien. Aber er antwortet nicht. Und von da an meldet er sich nie mehr von selbst, nur noch, wenn wir ihm eine SMS geschickt haben.

Manchmal sind auch drei nötig, bevor er sich rührt.

Als der *Lockdown* zu Ende geht, schreibt er, zwar könne er jetzt auf die Insel zurückfahren, andererseits könne er es eben doch nicht. Er habe sich in Umbrien, am Wohnort der Mama, eine Arbeit gesucht, und da sei er jetzt erst mal vertraglich verpflichtet. Aber er werde die Fenster und Türen dort herstellen und dann auf die Insel bringen und einbauen.

Lorenzo hat den Anbau mittlerweile schon errichtet, er steht also da, bloß ohne Fenster und Türen natürlich.

Non ti preoccupare!, schreibt Taddeo, keine Sorge, keine Sorge.

Zwei Monate später schickt er sogar Fotos von den Fenstern, ja, er sei an der Arbeit, alles werde gut klappen, irgendwann im Sommer rücke er mit den Sachen an. Heute denke ich: Hatte er die Fotos wirklich geschickt? Oder waren wir zu diesem Zeitpunkt schon in einem Stadium angekommen, in dem wir von diesen Fenstern träumten? Sie halluzinierten? Jedenfalls habe ich später in meinem Handy nach den Bildern gesucht, sie aber nie wiedergefunden. Aber ich bin immer noch sicher, sie gesehen zu haben.

Dafür kommt Taddeo im Sommer auf die Insel. Plötzlich ist er da, erscheint auf der Baustelle. Wir brauchen ihn dort wegen einer anderen, kleineren Arbeit, die erledigt er auch prompt in den Tagen darauf.

Aber die Fenster, Taddeo, die Türen? Wo sind sie? Wann kommen sie?

Ja, die seien noch in Umbrien, er habe keine Möglichkeit gefunden, sie zu transportieren. Er suche noch nach dieser Möglichkeit, er brauche einen Lieferwagen, vielleicht den eines Freundes. Könne sein, es ergebe sich was in der nächsten Zeit, wahrscheinlich, sicher sogar, ganz sicher.

Wir plaudern noch über das Leben. Er hat ja eine Lebensgefährtin auf der Insel, lebt immer mit ihr und deren Kind zusammen. Das sei doch sicher schön, sagt meine Frau, endlich wieder mit der Familie zusammen zu sein, hier.

Es ist für einen Moment, als sei sein Gesicht eine Lampe, und als habe sie jemand angezündet. Sie leuchtet. Taddeo strahlt.

Dann fährt er davon.

Habe ich schon gesagt, dass wir ihn mochten?

Aber er ist jetzt wieder weg. Auf Anrufe reagiert er schon lange nicht mehr, jetzt auch kaum noch auf SMS-

Nachrichten. Einmal schreibt er, nun sei die Mama wirklich an Corona erkrankt, sie liege im Krankenhaus. Auch das geht aber offenbar glücklich vorbei. Wenn wir sehr dringlich nach den Fenstern fragen, die doch offenbar schon fertig seien und also nur noch auf die Insel gebracht werden müssten, antwortet er kurz: nächste Woche, immer einfach *nächste Woche, nächste Woche, nächste Woche*.

Wir bieten an, die Fenster abholen zu lassen. Wir erklären, wir würden den Transport organisieren, jemand anders könne sie dann einbauen. Wir schreiben, dass wir die Kosten tragen würden, die Fenster seien doch da, also her damit! Wir würden ja zahlen, wenn wir sie nur endlich bekämen. Wir schreiben, dass wir uns nun endlich einen anderen Fenstermann suchen müssten, denn wir bräuchten nun mal Fenster. Der Anbau stehe da, von Lorenzo gebaut, mit Löchern statt Türen, halb fertig, so könne es nicht bleiben.

Aber wir suchen niemand anderen.

Taddeo, denken wir, muss in einer verzweifelten, geradezu unaussprechlich schrecklichen Situation sein. Die Mutter vielleicht im Sterben, er selbst möglicherweise unheilbar krank, depressiv oder drogensüchtig, keine Ahnung. Druck bringt nichts, denken wir, Drohungen auch nicht. Wir müssen es auf sanfte Weise versuchen.

Das funktioniert aber nie.

Also probieren wir es irgendwann doch auch mit Druck. Mit Drohungen. Es gibt diese Tage, an denen ich alle möglichen italienischen Verwünschungen in den Wörterbüchern nachschlage, ja, ich überlege, mir bei Ennio einen Koffer voller Flüche auszuleihen. Aber ich behalte sie für mich. Wenn die Fenster nächste Woche nicht da seien, schreibe ich stattdessen an Taddeo, würden wir einen anderen Handwerker beauftragen.

Ergebnislos.

Wir bitten Lorenzo (der ihn doch so lange kennt und ihn uns empfohlen hat), Kontakt aufzunehmen. Lorenzo sagt, er habe die Auskunft *nächste Woche* bekommen. Später: Er habe Taddeo gegenüber üble Schimpfworte benutzt, *parolacce*. Noch später: Er habe über einen Mittelsmann erfahren, dass Taddeo *nächste Woche* erscheinen werde. Noch später nennt er Taddeo nicht mehr beim Namen, sondern nur *l'innominabile*, den Unbenennbaren. Noch mal später sagt er, alles sei ein großes Rätsel, er kenne aus all den Jahren der Vergangenheit einen anderen Taddeo, nicht diesen. *Paffuto* eben. Das sei ein anderer Mensch gewesen, eine vollständig andere Person.

Eines Sonntagnachmittags im Winter – wir haben von Taddeo seit einem Vierteljahr nichts mehr gehört – tippe ich, in Deutschland im Wohnzimmer sitzend, in einem Anfall von Wut, Energie und finsterster Entschlossenheit eine Nachricht in mein Handy.

Lieber Taddeo, ich erwarte, dass die Fenster entweder in vierzehn Tagen da sind oder Du bis dahin das Geld auf mein Konto zurücküberwiesen hast. Sonst muss ich die Sache leider einem Anwalt übergeben. Ich kann Dir gar nicht sagen, wie leid mir das tut. Aber es geht nun nicht mehr anders. Herzliche Grüße!

Dreißig Sekunden später kommt die Antwort: das Geld werde in vierzehn Tagen da sein.

Ist es dann auch.

Es ist das Letzte, das wir von Taddeo hören.

Manchmal stelle ich mir vor, ihm eine allerletzte SMS zu schreiben.

Lieber Taddeo, ich bin Dir nicht böse. Ich wüsste nur einfach zu gerne, was die Wahrheit hinter dieser ganzen Sache ist und warum Du sie nie erzählt hast. Warum Du uns stattdessen in solche Schwierigkeiten gebracht hast, dass auch nach zwei Jahren unser kleines Holzhäuschen immer noch nicht fertig ist. *Tanti saluti!*

Ich habe das nicht getan. Ich bin kein Freund Taddeos. Letztlich ist er, beziehungsweise wäre er, unser Handwerker gewesen, und warum er sich in der Fenstersache so ungeheuer seltsam verhalten hat, muss ich nicht ergründen.

Andererseits ist er mir durch diese ganze blöde Geschichte innerlich seltsam nahe gerückt.

Er ist eine Figur in meiner Fantasie geworden. Mir ist manchmal, als gebe es ihn gar nicht, als hätte ich ihn erfunden.

Zuweilen liege ich nachts wach und stelle mir Taddeo vor, wie er in irgendeiner Werkstatt vor unseren fertigen Fenstern steht, wie er mit seinen weichen Eisenbearbeitungshänden über das Glas streicht und das Metall und die Farbe, mit der er dieses Metall gestrichen hat. Er hat die

Fenster fertig gemacht, aber nun weiß er einfach nicht mehr, was er damit tun soll. Wohin mit ihnen? Er ist eine traurige Figur in einem dieser absurden Lebenstheaterstücke geworden, die manchmal von den Göttern für uns geschrieben werden. Am Schluss wird er sich selbst ein Häuschen irgendwo bauen, nur um Verwendung für diese Fenster zu haben.

Ein anderes Mal träume ich, Taddeo habe die Fenster auf einen kleinen Lastwagen geladen und fahre nun für den Rest seines Lebens mit ihnen herum, in Italien. Der Traum ist wie eine Art italienischer *Road Movie*, er könnte von Nanni Moretti sein oder von Roberto Benigni.

Ein Mann und seine Fenster reisen durch Italien. Er hat vergessen, zu welchem Haus die Fenster gehören, und sucht nun dieses Gebäude, findet es aber nicht. Stattdessen entdeckt er das Land, in dem er lebt. Er findet immerzu Leute, die ihm helfen möchten, aber auch Leute, die seine Fenster stehlen wollen, dann wieder Leute, die glauben, *er* habe die Fenster gestohlen. Leute, denen seine Fenster egal sind, ja, andererseits sogar Leute, die seine Fenster anbeten, weil sie die für eine Art Gottheit halten und ihn für einen Wanderprediger der Fenster-und-Türen-Religion, in der Fenster und Türen verehrt werden, weil man durch sie ins ewige Leben schauen zu können glaubt. Die nutzlosen Fenster haben plötzlich eine Funktion für ihn, durch sie lernt er sein Land kennen, er beobachtet es mit ihrer Hilfe.

Der Traum ist sehr lang, fast hört er gar nicht mehr auf. Aber ich wache auf, bevor er zu Ende ist.

Seitdem stelle ich mir vor, wie sein Ende aussehen könnte. Findet der Mann, also Taddeo, vielleicht das Haus, zu dem sie gehören? Aber ist es dann zu spät? Hat das Haus dann schon Fenster? Oder ist es möglicherweise längst verlassen, eine Ruine? Eine Ruine am Rande eines Dorfes auf einer Insel? Das wäre die Albtraumvariante.

Ich neige zum Schönen, zum Versöhnlichen. Vielleicht ist es so, dass der Mann, also Taddeo, durch seine Fenster eine neue Sicht auf das Leben gewonnen hat? Sodass er sie am Schluss in einen Abgrund wirft, auf eine Müllhalde? Oder sie im Wertstoffhof abliefert? Weil er sie nicht mehr braucht? Weil er durch sie alles über das Leben gelernt hat, was man wissen muss?

Jedenfalls weiß ich noch, wie der Traum anfing: Zwei Menschen lernten am Strand einen dicklichen Schmied kennen.

ALS WIR ZUM ERSTEN MAL OLIVEN ERNTEN, gehören uns die Bäume gerade mal ein knappes Jahr. Ich wusste vorher nichts über Oliven, aber ich suchte mir jemand, der mir half: Luca, der eigentlich Klempner im Nachbarort ist. Er schaut regelmäßig nach den Bäumen, wenn ich nicht da bin. Vor allem kontrolliert er, ob die Fliege die Früchte befallen hat.

La mosca.

Dieses Tier legt seine Eier in die kleinen und noch unreifen Oliven, wo aus ihnen kleine weiße Maden entstehen, die sich von Früchten ernähren, dann zu Fliegen werden, die wiederum ... Also, es ist einer dieser ewigen Kreisläufe der Natur. Die Fliege will die Olive, ich will sie auch, und ich will gewinnen. Denn hat sich die Fliege mal der Früchte bemächtigt, kann man sie vergessen, sie taugen nichts mehr.

Das wollen wir verhindern, mit Lucas Hilfe.

Er kommt also im Sommer alle paar Tage mal vorbei (so hoffe ich jedenfalls im fernen München) und schüttelt die Zweige des einen oder anderen Baums. Sieht er dann kleine Tiere auffliegen, ist es Zeit, etwas zu unternehmen. Dann spritzt Luca *la medicina*, die Medizin, wie er das Mittel nennt, ein bisschen beschönigend, wie man sagen muss. Denn in Wahrheit ist es ein Gift, das die Fliegen umbringt.

Aber es schadet dir nichts, sagt Luca, dir als Mensch, meine ich. Nach ein paar Tagen ist das Gift komplett verschwunden, und ein anderes kommt nicht zur Verwendung, keine Herbizide zum Beispiel, Unkrautvernichter zwischen Bäumen. Das brauchen wir nicht, denn Unkraut stört uns wenig, wir wollen keine kahle Erde zwischen den Bäumen, wie man sie oft in Olivenhainen sieht. Aber die *medicina*, die brauchen wir leider. Einmal im Sommer, vielleicht zweimal. Möglicherweise auch gar nicht. Jedenfalls ist das Gift in keinem Fall im Öl. Bei 98 Prozent des ganzen Öls hier, das die Leute machen, ist die *medicina* verwendet worden. Und in den großen Plantagen auf dem Festland mit vielen Hunderten oder gar Tausenden von Bäumen verwendet man es manchmal viel öfter, auch wenn die Fliege gar nicht da ist. Man nimmt es dort präventiv.

Er habe sein Öl von den Bäumen in seinem Garten sogar testen lassen, ob es da Rückstände gebe. Nicht, nichts, nichts.

So spricht Luca.

Wir haben dann alle Olivenfachleute zurate gezogen, die wir auftreiben konnten, Vito zum Beispiel. Der ist Maurer, ein kleiner, dicker und insgesamt irgendwie achteckiger Mann, der hundert Olivenbäume besitzt. Er sagt, er experimentiere jetzt mit einem Sud aus Wasser, Ammoniak und Fischgräten, den er in die hier üblichen Zwei-Liter-Wasserflaschen abfülle. In diese Riesenpullen kämen dann oben kleine Löcher, weil der Sud die Fliegen anlocke. Man hänge sie an die Bäume wie Fliegenfallen.

Wir besuchen Vito, der schnaufend und mit kleinen Schritten sein Körpervolumen durch den Hain schleppt. Die Oliven hier gehören einem der kultiviertesten Leute, die ich kenne, und Vito betreut sie für seinen Freund vom Festland. Der ist erster Geiger in einem Orchester in Rom und verbringt hier seine freie Zeit: in einem herrlichen, sorgfältig möblierten Haus, das mit einer großen Sammlung kleiner antiker Bronzestatuen ausstaffiert ist, die sich in vom Hausherrn selbst geschreinerten Vitrinen befinden. Es ist wunderschön hier. Aber an jedem der hundert Bäume baumeln zwei Flaschen voller Fischbrühe in der Brise, die vom Meer her weht.

Wenigstens ist die Plantage ein wenig entfernt vom Haus.

Wir hingegen haben eine kleine Hütte mitten zwischen den Bäumen und verbringen dort viel Zeit.

All die herrlichen Tage: auf einer Liege zwischen alten Wasserflaschen mit Ammoniak und verrottenden Fischköpfen liegend?

Alessandro, der unten an der Kommunalstraße einen Stand mit Obst, Gemüse und selbst gemachtem Öl hat, sagt, er verwende eine Art weißen Puders, das mit größter Sicherheit die Fliegen fernhalte. Auch ihm statten wir einen Besuch ab, auf einem abgelegenen Grundstück oberhalb der Küstenstraße, fern von der Menschheit und ihren Behausungen.

Sämtliche Bäume hier sind komplett weiß, wie frisch gestrichen.

All die herrlichen Tage: auf einer Liege liegend, zwischen Bäumen, die aussehen, als sei ein besessener Maler über sie hergefallen und habe sie mit weißer Farbe in eine Art Freiluft-Installation verwandelt?

In der Landhandel-Niederlassung gleich vorne am Eingang zur Hauptstadt, dort, wo die Landstraße ihr Ende hat, empfiehlt uns ein freundlicher Mann die Beratungsstunde einer Pflanzenkundlerin drei Wochen später. Es gebe hervorragende biologische Mittel, man hänge dazu kleine Fallen in die Bäume, die regelmäßig inspiziert werden müssten und ... Bitte, alles Weitere dann in der Beratungsstunde.

Wir sehen in den Kalender. Zu diesem Termin müssen wir in Deutschland sein. Und Luca kennt die Bio-Mittel nicht, er mag sie auch überhaupt nicht, kräuselt seine Nasenhaut, als ich das Thema anschneide; er kümmere sich gerne, aber er könne es nur so machen, wie es ihm vertraut sei. Da die Zeit drängt, überlassen wir ihm die Arbeit. Wir wollten halt Oliven, und ich denke: Bald, wenn du mehr Zeit hast und länger als bisher im Dorf sein wirst und auf der Insel, dann wirst du die Olivenerzeugung umstellen, ohne *la medicina*. Das wird eine deiner Aufgaben im Leben sein, und du wirst sie erfüllen.

Aber wo war ich eigentlich?

Richtig. Mitte September sagt Luca am Telefon, wir müssten die Oliven Mitte Oktober ernten. Ob ich kommen könne? Sonst würde er die Ernte allein machen, mit Libero, einem Cousin, den ich auch kenne, er hat in der Hauptstadt eine kleine Firma für Granit- und Marmorarbeiten, ein *marmista.*

Auf keinen Fall, rufe ich, auf keinen Fall! Niemals im Leben würde ich mir die erste Ernte meiner eigenen Oliven entgehen lassen. Die Zweige sind schwer von schwarzen und grünen Früchten. Es verspricht eine extrem gute Ernte zu werden, das sieht man schon seit dem Frühsommer.

Ohne mich?

Undenkbar.

Aber ich habe nur vier Tage Zeit. Meine Frau kann gar nicht.

Ich steige in den Nachtzug von München nach Rom, der morgens in aller Frühe in Florenz im Bahnhof *Santa Maria Novella* hält, fahre mit dem Bus zweieinhalb Stunden lang zum Hafen, steige auf die Fähre, fahre mit dem Taxi weiter ins Dorf und komme nachmittags dort an.

Es ist spät, vier Uhr. Gegen 18 Uhr dämmert es hier im Oktober. Luca und Libero ernten schon seit dem Morgen. Kisten voller Oliven stehen zwischen den Bäumen. Luca, der hager ist und groß, pflückt vom Boden aus, Libero, der Kleine, Zähe, Drahtige, steht auf einer Leiter zwischen den Ästen.

Wir pflücken mit bloßen Händen, sagt Libero. Aber wir sind Arbeit mit den Händen gewohnt.

Er zeigt auf seine großen hornhautbedeckten Handflächen.

Wenn du willst, zieh dir einfach Handschuhe an! Oder nimm ein Harke!

Am Boden liegt eine achtzinkige Olivenharke, mit der man die Früchte von den Ästen streifen kann. Aber ich nehme die bloßen Hände zu Hilfe, wie die beiden, etwas anderes lässt mein Stolz nicht zu.

Übrigens musste ich die *medicina* gar nicht benutzen, sagt Luca, die Fliege ist einfach nicht gekommen in diesem Jahr, stell dir vor!

Er lacht, und ich freue mich.

Zwei Stunden können wir noch arbeiten an diesem Tag, dann dämmert es.

Wir pflücken drei Tage lang, immer von morgens um acht bis abends um sechs, immer zu dritt am selben Baum, Libero auf seiner Leiter, Luca und ich am Boden, wo ein engmaschiges Netz ausgebreitet liegt, in das wir die Oliven fallen lassen. Wenn nichts mehr am Baum hängt außer Blättern, rollen wir das Netz von außen langsam zusammen, sodass sich die Oliven in der Mitte sammeln. Dann heben wir es an und lassen die Ernte langsam in eine unserer roten Kisten rollen.

Manchmal reden wir, manchmal ist es einfach still, eine in der Luft schwebende Ruhe, in der es nichts gibt außer den Pflückgeräuschen, dem Ploppen der Früchte, wenn sie am Boden landen, einem leisen Rauschen des Windes in den Pinien nebenan und ab und zu den Glöckchen von Dantes Ziegen, die irgendwo in der Macchia das Grün von den Sträuchern zupfen, sich mit kleinen, von den Stricken zwischen ihren Beinen behinderten Schritten fortbewegend.

Luca und Libero sind Sarden. Aber Sardinien kann seine Söhne nicht ernähren, konnte es noch nie. Während wir arbeiten, erzählen die beiden von der Armut ihrer Heimat, von den Prügeln ihrer beiden Väter, von den Tagen, die sie schon als Kinder mit dem Hüten der Ziegen verbrachten.

Und ich, der ich solche Armut nur aus Büchern kenne, erzähle, dass ich gerade *Padre Padrone* von Gavino Ledda gelesen habe. Auch die Verfilmung durch die Gebrüder Taviani habe ich gesehen: Die Geschichte eines Jungen, der – kaum dass er ein paar Tage in der Schule gewesen ist – vom Vater dort abgeholt wird, weil der ihn als Ziegenhirten braucht, und weil der Alte das, was der Junge in dieser Schule lernt, als nutzloses Zeug verachtet. Der Kleine wird vom Vater zum Hirten ausgebildet, eine schlimme und schreckliche Zeit, und Ledda erzählt im Buch, wie er sich aus ihr befreit hat. Denn es ist seine eigene Geschichte, um die es hier geht.

Luca und Libero haben es hierher geschafft, auf die Insel, wo es Arbeit gibt: Man kann arbeiten. Man kann sich selbst ein Haus bauen, sogar ein weiteres, um es zu vermieten. Man kann Geld verdienen für seine Kinder, wie die beiden es getan haben, deren Kinder alle studieren, die Insel verlassen haben und nur noch an den Wochenenden und in den Ferien zu Besuch kommen.

1975 erschien *Padre Padrone*, der Roman beschreibt die Zeit von 1944 bis 1962.

Und nun studieren die Enkelkinder sardischer Ziegenbauern, die Söhne und Töchter von dort ausgewanderter *idraulici* und *marmisti*. Vielleicht werden sie promovieren, die Enkel, wer weiß?

Wir pflücken Oliven, schauen über die Bäume hinweg aufs Meer, sehen die langen Palmenzweige unten am Ende des Grundstücks hin und her wehen, pflücken und pflücken, neun oder zehn Stunden am Tag ohne Pause stehend, auf der Leiter, unter den Zweigen. Mittags fahre ich zur *ganz bestimmten Bar* ins Dorf und hole *Schiaccine* mit Thunfisch und Tomaten, *Tramezzini* mit Ei und Mayonnaise, *Panini* mit Schinken. Wir schlingen sie eilig hinunter und trinken Wasser und Cola dazu.

Abends schaffe ich es gerade noch, mir eine Pasta zu machen, nachts wache ich auf, habe Krämpfe in den Beinen, schlucke Magnesium, und die Totenstille, die jetzt nachts im Haus und im ganzen Dorf herrscht, ist mir unheimlich, wenn ich so allein bin. Ich kenne das Dorf so nicht, eigentlich war ich noch nie allein hier im Haus, schon gar nicht um diese Zeit, wenn viele Häuser leer stehen, die Sonne erst spät aufgeht, und wenn es so früh dunkel wird.

Aber Handschuhe habe ich nicht gebraucht. Ich brauche sie auch in den kommenden Tagen nicht und bin stolz darauf wie ein Kind, das etwas beweisen wollte und bewiesen hat.

Wir pflücken und pflücken.

Grazia Deledda, hast du Grazia Deledda gelesen?, fragt Libero.

Ja, *Elias Portolu*, sage ich.

Sie hat den Nobelpreis gewonnen.

Ja, das weiß ich.

Das war 1926. Grazia Deledda war zwei Generationen älter als Gavino Ledda, eine Tochter aus wohlhabendem Hause auf Sardinien, die aber auch das Elend und die Ausweglosigkeit der Armut beschrieb.

Die Sarden sind stolz auf sie.

Wir pflücken weiter, schleppen Kiste um Kiste den Hang hinunter. Ich habe die Menge der Oliven unterschätzt, ich hatte gedacht, in anderthalb Tagen wäre das erledigt. Aber nun haben wir in dieser Zeit nicht einmal die Hälfte geschafft.

Über uns am Hügel erscheint Dantes Ziegenbock. Neugierig wie alle Ziegen schaut er herüber.

Vai!, ruft Libero, hau ab! Aber das stört den Bock nicht. Er hat große runde Hörner und ist als Bock natürlich auch zu Mut und Wachsamkeit verpflichtet.

Kennst du Camilleri?, fragt Luca.

Natürlich. Aber er ist Sizilianer.

Klar, sagt Libero, Montalbano, der *commissario*, kennst du den? Wie er zu einem alten Mann kommt und sagt:

Ich muss Ihren Sohn verhaften.

È un bravo ragazzo, sagt der Vater begütigend. Er ist ein guter Junge.

Ha ammazzato quattro persone, sagt Montalbano. Er hat vier Menschen umgebracht.

No, due! Nein, zwei.

Libero muss so lachen, dass die Leiter unter ihm ins

Wanken gerät. Er hört nicht auf zu lachen, hält sich an den Zweigen fest, er balanciert auf der obersten Leiterstufe herum, aber er kann das Lachen nicht beenden, und die Leiter schwankt so, dass sie umfällt. Für einen Moment hängt Libero bloß an einem Ast, der sich biegt unter der Last. Dann lässt er sich zu Boden fallen und steht.

Er krümmt sich immer noch vor Freude.

Ha ammazzato quattro persone, wiederholt er. *No, due!*

Er stellt seine Leiter wieder auf und arbeitet weiter.

Es ärgert mich, sagt Luca. Das Bild der Italiener im Ausland ist von der Mafia bestimmt. Die Italiener machen so viele andere tolle Sachen. Immer heißt es nur: Mafia, Mafia. Das gefällt mir nicht.

Andererseits ist Camilleri daran nicht ganz unschuldig, sage ich. Seine Bücher sind ungeheuer beliebt bei uns. Ich liebe sie auch.

Aber es sind doch keine Mafia-Bücher, sagt Luca. Die Mafia kommt zwar manchmal vor, aber sie spielt keine Hauptrolle, sie ist immer im Hintergrund. Sie ist ein unsichtbarer Feind, aber es ist nie so, dass sie die Atmosphäre bestimmt oder, wie soll ich das sagen? Den Stil.

Du meinst, man will, wenn man Camilleri gelesen hat, nicht so sein wie die Mafiosi, nicht so reden und gehen, essen und rauchen wie sie? So, wie man das nach manchen anderen Filmen will, Mafia-Filmen.

Nein, das geht ja gar nicht, weil die Verbrecher so gar nicht geschildert werden. Man will sein wie Montalbano. Montalbano ist einfach ein guter Italiener.

Das stimmt, sage ich und überlege, wie Montalbano eigentlich ist. Schlau, cholerisch, in eine chaotische Fernbeziehung mit Livia verstrickt, immer auf gutes Essen bedacht, voller Gerechtigkeitsgefühl. Es gibt die Mafia auch in anderen Ländern, sage ich, in Deutschland natürlich, aber wir reden nie über sie, wir wollen sie bei uns nicht sehen. Wir halten sie immer noch für eine Sache der Italiener.

Das ist sie ja auch, sagt Luca, aber *nicht nur ihre Sache* eben.

So reden wir beim Pflücken. Und ich denke daran, dass meine Frau und ich eine ganze Weile dachten, dass Libero vielleicht gar nicht lesen und schreiben könne, weil er nie auf SMS antwortet. Dabei hat er Ledda und Deledda gelesen und Camilleri, na gut, den hat er wahrscheinlich als Serie im Fernsehen gesehen.

Nehme ich an. Ich habe ihn ja nicht gefragt.

Kennst du die *Sturmtruppen*?, fragt Libero.

Er meint eine Reihe italienischer Comicstrips. Deren Thema sind fiktive deutsche Wehrmachts-Einheiten im Zweiten Weltkrieg, in denen es um die Sinnlosigkeit des Krieges und die Blödheit des Soldatentums geht. Es gibt sie schon seit den Sechzigerjahren, glaube ich.

Natürlich, sage ich. Ich liebe die *Sturmtruppen* unter anderem wegen ihrer Sprache, ein verdeutschtes Italienisch nämlich, in dem jedes dritte italienische Wort mit *-en* aufhört.

Statt *aiuto!*, also Hilfe!, rufen die Sturmtruppen *aiuten!*

Der Schlamm, *il fango*, heißt *fanghen.*

Und *il soldat Fritz* ist hier *il soldaten Fritz.*

Oft wird auch zum Beispiel ein c durch ein k ersetzt, das es ja im Italienischen kaum gibt. Aus *nemico* (der Feind) wird so *nemiken.*

Und ich mag die *Sturmtruppen* auch wegen ihrer Figuren, des so bösen wie dämlichen Feldwebels Franz zum Beispiel.

Kennst du das, fragt Libero, wo der eine Soldat zum anderen sagt, der Feldwebel Franz versinke langsam im Treibsand?

Nein, sage ich.

Und der andere fragt, sagt Libero, welche Maßnahmen getroffen worden seien. Dann sieht man den Feldwebel Franz im Treibsand stecken, dazu lauter Soldaten, die ihm zusehen, während er *aiuten! aiuten!* ruft, und der erste der Zuschauer sagt:

Prezzi interi le prime file e ridotti le tribune. Voller Preis für die ersten Reihen, Ermäßigung für die hinteren.

Wir lachen.

Oder diese andere Folge, sagt Libero, wo der Soldat auf Wachtposten zum Feldwebel Franz sagt, er solle aufwachen, er habe das Geräusch eines feindlichen Kommandos gehört. Und der Feldwebel Franz schreit: *Rimettiti a dormire, cretinen! I commandos nemiken non fanno rumore!* Du Trottel, schlaf weiter, feindliche Kommandos machen keine Geräusche!

In der nächsten Szene schreit der Soldat dann:

Franz! Franz!

Che c'è ancora? Was ist denn jetzt schon wieder?

Non sento niente ... Ich höre nichts ...

Libero hängt schon wieder am Ast vor Lachen.

Am dritten Tag bekomme ich ein wenig Angst, dass wir nicht fertig werden. Um fünf müssen wir im *frantoio* sein, der Ölmühle.

Es ist schon drei Uhr, sage ich, und es sind noch vier Bäume.

No, due!, sagt Libero und röhrt vor Lachen.

Um vier rollen wir das letzte Netz zusammen. Jede Olive, die irgendwo daneben gefallen ist, wird aufgehoben, nichts bleibt liegen. Wir stehen vor einem Berg von roten Kisten. Die Ernte von den Tagen zuvor haben wir in der Hütte aufbewahrt. Wir tragen sie heraus und sehen auf dem Boden winzig kleine gelbweiße Stäbchen.

Waren doch ein paar Maden drin, sagt Luca. So ist es immer.

Er hat seinen klapprigen alten Lastwagen mitgebracht. Wir laden die Olivenkisten auf. Es ist nachmittags um halb fünf, und wir haben die Ernte gerade so geschafft.

Wir fahren los, zur Ölmühle. Die Oliven laden wir dort in große graue Kisten um, die mit einem Gabelstapler hin und her transportiert werden. Zuerst werden sie auf eine große Waage geladen. Unsere wiegen fast ein halbe Tonne, es ist der Wahnsinn, 468 Kilogramm Oliven haben wir zu dritt gepflückt.

Dann müssen wir warten. Viele andere Leute aus dem

Dorf sind vor uns dran. Manche haben nur fünf Bäume und bringen eine oder zwei Kisten vorbei, andere haben so viel wie wir. Irgendwann war ein Defekt an der Mühle aufgetreten, der musste repariert werden, das hat alles verzögert.

Spartaco, der Maurer, steht neben uns. Er hat wilde schwarze Haare, eine deutsche Verlobte und ist ein Frauentyp, immer für eine lustige Geschichte gut.

Einmal, sagt er, hatte ich eine Frau, deren Vater eine große Firma hatte, ein Chef, ein reicher Typ. Und der hat mitgekriegt, dass zwischen mir und seiner Tochter was lief, also richtig ernsthaft, meine ich. Da hat er mich in der Bar angequatscht und gesagt, er lädt mich abends zum Essen ein, nur wir zwei, halb acht. Ich also ins Restaurant, halb acht, pünktlich, schön angezogen. Er kommt etwas später. Und da sagt er schon beim Antipasto zu mir: Meine Tochter und du als *fidanzato*, das kommt nicht infrage, *mai,* niemals, du bist nur ein Maurer, meine Tochter braucht was Besseres.

Ach so?, sage ich.

Und er wieder: Ich zahle dir 120.000 Lire, wenn du die Finger von ihr lässt.

Vabbene, sage ich, denn das war damals viel Geld.

Und?, frage ich. Hat er gezahlt?

Certo, sicher.

Und dann?

Dann bin ich mit dem Geld mit ihr in Urlaub gefahren, verstehst du? Und der Vater hat nichts gemerkt.

Und dann?

Dann war irgendwann Schluss. Wäre es ja sowieso gewesen.

Abends um neun sind wir dran, uns fallen schon fast die Augen zu und tierischen Hunger haben wir auch. Libero ist schon nach Hause gefahren, aber Luca ist geblieben.

Die Ölmühle ist supermodern, keine von den alten, in denen die Oliven zuerst zu Brei zermahlen werden und dieser Brei nach alter Sitte auf große Matten gestrichen wird. Die legt man dann zwischen Steine, die mit ihrem Gewicht und der Schraube einer Presse das Öl herausquetschen, wobei immer viele gesunde und wertvolle Stoffe verloren gehen. Außerdem sind die Matten schwer zu reinigen, es bleibt also immer etwas von alten Pressvorgängen zurück, das dem Öl nicht guttut.

Nein, das hier ist ein echtes Hightech-Ding. Alles ist Metall, Glas, es ist clean, man sieht Chrom, die Farben sind blau und weiß. Die Oliven werden nach dem Waschen und der Reinigung von allen Blättern und Zweigen in einen Apparat gekippt, der sie samt Kernen mit scharfen Messern zu einem braunen Brei zerschneidet. Aus diesem Gerät wird dieser Brei in große Zylinder gepumpt, in denen die Masse zunächst einmal zwanzig Minuten lang ununterbrochen geknetet wird. Schließlich wird das Öl in einer Zentrifuge extrahiert, während alles, was übrig bleibt, ein brauner Schlamm also, nach draußen fließt, in eine große Betonwanne.

Aus einem Hahn strömt das Öl grüngelbgolden in einen Behälter, aus dem es dann noch einmal in einen anderen Apparat gepumpt wird, der es von Schwebstoffen befreit. Und von dort rinnt es in unsere mitgebrachten *contenitori,* wie Olivenöl seit Jahrtausenden aus der Mühle in Amphoren, Fässer, Flaschen, Dosen, Eimer, Kanister läuft. Wir haben so viel Öl, dass Luca noch schnell zum Baumarkt gefahren ist, um mehr Behälter zu holen. Die beiden, die wir dabei hatten, hätten nicht gereicht.

Der ganze Raum duftet mild nach unserem Öl, ich habe das noch nie gerochen, nicht so, in dieser Intensität. Ich bin erschöpft, müde, hungrig. Mir ist, als sei dieser Moment das Ziel all der Jahrzehnte hier gewesen. Vielleicht werde ich noch oft im *frantoio* sein, und vielleicht, bitte, werde ich auch noch viele Hundert Liter Öl haben.

Aber nie wieder wird es so sein, wie es gerade jetzt eben gewesen ist.

Der Mann, der die Anlage bedient, reicht mir ein Stück Brot.

Halt es in den Ölstrahl!, sagt er, dann kannst du es probieren.

Das Öl ist mild, aber ein wenig bitter. Nach dem Schlucken kratzt es etwas im Hals, wie Pfeffer.

Das ist gut, sagt der Mann, das Bittere sind die gesunden Stoffe im Öl, die Polyphenole. Und das Kratzen zeigt dir, dass es ein gutes, echtes, frisches Öl ist. Und nun probier mal das andere, sagt er, das noch nicht gefiltert ist.

Es schmeckt etwas schärfer.

Das ist noch gesünder, sagt er. Aber es hält nicht so lange, wegen der Schwebstoffe.

Am Ende bekomme ich einen grünen Zettel.

Olivenmenge 468 kg steht da, Ölertrag 64,35 kg, RESA(%) 18,3.

Das bedeutet: In unseren Oliven waren mehr als 18 Prozent Öl, *una ciffra buona*, eine gute Zahl, sagt Luca. Ich fahre zum Torre und fülle das Öl langsam in Dosen aus Metall, die vor ein paar Tagen mit der Post gekommen sind. Darauf klebe ich Etiketten, die wir selbst gemacht haben, mit einem Bild von Thomas, dem Maler: weißes Brot, schwarze Oliven, ein Glas Rotwein.

Olio del Ripidello steht über dem Bild, *extra vergine*.

Ich schlafe vier Stunden. Morgens um fünf muss ich zum Hafen. Acht Dosen schleppe ich im Zug nach Hause. Den Rest hole ich im Frühjahr, wenn ich wiederkomme.

Im Winter sehe ich jeden Tag Thomas' Bild auf unseren Öldosen.

Ein Stillleben.

Mir gefällt diese Kombination: Stille und Leben. *Natura morta* heißt das Genre im Italienischen, tote Natur. Was seltsam ist: In der einen Sprache wird das *Leben* betont, in der anderen der *Tod.* In Thomas' Bildern wird das aber vereint, Leben und Tod, sie zeigen nicht selten den Moment, der beides enthält: eine Blume, die schon fast verblüht, eine Frucht, die noch lockend reif ist, aber beinahe schon nicht mehr, das volle Leben und die Ahnung von dessen Ende, Vergnügen und Melancholie, Heiterkeit und Strenge.

Wie viele hundert Male bin ich nachmittags den Weg vom Meer ins Dorf hinaufgegangen? Wie oft habe ich mich (beladen mit Strandutensilien, die Haut wie paniert mit einer Mischung aus Sonnencreme, Sand und Salz) von der Straße aus, die das Dorf umgibt wie die Lassoschlinge einen Pferdehals, die breite Treppe ins Zentrum hinaufgeschleppt?

Und an wie vielen Sommertagen bin ich dann eingebogen in eine der Gassen und schließlich am Atelier vorbeigekommen?

Manchmal ist der weiße Vorhang hinter der breiten

Glaswand zugezogen, also ist der Maler entweder nicht da oder gerade mit Aktmalerei beschäftigt. An anderen Tagen sitzt er hinter der geöffneten Tür, in seine Arbeit vertieft vor der Staffelei, der Gasse den nackten Rücken zuwendend, vor dem Bauch die Malerschürze. Auch kommt es vor, dass er draußen auf dem Pflaster Aquarelle oder mit chinesischer Tusche überwischte Kohlezeichnungen zum Trocknen in der Sonne ausgebreitet hat. Und wiederum zu anderen Zeiten sieht er mich aber, wie ich in die Gasse zu unserem Haus einbiege, und fragt, ob ich nicht kurz reinkommen wolle.

Ich muss dir was zeigen, wie findest du das?

Er sitzt dann im Atelier und malt Kirschen oder Auberginen, Birnen oder Zwetschgen, Feigen oder Feuerbohnen, Knoblauch oder auch wilden Spargel, den ihm vielleicht jemand im Dorf geschenkt hat. Er malt Rosen, einen großen Strauß von hellblauem Bleiwurz oder die Blüten wilder Gräser, Muscheln, Langusten, Fische oder Zitronen. Er malt schöne nackte Männer oder die Gesichter junger Frauen, Leute aus dem Dorf oder zufällige Besucher.

Eines meiner Lieblingsbilder zeigt, vor Jahrzehnten gemalt, Nina, eine junge, schöne, vielfältig begabte Frau aus dem Dorf. Sie kam zufällig an seinem Atelier vorbei, der Lippenstift verschmiert, sie selbst aufgelöst und wütend über eine Auseinandersetzung mit ihrer kleinen Tochter. Er kochte ihr einen Tee und malte sie sofort, wie sie gerade war: *La giornataccia* heißt das Bild, *Der Misttag*. Ein anderes, das ich sehr mag, zeigt eine rundliche, vitale Frau mit rotem Hemd und weißer Schürze und dem freundlich-abschätzenden Blick einer Händlerin hinter einer Theke voller grau-blau-weißer Fischleiber: *Pescivendola, Fischverkäuferin* heißt es.

Einen Sommer gab es, in dem unser jüngster Sohn jeden Tag in sein Atelier marschierte und *Bitte, mal mich! Du bist doch Maler!* rief, bis Thomas nach vielen Ablehnungen sagte, er solle sich jetzt setzen, er werde ihn nun malen, das gehe schneller, als ihm immer wieder langwierig zu erklären, warum er ihn jetzt gerade *nicht* malen könne.

Und dann malte er ihn.

Der kleine Raum ist im Mai noch leer, aber er füllt sich bis Oktober langsam mit diesen Bildern, und wenn der Herbst naht, hat schon mancher von uns einen Stapel von ihnen im Auto mit nach Deutschland genommen. Thomas hat keinen Führerschein, und irgendwie müssen die Bilder dorthin, wo sie verkauft werden an Leute, die im Winter die Früchte und Blumen und das Licht des Südens sehen wollen.

Wie findest du das?, fragt Thomas also, wenn ich an seinem Malraum vorbeikomme, und ich stehe vor dem Bild eines blütenvollen Rosenstrauchs und bin begeistert und muss nicht lügen, denn ich bin es wirklich. Und ich habe immer auch diesen Moment gemocht und mag ihn weiter: ins Dorf hochsteigen und dann zusehen, wie er malt oder gemalt hat oder noch malen wird. Das Rot und Gelb reifer Kakteenfrüchte, das Violett der Feigen, das Gelb der Zitronen, das unvergessliche Blau blühender Artischocken, die man bei der Ernte auf dem Feld vergessen hat, all diese Dinge und nicht nur sie, sondern vor allem das, was zwischen diesen Dingen ist, das Licht, die Luft.

Als Thomas hierherkam, war er Bildhauer und Zeichner. Erst im Dorf wurde er zum Maler, die Farben und das Licht der Insel veränderten ihn und seine Arbeit. Doch etwas von der Strenge und Härte, die in der Arbeit mit Stein und Ton liegt, ist ihm auch beim Malen geblieben. Seine Bilder sind nicht üppig und nie einfach schön. Manchmal, sagt er, stelle er zu einem Blumenarrangement, wenn es in den Kitsch zu kippen drohe, ein Paket Waschpulver oder eine hässliche Plastikflasche. Die male er dann in Wahrheit gar nicht. Aber ihre Anwesenheit kühle ihn ab, bewahre ihn vor Opulenz, führe ihn zu dem, was er *die ruhige Zuständlichkeit* der Dinge nennt.

In den fünfzig Jahren, in denen Thomas hier gemalt hat, hat sich das Dorf zu ungeheurer Blüte entwickelt. Aus den halb eingestürzten alten Bauten des Zentrums sind Häuserzeilen geworden, die von den patrouillierenden Touristen fotografiert werden: *Pittoresk* ist das Wort, nicht wahr? *Ach, wie pittoresk, schau mal!*, rufen die Leute. *Pittoresk* kommt von *pittoresco*, das wiederum von *pittore*, und *il pittore* ist der Maler. Aber in diesem Wort schwingt immer etwas von Lüge mit: Das Malerische liegt über der Wahrheit und zeigt sie nicht, sondern verbrämt sie.

Ich denke an Thomas' Bilder, den Schwebezustand zwischen Pracht und Fäulnis. Man erkennt das Blühen und weiß doch schon um das Verblühen. Man betrachtet die

Frucht und ahnt ihr Ende. Es steckt einfach drin in jenem Moment, den der Maler zeigt. Anders als in der Wirklichkeit, in der wir eine Blume oder eine Frucht pflücken und uns rückhaltlos an ihr freuen, ist hier, auf dem Bild, keine Täuschung möglich. Es ist gemalt, aber nicht malerisch.

Wie verrückt ist das, dass in fünfzig Jahren aus einer ziemlich hermetischen, für sich lebenden Welt, dem Dorf in der Mine zerschundener Menschen, ein solcher Ort geworden ist?

Ist das jetzt Blüte? Oder ahnt man schon ein Ende?

Thomas hat alles hier immer mit der aufmerksamen Neugierde des Malers betrachtet, mit seinem Blick für das Licht, den Moment, die Zustände. Dieses wache, zugleich mitfühlende, aber auch sehr respektvolle Interesse hat mir immer gefallen.

Er ist noch hier. Henky, der Schriftsteller, ist es nicht. Thomas hat vom Dorf nichts erwartet, das es ihm nicht geben konnte. Henky schon.

Ich muss an einen Moment denken, den ich einmal, vor sehr langer Zeit, in jener Bar erlebt habe, die es heute nicht mehr gibt, die Bar der Leute aus dem Dorf, eine Bar einfacher, hart arbeitender Menschen. Damals fand eine Fußballweltmeisterschaft statt. Hier war die einzige Möglichkeit, die Spiele zu verfolgen, wenn man daheim keinen Fernseher hatte, und so setzte ich mich mit zwei deutschen Bekannten ins Publikum, ein Bier in der Hand. Und einmal, in irgendeiner Szene des deutschen Spiels, wurde ich laut und schimpfte.

Da hörte ich hinter mir einen strengen, mahnenden, halblauten Ton von einem der Leute aus dem Dorf.

Ouuuu!

Es war plötzlich klar, dass ich eine Grenze überschritten hatte. Es stand mir nicht zu, hier, auf diesem Terrain, als Deutscher so laut zu werden. Es verletzte etwas. Es war unpassend, anmaßend. Es tangierte den Stolz der Leute, dass ich in ihrem Dorf herumkrakeelte, als wäre es meines.

Die Sache beschäftigt mich bis heute. Warum?

Weil das wirklich Großartige an diesem Ort jenes feine, auf die Schnelle nicht erkennbare Gespinst an Beziehungen ist, das alles durchwebt. Die vielen Geschichten, die hier übereinanderliegen und sich überschneiden, von römischer Zeit bis heute, von jenen Jahrhunderten, in denen dies ein Ort der Verbannten war, bis zu unserer Zeit, der Zeit des überbordenden Tourismus. Die Mine, die Hippies, die Reichen, die Biobauern, die Leute, die den Winter in Südostasien verbringen und den Sommer hier, die Sarden, die alten Leute im Dorf, die jungen, wohlhabenden Touristen im Sommer, die Schweizer Rentner, die den Ort im Frühjahr und Herbst gruppenweise durchwandern, als handele es sich um einen Stadtteil von Venedig, die Geschäftsleute in der Via Roma, der alte Mann auf seinem Fahrrad, die deutschen Familien Anfang September.

Und mittendrin, ganz unauffällig: wir, deren Zeit irgendwann mal als eine Schicht unter vielen späteren liegen wird.

Ja, in den Jahrzehnten, die ich hier war, hätte ich – stattdessen – die ganze Welt sehen können. Allerdings wüsste ich dann nichts von Paolo und seinen Gedichten, von Mauro an seinem Strand, von Taddeo mit seinen Fenstern, von Corrado und dem großen starken Ennio, dem kleinen Fiat und seiner Geschichte, von Ludwig und seinen Käfern, Pietro und seinen Anrufen, Dante und seinen Ziegen und auch nichts von Thomas und seinen Bildern.

Das wäre schade, nicht wahr? Und die Frage ist ja auch: Hätte ich wirklich *die ganze Welt gesehen*, wenn ich das Dorf *nicht* gesehen hätte?

Was man erlebt, ist immer weniger als das, was man verpasst hat. Da kann man machen, was man will.

Wie oft habe ich im vergangenen Jahr gedacht, ich sollte das alles hier nicht schreiben?! Wie oft habe ich nachts wach gelegen und gegrübelt: Wer bin ich, solche Geschichten zu erzählen, von einem Dorf, in das mich doch nur der Zufall und die Liebe gespült haben, nicht ein unabwendbares Schicksal? Ist das Erzählen nicht eine Anmaßung, habe ich gedacht, ein Sich-Erheben?

Oder könnte man vielleicht so erzählen, wie Thomas malt?

Ich werde nie genug hier gewesen sein, um Teil des Dorfes zu sein. Warum sollte ich es auch sein wollen? Das Dorf bleibt das Dorf, über die Jahrhunderte hinweg. Du wirst immer einer sein, dessen Schicksal nicht mit dem Ort verknüpft ist, der nicht im Winter hier ist, der nicht seine Steuern hier zahlt, der nicht verwandt ist mit vielen Leuten hier, und der auch nicht so tun sollte, als wäre es so.

Aber der andererseits auch kein Tourist ist, sondern einer, dem es auf eine viel umfassendere Weise hier gefällt. Der seine Olivenbäume hat, an denen er nun in ebenso sachlicher wie sentimentaler und geradezu ein wenig kindlicher Weise hängt. Der einige Leute kennt, die er mag, den vielleicht auch einige Leute mögen. Der zu oft im Dorf gewesen ist, als dass er wieder gehen könnte.

Es ist Winter, ich sitze in der Küche und betrachte das Bild auf meiner Öldose. Brot, Oliven, Wein.

Stille und Leben.

Das Dorf ist weit weg.

Bald wird Pietro anrufen, aus Sydney.

Nachbemerkung

Die meisten der Geschichten in diesem Buch haben so, wie sie erzählt werden, nicht stattgefunden. Auch die Menschen, die hier auftreten, existieren nicht so, wie ich sie beschreibe. Nur Thomas Weczerek, den Maler, Henky Hentschel, den Schriftsteller, Paolo, den Kaffeemaler und Dichter aus der Via Roma, und Safa, den aus der Türkei stammenden Künstler, gibt oder gab es wirklich. Alle anderen Personen habe ich so geschildert, wie sie meiner Vorstellung nach sein könnten.

Bei dieser Arbeit habe ich allerdings meine Anregungen und Vorbilder gehabt. Und diese verdanke ich dem Dorf Capoliveri auf der Insel Elba, zuallererst natürlich den Menschen dort, von denen mir einige gute Freunde, Nachbarn oder Bekannte geworden sind, aber auch dem Meer, den Bäumen, den Stränden, den Hunden, unserem alten Fiat, den Gassen, dem Himmel über dem Dorf, der großen und der kleinen Piazza, den alten Häusern (dem Torre natürlich vor allem) und dem Hügel, auf dem diese Häuser stehen.

Ihnen allen danke ich sehr.

Und natürlich danke ich meiner Frau. Ohne Ursula wäre ich nie ins Dorf gekommen. Sie hat mich in vielen

Jahrzehnten den Ort zu verstehen gelehrt, in dem ich anfangs nur Ferien machen wollte. Ohne sie hätte ich keine Zeile dieses Buches schreiben können.

Ich danke meinen Kindern für die vielen schönen Wochen und Monate, die wir dort verbracht haben und hoffentlich noch gemeinsam verbringen werden. Ich danke meinem Schwiegervater für den Torre, das geheimnisvolle alte Haus, das so unverhofft ein wichtiger Teil meines Lebens wurde.

Ich danke Maja Pflug für die Durchsicht und Korrektur des Italienischen im Buch. Auch möchte ich Andreas Lebert, Stefan Postpischil und Ludger Schulze für Lektüre und Ermutigung danken. Und ich danke wieder einmal Antje Kunstmann, meiner Verlegerin, für die gemeinsame Arbeit am *Haus für viele Sommer*. Seit mehr als dreißig Jahren ist ihr Verlag mein Haus für viele Bücher, und das ist eine große Freude.

Ein besonderer Dank gebührt meinem Freund Thomas Weczerek für das Titelbild, das wir seinem Buch *Bilder und Plastiken* entnehmen durften, erschienen 2014 bei *Langemann & Langemann* in München.

Nicht zu vergessen mein Dank an den schon vor längerer Zeit verstorbenen Henky Hentschel, den ich leider nur aus dem kenne, was man mir über ihn erzählte und was er geschrieben hat. Die Zitate im Buch stammen aus seinem Werk *Capoliveri. Porträt eines schwierigen Freundes*, erschienen 1982 im *Christoph Dürr Verlag*, der 1987 auch, vom selben Autor, *Tutto pagato. Alles bezahlt* mit drei Erzählungen über das Dorf veröffentlichte. Beide Bücher sind, wenn überhaupt, leider nur noch antiquarisch erhältlich, jedoch unbedingt der Lektüre wert.

Der Autor

Axel Hacke lebt als Schriftsteller und Kolumnist des *Süddeutsche Zeitung Magazins* in München. Er gehört zu den bekanntesten Autoren Deutschlands, seine Bücher sind in zahlreiche Sprachen übersetzt.

Axel Hacke im Goldmann Verlag:

Über den Anstand in schwierigen Zeiten und die Frage, wie wir miteinander umgehen

Das Kolumnistische Manifest.
Das Beste aus 1001 Kolumnen

Wozu wir da sind. Walter Wemuts Handreichungen für ein gelungenes Leben

Im Bann des Eichelhechts und andere Geschichten aus Sprachland